mare

Andrea und Dirk Liesemer

Tage in Sorrent

Roman

mare

Für Christel, Denise, Holger, Joia,
Martina, Rebekka

1. Auflage 2022

Typografie Iris Farnschläder, mareverlag
Schrift Trump Mediäval
Druck und Bindung CPI books GmbH, Germany
ISBN 978-3-86648-601-0

MIX
Papier aus verantwortungsvollen Quellen
FSC® C083411

www.mare.de

Wo bleibt bloß Brenner? Längst müsste er am Bahnsteig sein. Es ist immer das Gleiche mit diesem jungen Mann, man kann sich nicht auf ihn verlassen. Nietzsche schaut nach links, schaut nach rechts, kneift die Augen zusammen und versucht, etwas zu erkennen. Hier und dort stehen schemenhaft Gestalten herum, aber niemand bewegt sich auf ihn zu oder späht in seine Richtung. Er hatte damit gerechnet, dass der Student erst kurz vor der Abfahrt auftauchen würde, doch dass er sie verpasst, das irritiert ihn.

Eine Pfeife schrillt ohrenbetäubend, der Schaffner ruft mit lauter Stimme, man möge bitte einsteigen, der Zug fahre in Kürze ab.

Von Brenner noch immer keine Spur! Schade, sie hatten so lange geplant, die große Reise gemeinsam anzutreten. Ein letztes Mal blickt Nietzsche sich um und schüttelt verärgert den Kopf. Dann soll der Junge halt zusehen, wie er nachkommt. Und er selbst wird das richtige Abteil ohne die Hilfe des Studenten finden müssen.

Er folgt einem Mann bis zur offenen Tür des Waggons, tastet mit der rechten Hand nach der Haltestange, während er in der linken seinen Lederkoffer hält. Ein, zwei, drei Gitterstufen steigt er empor, bewegt sich im dämmrigen Innern vorsichtig vorwärts und wendet sich nach links in den viel zu dunklen Gang der ersten Klasse. Das nervös flackernde

Licht blendet ihn und sticht ihm in die Augen. Vor jedem Abteil bleibt er stehen und reckt den Hals weit nach vorn, um konzentriert diese unverschämt kleinen Nummern zu entziffern. Wie sich diese unbequeme Haltung wohl auf Nacken, Kopf und Geist auswirken mag? Besser nicht darüber nachdenken.

Schließlich findet er das Abteil, das er gesucht hat, und öffnet mit einem kräftigen Ruck die Schiebetür. Stickiger Muff strömt ihm entgegen, wie unerträglich, er wendet sich ab und schnappt im Gang nach Luft. Dann grüßt er ins Dunkel hinein, doch niemand antwortet, auch nicht Brenner. Damit verfliegt seine letzte Hoffnung, den Studenten wenigstens hier anzutreffen. Zumindest hat er das Abteil ganz für sich allein.

Nietzsche wuchtet seinen Koffer ungelenk auf die Ablage über den Sitzen, wo dieser hoffentlich sicher verstaut ist. Prüfend zieht er am Ledergriff, um sich zu vergewissern, dass ihm das Ding unterwegs nicht auf den Kopf fallen kann. Schon stört jemand die ersehnte Ruhe, ein Schatten pocht von außen viel zu laut an die Fensterscheibe. Was soll das? Taub ist er schließlich nicht.

Jetzt winkt der Schatten auch noch wie wild, um gleich darauf wieder zu verschwinden. Ja, so viel kann er trotz seiner stark kurzsichtigen Augen noch sehen. Doch das viele Lesen in dunklen Räumen hat keineswegs zu ihrer Besserung beigetragen. Im Gegenteil – inzwischen kann er kaum mehr seine eigene Schrift entziffern, muss nahezu alle seine Gedanken diktieren. Da ist der junge Jurastudent gerade recht gekommen, um ihm als Sekretär zu dienen.

Kurz darauf betritt Albert Brenner keuchend und schwitzend das Abteil und muss erst einmal durchschnaufen.

Selbst schuld – warum taucht der auch immer und überall auf den allerletzten Drücker auf! Wenigstens ist er endlich da.

Er habe am falschen Gleis gewartet und bitte höflich um Entschuldigung. Mit zwei Koffern und einer Tasche voller Bücher könne man nun einmal nicht so schnell rennen, er schon gar nicht, wie der Herr Professor wisse. Gerade will er ausführlich werden, da ruckelt der Zug laut schnaubend los.

Während der Student seinen Koffer unter den Sitz schiebt und sich gedankenverloren ans Fenster setzt, wählt Nietzsche den abseitigen Platz in der dunklen Ecke des Abteils und zieht seinen Hut tief ins Gesicht. So muss er das lästige Laternenlicht nicht ertragen, das draußen in immer rascherer Folge vorbeihuscht. Auch nach einer Unterhaltung ist ihm nicht zumute. Vor allem will er sich auf seine Reise besinnen, auf all das Glück, das vor ihm liegt, wenn ihn das ständige Rattern nur nicht unablässig daran erinnerte, wie sehr man beim Bahnfahren der Erde verhaftet bleibt, mit Reisen hat so etwas nichts zu tun. Zwar kommt man rasch vorwärts, doch leider ist das in jedem Moment deutlich zu spüren. Wäre dieses Zugfahren nur nicht so ein unerquickliches Unterfangen! Dieses rastlose Rattern und Quietschen stört das Nachdenken ungemein, der Lärm dringt erbarmungslos durch das Gehör in das Gehirn, zieht und zerrt an jeder Nervenfaser. Wäre er doch nicht so empfindlich!

Schon verspannen sich seine Nackenmuskeln, vor den Augen zucken Blitze und ach, auch im Kopf. Es ist wieder so weit. Es beginnt, was sich eben ahnungsvoll angekündigt hat, da nützt selbst der Hut nichts mehr. In jeder Hirnwindung fängt es an zu rattern, von innen her gegen die Schläfe zu pochen, bald wird der Schmerz anfluten und sich, wie immer, in der gesamten linken Kopfhälfte breitmachen. Das war zu befürchten, das dürfte jetzt so weitergehen bis morgen Nachmittag, bis Genua, daran ist allein die verfluchte Eisenbahn schuld.

Immerhin bleiben ihm in Genua ein paar Tage, um sich von allen Qualen und Strapazen zu erholen, ehe er mit einem Schiff nach Süditalien weiterreisen wird. Eine Schifffahrt ist etwas ganz anderes, ein sanftes, wiegendes Reisen, als schwebte man auf Wolken seinem Ziel entgegen, viel ruhiger und bekömmlicher für die Gesundheit. Vielleicht hat er auch Glück, und es handelt sich lediglich um eine kurze Schmerzattacke, der er durch Schlaf oder einen Wachtraum entkommen kann.

In Sorrent wird alles besser werden. Wärme und Ruhe und sanftes Licht, die Nähe zur bewunderten antiken Kultur sollten ihm ausreichend Linderung verschaffen, seine Gesundheit wiederherstellen und die Unbeschwertheit seiner Kindheit zurückbringen. Er wird im Schatten der Pinienwälder spazieren gehen und am Abend ein gutes Essen unter Freunden genießen. Gemeinsam wird man lesen, diskutieren und philosophieren. Wenn alles so gut verläuft, wie es die Ärzte in Aussicht gestellt haben, wird er sogar eine Akademie für junge Geister gründen können. So ist es jedenfalls mit Fräulein von Meysenbug angedacht.

Wenn Brenner nur den Vorhang vorziehen wollte! Warum muss man den jungen Mann auf alles hinweisen? Ein wenig selbstständiger und umsichtiger könnte der schon sein mit seinen neunzehn Jahren. Was liest er denn da? Hoffentlich nicht wieder Plato! Aber das kann nicht sein, das Buch hat er ihm erst kürzlich aus der Hand gerissen und aus dem Fenster geworfen.

Hinter den Bergen geht der Mond auf und leuchtet Nietzsche direkt ins Gesicht. Es ist die Pest, ganz gleich, wohin er den Kopf dreht oder wie weit er den Hut hinunterzieht, das Licht strahlt gleißend in seine Augen.

Als wäre es damit nicht genug, springt die Tür zum Abteil knarzend auf. Erschrocken zieht Nietzsche seine Beine zurück. Eine vornehm gekleidete, doch leider ältliche Dame betritt das Abteil und zerrt stöhnend einen riesigen Koffer hinter sich her, gefolgt von einer deutlich jüngeren, wie erfreulich! Sie müsse sich unbedingt setzen, gibt die Ältere von sich. Man habe den ganzen Zug nach diesem Abteil abgesucht. Wie elend lang diese modernen Züge doch mittlerweile seien. Es reisten ja auch immer mehr Menschen durch die Welt, wo solle das noch hinführen?

Erstaunlich, wie eifrig und beflissen der junge Brenner aufspringt, um das Gepäck der Frauenzimmer in die Ablagen zu hieven, so schnell hätte er selbst beim besten Willen nicht reagieren können. Das sollte zuvorkommend und behänd aussehen, doch Brenner kann ein Hüsteln kaum unterdrücken. Sein Lächeln wirkt gequält, schon steigt ihm die Röte ins Gesicht, er hat sich übernommen.

Als die missglückte Vorstellung beendet ist, haben sich die Frauen auf die Fensterplätze niedergelassen. Eigentlich eine vorzügliche Gelegenheit für den Studenten, direkt neben dem Fräulein Platz zu nehmen – zu dumm nur, dass er das günstigere Billett gekauft hat, das ihn in die zweite Klasse verbannt. Nach der Hetzerei zum Zug hat er sich nur kurz ausruhen wollen und schlicht nicht mehr daran gedacht, jetzt muss er eben weichen.

Er wolle zunächst ohnehin nur bis Turin mitfahren, erklärt Brenner an den Herrn Professor gewandt, und werde erst später in Genua eintreffen, man sehe sich dort, wie besprochen, am Sonntag im Hotel.

Kaum ist der Student fort, lehnt sich Nietzsche in seinem Sitz zurück, streckt abermals die Beine aus und zieht seinen Hut demonstrativ ins Gesicht – die Ruhe muss verteidigt werden. Vielleicht wäre es besser, sich ein leeres Abteil zu suchen, aber wer weiß schon, ob nicht auch dort noch jemand auftaucht. Und solch eine Flucht würde sicher sehr unhöflich wirken.

Zum Glück schweigen die Damen. Allmählich entspannen sich Beine, Nacken und Nerven, selbst die Kopfschmerzen scheinen sich verflüchtigt zu haben. Ein treuer Freund ist dieser Brenner, trotz seiner Ungeschicklichkeit. Er kommt zwar selten zur rechten Zeit, doch ist er ein geduldiger Sekretär, nur ein wenig tölpelhaft in seiner Jugend. Liebenswürdig ist er auf jeden Fall, und Mitleid darf man mit ihm haben, eine Schwindsucht wird man nicht so ohne Weiteres los. Sicher wird auch ihm die Wärme des Südens guttun.

Am liebsten würde Nietzsche jetzt einnicken und erst kurz vor Genua wieder aufwachen, in den Schlaf fliehen, um der scheußlichen Bahnfahrt und den fremden Menschen zu entkommen, es wäre zu schön. Denn wenn man allein mit zwei unbekannten Damen in einem Abteil hockt, muss man nichts mehr fürchten, als in ein peinliches Gespräch über belanglose private Angelegenheiten verwickelt zu werden, aber offenbar sind die Frauenzimmer selbst ganz geschafft.

Nietzsche schläft trotzdem nicht ein, das ständige Geschaukel lässt sich einfach nicht ignorieren, und immer zwackt irgendetwas. Schließlich beginnt er, so unauffällig wie möglich in Richtung der Damen zu blinzeln. Ob sie ihn heimlich beobachten? Sollte das nicht der Fall sein, wäre alles gut, dann könnte er sich entspannen, müsste nicht mehr unablässig auf der Hut sein und darüber nachdenken, wie er notfalls einer Konversation ausweichen könnte. Die Ältere hat ihren Kopf bereits in ein Kissen gebettet und schläft augenscheinlich. Die Jüngere, die ihm schräg gegenübersitzt, schaut derweil zum Fenster hinaus und wirkt hellwach, jedoch gänzlich uninteressiert an ihm. Im künstlichen Dämmerlicht des Abteils macht er eine feine Stupsnase und eine hochgesteckte Frisur aus, die von einer Spange gehalten wird, deren Form er kaum erkennen kann. Es könnte sich um einen Schmetterling handeln. Eigentlich ganz apart, dieses junge Ding.

Wie kann dieser Mann sie nur so ungeniert anstarren? Eine Weile tut sie so, als betrachte sie Mond und Sterne oder läse ein paar Seiten in ihrem Voltaire, verliert aber ständig die Zeilen aus den Augen. Als der Zug durch einen Tunnel fährt und es für einen Moment gänzlich dunkel ist, wird es ihr zu viel. Unüberhörbar kramt sie in ihrer Tasche herum und zieht ein labbriges Etwas hervor, das sie aufzublasen versucht. Aus den Augenwinkeln beobachtet sie diesen blinzelnden Mann mit seinem wild wuchernden Schnauzbart. Ob der kühn, verwegen oder ungepflegt ist, vermag sie nicht zu entscheiden. Endlich gibt er das Blinzeln auf, öffnet die Augen, rückt sich im Sitz zurecht und nimmt vor allem den albernen Hut ab.

»Würden Sie mir hierbei behilflich sein?«, bittet sie geradeheraus, »sicherlich haben Sie einen längeren Atem als ich.«

Jetzt hat sie ihn doch angesprochen, was soll man da machen, wie noch ausweichen? Nietzsche will nicht Nein sagen; das wäre gar zu unhöflich, obwohl sie ihn mit ihrem Getue und Gelärme geradezu genötigt hat, die Augen zu öffnen. Er sollte sich darüber beschweren, aber dann nimmt er das Luftkissen, wischt mit dem Ärmel über das Mundstück, plustert die Backen auf und bläst und bläst und presst. Das labberige Ding bleibt labberig. Die Luft geht in die falsche Richtung, der Druck baut sich nicht im Kissen, sondern ausschließlich im Kopf auf. Wie lange vermag ein Schädel solchem Druck standzuhalten? Je stärker er bläst, desto mehr kriegt er es mit der Angst zu tun. Irgendwann platzt so ein Schädel oder kriegt einen Riss. Soll er seine Gesundheit riskieren, seine Nerven zerrütten, nur weil sie leidlich hübsch ist und ihre Stimme angenehm klingt? Nur damit sie schlafen kann, während er die Nacht unter Kopfschmerzen leiden wird, was sie freilich nicht mehr kümmern muss?

Ihm fallen die Adelspaläste in Genua ein, von denen er im Baedeker gelesen hat und die er unbedingt besichtigen will. Keinesfalls möchte er darauf verzichten, nur weil er mit Kopfweh im Hotelbett bleiben muss. In der Begleitung eines Fräuleins wäre die Angelegenheit allerdings noch reizvoller, doch wie kommt er nur auf solche Gedanken? Vermutlich steht sein Kopf schon viel zu sehr unter Druck! Kläglich schaut er zu ihr hinüber.

»Tut mir leid, aber ich fürchte, mein Kopf platzt, bevor dieses Ding prall wird. Wer vertut bloß seine Zeit damit, solch einen Unsinn zu erfinden?«

So beginnt nun doch ein Gespräch, in dem es bald nicht mehr um entbehrliche Erfindungen, sondern um die großen Fragen geht, um alles zwischen Himmel und Erde, um Kunst und Wissenschaft, Religion und Philosophie, um Höhen und Tiefen der menschlichen Existenz. Aus seinem Mund strömen Gedanken, von denen sie ganz ergriffen wird, fortgerissen von der Flut seiner unerhörten Worte. Gleichwohl fühlt sie sich herausgefordert, kluge Einwände hervorzubringen. So schnell will sie nicht klein beigeben und schon gar nicht bewundernd zu ihm aufschauen. Dieser Mann hinterfragt alles, radikaler, als sie es je auch nur heimlich zu denken gewagt hat. Nicht einmal Voltaire kann da mithalten. Ob er ihn gelesen hat? Manches, was dieser Fremde sagt, erscheint ihr wie Blasphemie. Und doch will sie ihm weiter zuhören, was ihr bald vorkommt wie ein sündiges Vergehen. Gut, dass ihre ältere Begleiterin schläft. Die wäre bestimmt unangenehm berührt, wenn nicht gar düpiert von diesen lästerlichen Ausführungen. Wie sie mag er französische Autoren. Sie schärften den Verstand, bestätigt der Mann, der Anfang dreißig sein dürfte, sich ihr als Professor Friedrich Nietzsche vorstellt und mit einem Blick auf ihren Voltaire sogleich ein paar Verse aus einem rebellischen Gedicht rezitiert, das sie als eines von Théophile Gautier erkennt, dem provokantesten aller Pariser Dichter.

Nur zwei Mal wird ihr Gespräch in dieser Nacht unterbrochen. Erst wollen französische, später italienische Grenzer ihre Papiere sehen. Isabelle von der Pahlen reicht den Beamten ihren russischen Pass und den kurländischen der schlafenden Bekannten, einer Baronin aus deutsch-baltischem Adelsgeschlecht. Niemand weckt die Anstandsdame aus ihrem Schlaf. Sie würde sonst zuhören und sich, schlimmer noch, womöglich in das Gespräch einmischen.

Nietzsches Dokument jedoch muss genauer überprüft werden. Es handelt sich um einen vorläufigen Schweizer Pass, ein schlichtes Blatt Papier.

»Den preußischen Pass habe ich abgegeben«, erklärt

Nietzsche der jungen Dame, »als ich vor Jahren meine Stelle als Professor für Philologie in Basel antrat.« Jetzt habe er nur dieses einfache Pässchen und eine richtige Entlassungsurkunde aus der alten Heimat. Sich von etwas zu trennen, falle ihm keineswegs schwer, er empfinde es vielmehr als höchst angenehm. Während er zum ersten Mal lächelt, drückt ihre Miene Erstaunen aus.

»Dann sind Sie zurzeit staatenlos?«

»Ich bin ein freier Schweizer, und ich habe mich schon fast daran gewöhnt, keinem Land anzugehören. Man fühlt sich als ein Freigeist und schwebt über allem.«

»Wie beneidenswert, mich lässt man nicht aus den Augen. Meine Mutter hat darauf bestanden, dass ich von ihrer Freundin begleitet werde.«

»Dann sollte sie jetzt nicht schlafen«, erwidert Nietzsche und kann selbst kaum fassen, was er soeben von sich gegeben hat.

Ganz schön kokett, findet Isabelle von der Pahlen und bemerkt, wie ihr Gegenüber verlegen ihrem Blick ausweicht und sich in seinen Sitz verkriecht. Also gut, dann knüpft sie eben an die philosophischen Fragen an. Was der Herr Professor unter einem freien Geist verstehe, will sie wissen und schaut ihm offen ins Gesicht. Die Frage verfängt sofort.

Nietzsche richtet sich wieder auf und blinzelt geradewegs zurück.

»Das ist jemand, dem äußere Dinge gleichgültig sind, Herkunft, Stand, Amt, Zeitgeist und dergleichen.«

»Also ist er eher eine Ausnahme, ein Einzelgänger.«

»Auf jeden Fall sind die Angepassten in der Mehrheit.«

»Dennoch muss ein Freigeist nicht im Besitz der Wahrheit sein.«

Wahrheit! Solch ein Einwurf war ja zu erwarten! Nietzsche räuspert sich und legt für einen Moment die Stirn in Falten, aber nur kurz, denn Stirnrunzeln ruft die allerscheußlichsten Migräneanfälle hervor.

»Muss nicht, kann aber. So oder so sollte es keine Rolle spielen, ob er sich sonderlich moralisch verhält.«

Allmählich kommt ihr dieser Mann fragwürdig vor. »Aber wie will man andere Menschen überzeugen, wenn man nicht der Moral folgt?«, fragt sie, was ihr im nächsten Moment selbst ein wenig altbacken vorkommt.

»Einen Freigeist kümmert das nicht. Er will nicht richtigere Ansichten als alle anderen haben.«

»Es geht ihm also um Provokation?«

»Er will sich vom Alten lösen. Er will Gründe hören, warum jemand an dieses oder jenes glaubt. Reine Glaubensbekundungen reichen ihm nicht. Er hält sie für dahingesagt, für zufällig und gedankenlos übernommen. Auch Sie sind recht neugierig. Sind nicht auch Sie ein Freigeist?« Damit ist ihm doch eine persönliche Frage rausgerutscht.

Für Isabelle von der Pahlen kommt sie so unvermittelt, dass sie drauf und dran ist, sie unbekümmert zu bejahen. Doch käme dies nicht einem Glaubensbekenntnis gleich, das sofort nach einer Begründung verlangte?

»Ich wünschte«, sagt sie nach einer Weile, »ich wäre ein Freigeist. Oder besser ein Freidenker, also das, was man in Frankreich als einen *libre penseur* bezeichnet.«

Ein treffender Begriff, den er noch nicht auf seiner Liste hat. Nietzsche zückt sein Notizbuch aus seiner Brusttasche und kritzelt gerade ein paar kaum lesbare Zeichen hinein, als plötzlich der Mond verschwindet. Es ist zu dunkel, um selbst leuchtende Gedanken zu notieren, wenngleich nicht so duster wie einst im Schulauditorium, wo die Schüler am liebsten ihr eigenes Licht leuchten lassen wollten.

Auf einmal dröhnt das Rattern des Zuges unerträglich laut, sie durchqueren den Mont-Cenis-Tunnel. Auf merkwürdige Weise verschwindet in solch einer Röhre jeglicher Raum, während sich die Zeit dehnt. Aber das ist kein philosophisches Problem; damit sollten sich die Physiker herumschlagen.

Als der Zug nach einer Ewigkeit wieder aus dem Berg herausdampft, hat es zu dämmern begonnen. Bald wird die Sonne aufgehen. Wie sich herausstellt, hat die junge Dame vor, das Wochenende in Genua zu verbringen, ehe sie mit ihrer Begleiterin am Sonntagnachmittag einen Zug nach Pisa nehmen wird. Er selbst wird am kommenden Montag ein Dampfschiff gen Süden besteigen – allerdings soll es nicht weit von Pisa entfernt einen Zwischenstopp geben. Wer weiß, ob man sich dort zufällig wiedersieht?

Endlich beruhigt sich das Gemüt, das Geschaukel hat sich in ein sachtes Wiegen verwandelt. Müde und schweigend rutscht Nietzsche tief in seinen Sitz, spürt eine behagliche Wärme und Mattheit in sich aufsteigen. Draußen zeichnen sich Berge, Bäume und Wolken ab, tauchen auf, fliegen vorüber, verwischen zu Farbstreifen, verblassen zu schraffierten Mustern, schweben fort und entziehen sich seinem Blick. Er gleitet hinein in eine hügelige, felsige Landschaft, der Sonne entgegen, sieht antike Ruinen, das Meer und am Horizont einzelne Inseln. So leicht fühlt sich alles an, als schwebte er eben über dem Boden, unter ihm schlängelt sich ein langer, staubiger Pfad, auf dem ein einsamer, in Dunkelheit gehüllter Mensch seines Weges geht, ein Mann, der nicht wartet, sich nicht umdreht, der sich selbst zu genügen scheint.

Nietzsche möchte ihn einholen, ihm begegnen und ins Angesicht blicken, er hat sich oft nach ihm gesehnt. Kaum kommt er ihm ein paar Schritte näher und scheint ihn schon greifen zu können, beschleunigt der Dunkle seinen Schritt, als wollte er allen davonlaufen, unbeirrt und unbekümmert nur seinem eigenen Weg durch die karge Landschaft folgen. Er entfernt sich, wird kleiner und zu einem winzigen Punkt am Horizont, ehe sich auch dieser in Luft auflöst.

Als Nietzsche am späten Nachmittag aufwacht, erkennt er in der Ferne das Meer als einen schmalen grünblauen Streifen am Horizont, dann tauchen die ersten Häuser von Genua auf. Die Baroninnen sind noch da, beide schon wach. Zum Glück schmerzt der Kopf nicht mehr, die schreckliche Zugfahrt ist tatsächlich noch einmal gut gegangen. So wird er gleich die Stadt erkunden können. Am Bahnhof fragt Isabelle von der Pahlen unvermittelt, ob er am Abend nicht Lust auf einen gemeinsamen Spaziergang habe?

»Neun Uhr«, schlägt Nietzsche vor, »am Palazzo Bianco im Zentrum.« So viel Spontaneität und Entschlossenheit gegenüber einer jungen Dame hat er sich selbst nicht zugetraut – der Süden bekommt ihm bereits bestens. Dann verabschiedet er sich mit einer liebenswürdigen Verbeugung von den Damen und macht sich auf den Weg zum Hotel. Die Luft ist leicht und angenehm frisch, das Licht beleuchtet freundlich die Fassaden der alten Häuser, der Duft wilder Blumen weht durch die Straßen, und vom Meer her streift eine milde Brise sein Gesicht. Für einen Moment schließt Nietzsche die Augen, atmet tief ein und aus. Er schlendert weiter durch die Gassen der alten Hafenstadt, betrachtet aufmerksam die Prachtbauten, das Spiel von Licht und Schatten, dann diesen blauen Himmel mit seinen sanft dahintreibenden Wolken.

Plötzlich bricht die Sonne hinter einer Wolke hervor, die gleißend hellen Strahlen treffen direkt in seine Augen und blenden ihn so stark, dass er nichts mehr sehen kann. Abrupt bleibt er stehen, spürt einen jähen Schmerz und senkt die Lider. Zu spät, schon werden die Knie weich, ein glitzerndes Gebilde erscheint vor seinen Augen. Oder vielmehr dahinter. Der verfluchte Norden lässt ihn noch nicht los, schickt ihm seine letzten bösen Häscher hinterher. Kein Wunder, nach der nahezu schlaflosen Nacht und dem stundenlangen Lärm der Zugfahrt. Ein wenig Ruhe im Hotelzimmer, dann sollte es wieder besser werden. Ohne sich weiter in der Stadt umzuschauen, sucht er geradewegs sein Hotel auf, lässt seinen Lederkoffer auf das Zimmer tragen und begibt sich sofort zu Bett.

Am Abend treffen die Baroninnen eine Viertelstunde früher am Palast ein als verabredet. Isabelle von der Pahlen hat eigens ihre Schmuckuhr vorgestellt, um auf keinen Fall zu spät zu kommen. Man trifft nicht alle Tage auf einen Freigeist, noch dazu mit einem solchen Hut und wild wucherndem Schnauzbart. Sie schaut die Straßen hinunter, sieht prunkvolle Paläste mit marmornen Freitreppen und selbstbewussten Statuen davor. Wo mag er nur bleiben?

Überall laufen Menschen kreuz und quer über die Plätze, aber der Herr Professor ist nirgends zu sehen. Hat sie ihn missverstanden? Er hat doch Palazzo Bianco gesagt? Oder meinte er den Palazzo Rosso? Wartet er womöglich in einer der Kunstgalerien? Er wirkte so verbindlich. Oder bedeutet, ein Freigeist zu sein, dass man sich an keine Verabredungen halten muss und nur das tut, wonach einem gerade der Sinn steht?

Sie ist ganz verwirrt. Ob Freigeist oder nicht, bei ihrem nächtlichen Gespräch hatte sie den Eindruck gewonnen, es mit einem verlässlichen Menschen zu tun zu haben.

Nach einer guten halben Stunde drängt die Baronin darauf, dann eben ohne den Herrn Professor das Viertel zu erkunden. Dem sei sicher etwas anderes in den Kopf gestiegen. Ohnehin versteht sie nicht, warum das Kind so wortkarg ist. Es hat sicher Hunger.

Unterdessen liegt Nietzsche reglos im Hotelbett. Das glitzernde Gebilde ist verschwunden, dafür hat sich ein Unwohlsein in der Magengrube breitgemacht und kriecht allmählich die Speiseröhre empor. Er dreht sich auf die linke Seite, das ist besser auszuhalten. Für einen Moment zumindest, denn schon pocht es heftig in der linken Schläfe, von wo aus sich der Schmerz gegen die Stirn vorarbeitet. Die Augen tränen, während das würgende Gefühl in der Speiseröhre den Rachen erreicht. Er hätte die Damen warnen sollen, dass er vielleicht, vermutlich, wahrscheinlich doch nicht käme. Aber dann hätte er sich erklären, womöglich seine ganze Krankheitsgeschichte ausbreiten müssen, wie kompliziert, wie peinlich. Man kennt sich schließlich kaum. Nun werden ihn die beiden für einen unhöflichen, unzuverlässigen Schwätzer halten.

Nietzsche presst die geballte Faust gegen die pochende Stirn und dreht sich wieder auf den Rücken. Stillhalten, bewegungslos ausharren, die nächsten Stunden, die nächste Nacht, das ganze Wochenende.

Immer wieder schläft er in der Nacht kurz ein, und wenn

er aufwacht, findet er sich auf einem viel zu weichen Bett wieder, tief eingesunken in die verfluchte Matratze. Hin und wieder wagt er eine vorsichtige Bewegung, will sich aus der misslichen Lage befreien. Doch dann wackelt, knirscht und quietscht die Konstruktion erbärmlich. Er hält sich die Ohren zu, auch den Mund. Immer diese Übelkeit!

So geht es auch den ganzen nächsten Tag weiter. Ständig wankt er zur Toilette und muss sich übergeben, bis ein süßlicher Gestank im Zimmer hängt, was kaum auszuhalten ist. Er muss lüften. Luft, mehr Luft! Licht flutet gleißend herein und das Gedröhn der Straßen dringt rücksichtslos in seine Ohren. Dabei ist ihm jedes Geräusch zu viel, peinigt zusätzlich den schmerzenden Kopf. Rasch schließt er das Fenster und wankt zum Bett zurück, wo er sich stundenlang ausgestreckt und möglichst reglos der Folter ergibt. Der Kopfschmerz steigert sich ins Unerträgliche, so sehr, dass er meint, er müsse in ihm ertrinken und untergehen, bis alles verlöscht. Manchmal scheint ihm der Schmerz das wahre Leben zu sein. Alles, wofür er auf die Welt gekommen ist.

In der zweiten qualvollen Nacht, jener auf den Sonntag, türmt sich in seinem Schädel eine gewaltige Gewitterwolke auf, Blitze zucken, es ist ein Funkenflug, der jeden Nerv angreift, ein erbarmungsloses Pulsieren, als bohrten unzählige stumpfe Nadeln in sein Gehirn, es fühlt sich an, als wäre es geschwollen und als könnte der Schädel dem Druck der Hirnmasse nicht standhalten, als müsste er zersplittern. In solchen Momenten schreitet die Zeit nur noch äußerst zäh und langsam voran. Er muss abwarten, bis zu seiner Erlösung, dann wieder ist ihm, als wäre die Marter immer schon da gewesen und hörte nie auf. Am schlimmsten ist es in der Dunkelheit der Nacht, wenn er nicht einmal am Wandern des Schattens entlang der Wände die verstreichende Zeit beobachten kann.

Endlich, am frühen Sonntagmittag, nach zweiundvierzig Stunden Qual, hört jäh der Schmerz auf und weicht aus seinem Kopf, er hat sein Opfer ausreichend geplagt. Der Körper fühlt sich noch matt, betäubt und schwammig an. Ausgestreckt, benommen und abwartend liegt Friedrich Nietzsche auf seinem Bett.

Jemand klopft an die Tür. Viel zu laut, als dass er gleichgültig bleiben und nicht nachsehen könnte. Was will man nur von ihm? Kann man ihn nie in Ruhe lassen! Er hört Stimmen, die ihm bekannt vorkommen, und bringt ein klägliches »Ja, bitte?« hervor, quält sich hoch, drückt sich vom Bett ab, wankt vorsichtig zur Tür und öffnet sie einen Spaltbreit.

Zwei Männer treten ein. Er kennt sie und schaut verdutzt in ihre Gesichter, obgleich er mit ihnen hätte rechnen müssen, wusste er doch, dass sie kommen würden.

Paul Rée und Albert Brenner sind erst wohlgelaunt, dann aber erschrecken sie über den Anblick des Freundes. Mit zerzaustem Haar und aschfarbenem Gesichte steht er vor ihnen. Warum nur haben sie Nietzsche allein nach Genua reisen lassen? Sie hätten es sich denken können, wie sehr ihm die Reise mit all ihren Unannehmlichkeiten zusetzen würde. Kaum jemand weiß besser als Rée von den häufigen Migräneanfällen des geschätzten Freundes, von dem er jetzt aus einem so mitgenommenen Gesicht angeblickt wird. Immerzu fürchtet sich Nietzsche vor der nächsten Attacke, hindern sie ihn doch an seiner Arbeit, dem unaufhörlichen Ringen um klare Gedanken, an seinem Streben nach Freiheit. Bestimmt wurde der Anfall wieder durch zu viel Licht und

Lärm ausgelöst. Zumindest scheinen die Qualen inzwischen von ihm gelassen zu haben.

Nietzsche schwankt durchs Zimmer zurück zum Bett und spricht leise, um keine Erschütterungen des Kopfes zu provozieren, aber er möchte unbedingt hinaus an die frische Luft. Er bittet Rée und Brenner, ihn zum Bahnhof zu begleiten, er wolle, nein, er müsse sich von jemandem verabschieden. Von wem genau, will er nicht preisgeben, und die Freunde fragen nicht nach, wollen ihn lieber schonen.

Gemeinsam verlassen sie das Hotel, doch schon nach wenigen Dutzend Metern wird Nietzsche dunkel vor den Augen, seine Beine drohen ihm wegzusacken. Er schafft es nicht. Sein Körper zwingt ihn, mit Rée und Brenner ein Café aufzusuchen. Dort notiert er, wie es sich gehört, ein paar freundliche Zeilen an die ältere Dame, auch wenn er dabei an die junge denkt: Er wolle sich dafür entschuldigen, nicht zum Treffen am Freitagabend erschienen zu sein. Dabei habe er sich ein Wiedersehen sehr gewünscht. *Trotzdem kann ich es vor meiner Abreise nicht versagen, meine Freude über ein Zusammentreffen schriftlich auszusprechen, welches mich das doppelte Schauspiel sehen liess: eine hohe* erreichte *Cultur und ein hohes Streben nach Cultur. Ihnen und Fräulein von der Pahlen meine ergebensten Wünsche und Grüsse zum Abschied.*

Nietzsche steckt den Brief in ein Kuvert und beauftragt Rée, die Nachricht so rasch wie möglich zu überreichen. Ja, er habe richtig gehört, es handle sich um zwei Baroninnen, eine ältere, eine jüngere, Letztere mit einer Schmetterlingsspange im Haar. Er habe sie im Zug nach Genua kennengelernt und wollte sie wiedertreffen, aber Rée solle sich bitte beeilen, ihr Zug fahre in einer halben Stunde nach Pisa ab.

Brenner werde ihn, Nietzsche, unterdessen zum Hotel zurückbegleiten. Er wolle sich lieber noch ausruhen und nichts riskieren, um morgen die Seereise antreten zu können.

Verwundert nimmt Rée den Brief entgegen. Sollte er eifersüchtig sein? Nietzsche hat also zwei Damen kennengelernt, die ihn offensichtlich beeindruckt haben. So etwas kommt nicht häufig vor. Gerne würde er nachfragen, aber das ist nicht seine Art, und Zeit bleibt ihm dafür auch nicht. So begibt er sich zum Bahnhof und weiß selbst nicht, ob er eher neugierig oder neidisch sein soll.

Während Paul Rée davoneilt, kehren Nietzsche und Brenner zum Hotel zurück. In seinem Zimmer setzt sich Nietzsche an einen Tisch und würde gerne ein wenig schreiben, schaut dann aber aus dem Fenster, sammelt seine Gedanken und beruhigt sich. Noch eine Nacht, noch ein Sonnenaufgang, ehe die Reise in den ersehnten Süden weitergeht. Was mag Brenner jetzt wohl treiben? Der Student hat ein Zimmer unter seinem erhalten, Rée den Raum nebenan.

Wie sich beim Abendessen herausstellt, hat der Freund die Baroninnen noch angetroffen und den Brief überreicht. Die Damen seien ganz überrascht gewesen, berichtet er. Sonst sagt er nichts weiter, verhält sich wie üblich diskret und lässt sich nichts entlocken. Manchmal ist seine Höflichkeit undurchschaubar.

In der Nacht liegt Nietzsche auf dem Rücken im Hotelbett, in sich versunken nimmt er die Geräusche von draußen nur wie aus weiter Ferne wahr. Alles klingt schon so anders als nördlich der Alpen. Er ist noch nicht in der Fremde, aber auch nicht mehr von allzu viel Vertrautem umgeben. Eine letzte Nacht, dann beginnt ein neues Leben, ein neues Zeitalter gar. Sein Atem geht ruhig, die Augen hat er geschlossen, seine Vorstellungen kreisen um die morgige Abfahrt. Er stellt sich das Dampfschiff vor, wie es, von der Morgensonne beschienen, verheißungsvoll im Hafen liegen wird, einladend und friedlich. Eine Weile wird er andächtig davor stehen bleiben, ehe er das Deck betritt. Dann fährt das Schiff hinaus, gleitet an einer sich entfernenden Küste entlang und lässt sie schließlich hinter sich. Die Wellen wogen auf und ab, der Himmel ist licht, so weit, so hoffnungsvoll offen. Eine Möwe kreist in der Luft, ein von der Sonne beschienener Vogel, der schließlich dem Schiff voran gen Süden entwischt, über das Meer schwebt, den Hafen, die Stadt und die hügelige Küste hinter sich lässt; kosmische Klänge ertönen, eine harmonische Symphonie entführt ihn und will ihn mitnehmen in eine leuchtende Welt, wären da nicht vereinzelte Misstöne, die sich mehren und immer störender Gehör verschaffen. Es dauert, bis er bemerkt, dass sie aus seinem Innersten hervordringen. Es sind die dissonanten Töne einer überwunden geglaubten Vergangenheit, dirigiert von einem Mann, der wie aus dem Nichts heraus vor ihm steht, eitel, runzelig, gnomenhaft. Wie penetrant dieser Alte den Neuanfang stört.

Am nächsten Morgen, es dämmert bereits, erinnert sich Nietzsche kaum noch an seinen Traum, ihm ist, als hätte er im Schlaf einer unerhörten Symphonie gelauscht. Er steht auf, öffnet das Fenster, atmet die frische, laue Luft ein, kleidet sich an und geht gut gelaunt zum Frühstück, wo Rée und Brenner schon auf ihn warten.

»Haben Sie gut geschlafen?«, will Rée wissen.

»Mir ist, als hätte ich von einem alten Gnom geträumt«, gibt Nietzsche zurück, während er mit einem Hieb ein Ei köpft.

»Wagner spukt Ihnen noch im Kopf herum?«, erkundigt sich Rée.

»Ja, so ist es wohl, wäre ich doch bloß nicht zu den Festspielen in Bayreuth gefahren!« Aber er wolle nicht weiter darüber reden. Der Tag beginne vielversprechend, überhaupt werde nun ein neues Kapitel geschrieben. Jetzt zähle der gemeinsame Aufbruch und die Reise zur See. Zum Glück müsse man nicht mit dem Zug in den Süden fahren. Ein paar Kilometer seien zu ertragen, aber in einem Land wie Italien, wo man so bequem mit dem Schiff entlang der Küste reisen könne, werde sich die Bahn sicher nie durchsetzen.

Bald nach dem Frühstück folgt Nietzsche mit dem Lederkoffer in der Hand den Freunden hinunter zur Anlegestelle am Hafen. Der Dampfer, der sie fortbringen soll, ist ein stählerner Koloss, nicht allzu hoch, aber so lang, dass sich sein Ende dem Blick entzieht. Unzählige kleine, runde Bullaugen sind in Reih und Glied in die Bordwand eingelassen, zwischen einem großen und einem kleinen Mast dampft es ungeduldig aus einem Schornstein.

Nietzsche schwitzt unter seinem Hut, die Sonne steht schon hoch am Himmel. Fast stolpert er über ein Tau, grämt sich über die vielen durcheinanderschwatzenden Leute, die sich vor dem Dampfschiff zusammengedrängt haben wie eine Herde blökender Schafe. Gereizt stellt er sich mit Brenner und Rée in die lange Schlange. Das auch noch nach dem verpatzten Wochenende! Erst das Fräulein Isabelle verpasst, stattdessen die Migräne und jetzt diese Meute. Immerhin wird er gleich seine Kabine aufsuchen und sich ausruhen können.

Die Zugangsbrücke rasselt vom Schiff herunter, und die Schlange setzt sich langsam in Bewegung. Ein junger Mann trägt Nietzsche den Koffer unter Deck, wo ihm Rée und Brenner helfen, sich in der engen, dunklen Kabine zurechtzufinden. Er kann sich kaum drehen und muss sich bücken, so beengt hat er es noch nie gehabt. Nietzsche späht durch das Bullauge nach draußen, wo weiterhin unzählige Passagiere auf das Schiff drängen. Auch in der Kajüte ist die ersehnte Ruhe nicht zu finden, vom Gang her dröhnt unentwegt das Geschwätz zahlloser Menschen, Koffer werden wahllos hin und her gezerrt. Das rücksichtslose Geklapper will einfach kein Ende nehmen. Er flieht an Deck, das zum Glück fast menschenleer ist.

Als das Schiff ablegt, blickt Nietzsche von der Reling aus zurück nach Genua, das rasch zu einer Silhouette zusammenschrumpft. Allmählich verflüchtigt sich auch die endlos erscheinende Küste in der Ferne. Befreit atmet er die frische Seeluft ein und kneift die Augen zu schmalen Schlitzen zusammen. Endlich entfernt er sich vom Land und tritt die Reise auf See an, kann alles Alte hinter sich lassen, sich einem Schiff anvertrauen, hat unter sich nur noch die Tiefe des Meeres. Wenn er dann an einem anderen Ort ankommt, wird er den festen Boden einer andersartigen Welt betreten, um sein Leben von Neuem zu beginnen, sich an der Weite des südlichen Himmels erfreuend. Längst ist die alte Hafenstadt nur noch eine verschwommene Erinnerung, Wolkenbänder ziehen über den Himmel, hier und dort bricht die Sonne durch sie hindurch, Lichtflecken tanzen auf der Wasseroberfläche, Möwen kreischen in der Luft. Ein schwarzer Fleck segelt nah an seinem Kopf vorbei, verschwindet ebenso rasch, wie er gekommen ist. Vermutlich eines der kreischenden Viecher, das schon vom Ruß der Dampfwolken verschluckt wird.

An die Reling gelehnt, spürt er, wie das Schiff über ein Meer gleitet, das wie ein großes Wesen ruhig zu atmen scheint. Wind kühlt wohltuend seine Wangen, die Sonne bricht erneut durch die Wolken, formt Schattenspiele, lichte und dunkle Flecken sind unscharf ineinander verwoben. Die schäumende, wogende Wassermasse wirkt hier, nahe am Schiff, bläulich, weiter entfernt grünlich, schließlich grau.

Das sanft wiegende Auf und Ab überträgt sich wohlig auf seinen Körper. Hin und wieder spritzt ihm Gischt ins Gesicht, als wollte ihn das Meer spielerisch begrüßen. Das zuverlässige Kommen und Gehen der Wellen beruhigt ihn. Er stellt sich einen Ort an der Küste vor, Strand, Wasser, Weite. Zuversicht steigt in ihm auf, eine vage Hoffnung auf Gesundung, auf klare Gedanken in angenehmer und anregender

Gesellschaft. Fräulein von Meysenbug hatte so wohlwollend geschrieben. Sie sei nun bereit, ihre Wohnung in Rom zu verlassen und ein Opfer zu bringen, um eine echte Individualität, wie er sie verkörpere, zu retten. Sie schlug zunächst vor, einen kleinen Ort zu beziehen, vielleicht Fano an der Adria mit seinem gesunden Klima, den herrlichen Seebädern, primitiv billig sei es dort. Brenner habe sie schon eingeladen, aber auch für Nietzsche solle der Ort eine Heimat sein, wenigstens für ein Jahr. Er müsse im nächsten Winter von Basel fort, müsse sich ausruhen unter einem milderen Himmel, unter sympathischen Menschen, wo er frei denken, reden und schaffen könne, was seine Seele erfülle, und wo ihn wahre, verstehende Liebe umgäbe. Bedenklich stimme sie nur, dass es sich nicht um Rom handle, wo sie ihm so viel hätte zeigen können. Natürlich wäre es in Fano an der Adria ruhiger und das Klima zusagender, es sei, des Meeres wegen, frischer und anregender, aber es wäre eben nicht Rom. Fano war ihr erster Vorschlag gewesen, ehe sie auf Sorrent verfiel.

Ihre Zeilen kamen genau zur rechten Zeit, ohne die freundliche Einladung hätte Nietzsche nicht mehr gewusst, was er nach der vermasselten Atropin-Kur noch hätte tun sollen, damit seine Sehkraft und seine Gesundheit sich besserten. Der Präsident der Hochschule hatte seinem Wunsch nach einer Auszeit von der Lehrtätigkeit sofort entsprochen. So hatte er die Einladung annehmen und Fräulein von Meysenbug alsbald euphorisch mitteilen können, die Reise in den Süden solle für ihn ein Aufenthalt in einem Glückstempel werden. Ein wenig nervös ist er seither gleichwohl, weiß er doch, dass von Meysenbug einen höchst unvollkommenen Menschen in ihm kennenlernen wird. Vorsichtshalber hat er sie gewarnt.

Hier, an der Reling, ist aller Schmerz wie verflogen, der Körper gelöst und kraftvoll. Wenn dieser Zustand anhielte, was sollte ihn dann daran hindern, in Süditalien ein neues Leben zu beginnen? Die Universität hat ihn für ein ganzes Jahr freigestellt. Man hatte auch keine andere Wahl, obwohl diese Freistellung ein großes Opfer für die kleine Hochschule bedeutet. Er hätte nicht mehr länger in Basel durchgehalten. Wie betäubt war sein Geist von den ständigen Kopfschmerzen und vom stupenden Unterrichten. Er hat das falsche Fach gewählt, spürt das Unverständnis und die Ignoranz der Kollegen. Niemand ist da, der seine großen Schriften liest oder gar würdigt, wenigstens Interesse daran zeigt.

All das hat nun ein Ende. Allein die Vorstellung eines anderen Lebens, eines Lebens, in dem er frei denken und sich frei bewegen könnte, lässt ihn aufatmen. Es ist erstaunlich, welche Macht seine Einbildung über die körperliche Empfindung haben kann. Wo sonst, wenn nicht im Süden Italiens, wird sein Leiden gelindert werden? Nie hat er so viel gelitten wie in den letzten Monaten. Als wollte der Schmerz an ihm erproben, wie viel Pein ein menschlicher Geist zu ertragen vermag, bevor er verrückt wird oder Hand an sich legt. Gab es je einen Menschen, der mehr erdulden musste? Oder muss man erst leiden, um zum Menschen zu werden? Diese sich häufig wiederholenden, quälenden Schmerzexperimente wurden gründlich und wissenschaftlich an ihm durchexerziert. Oft schon hat er den Versuch unternommen, sich während dieser Martyrien selbst zu beobachten, doch nie ist es ihm gelungen. Nur die Vorboten der Schmerzattacken konnte er erfassen. Dann galt es, Anstrengungen zu meiden, Licht, Lärm und Gerüchen aller Art auszuweichen. Vieles hat er ausprobiert, sich sogar angewöhnt, leise zu sprechen und vorsichtig aufzutreten, um jegliche Erschütterungen möglichst gering zu halten. Gelänge es ihm, irgendeine Strategie zu finden, ließen sich die Attacken vielleicht abmildern. Und dann gibt es auch den Schmerz, der ihn ohne Vorwarnung überfällt, rücksichtslos sein ganzes Sein erfasst, ihm die Kontrolle über seinen Körper und seinen Geist entreißt und anschwillt zu übermenschlicher Pein. Noch Stunden nachdem ein solcher Anfall vorbei ist, liegt er ermattet und kraftlos im Bett, spürt nur langsam, wie das Leben in seinen Körper zurückflutet, wie ein Muskel nach dem anderen neue Spannkraft gewinnt, ehe er sich wieder aufrichten kann. Anschließend hat er für vier, manchmal sogar für acht Tage sich selbst zurück, seine Bestimmung über sein Tun und sein Dasein. Dann kann er arbeiten, nachdenken, hoffen und leben. Was immer er bislang tat, ob er sich viel oder wenig schonte, die Schmerzen kehrten wieder. Als Gelehrter ist er ein typisches Opfer solch einer Krankheit. Fast gereicht sie ihm zur Auszeichnung, als Beleg für sein unablässiges Streben nach höherer Erkenntnis, als Beweis für die dauerhafte Beanspruchung seiner Nerven, die ihm Übermenschliches abverlangt. Und zeigen ihm nicht gerade die Schmerzen, dass er lebt, intensiver als viele andere Menschen? So viel hat er durchgemacht. Der vergangene Sommer war schon schlimm, aber dieser Herbst, so kommt es ihm vor, fühlt sich noch herbstlicher an als jeder frühere, seit Wochen ist seine Stimmung getrübt, ein Streifen schwärzester Melancholie lastet auf ihm. Kein Arzt, keine Kur hat bislang helfen können.

In Sorrent wird er deshalb Ruhe suchen, die milde Luft genießen, Spaziergänge unternehmen. Einfach nur Spaziergänge in lauer Luft und dunkle Zimmer, mehr gibt es nicht zu wünschen. Furchtbar nur der Gedanke, dort etwas hören oder sehen zu müssen, gar zu Gesellschaften eingeladen zu werden oder, noch schlimmer, Verpflichtungen aufgeschwatzt zu bekommen. Er wird solch lästigen Dingen ausweichen. Zur Not wird Rée ihn davor schützen müssen. Doch soll niemand glauben, er sei *morose* geworden. Nicht Krankheiten, nur Menschen können ihn verstimmen. Zum Glück wird er umgeben sein von rücksichtsvollen Freunden wie Rée, Brenner und Fräulein von Meysenbug.

Nun, da er an der Reling steht und sowohl das Festland als auch die schmerzerfüllten Stunden im Hotel weit hinter sich gelassen hat, kann er aufatmen und die salzige Meeresluft tief in seine Brust strömen lassen. Für die Welt des Nordens reicht seine Kraft nicht mehr aus, er ahnt es längst, doch für den Süden besitzt er Geist genug. Welch ein schöner, treffender Satz. Rée könnte es kaum prägnanter formulieren.

Das Dampfschiff schwankt auf südlichem Kurs vorwärts, umgeben vom Lichtertanz und von gebrochenen, schaumgekrönten Wellen, die in einem Moment der Ruhe auslaufen, um sich erneut aufzutürmen. Ein Kommen und Gehen wie der Schmerz. Unablässig strömt mit den Wellen alles fort und wird wieder herangetragen. Strömt nicht auch das, was ein Mensch erlebt, in seinem Innern in Hunderten Varianten immer weiter? Empfindet man nicht dieses Fortströmen in jedem Augenblick von Neuem? Ist nicht alles ein einziges Fließen? Jede Welle trägt auch ihn fort, dem Neuanfang entgegen, an den Golf von Neapel, nach Sorrent. Ein jeder Gedanke ist eine Welle, die ausläuft in eine andere. Eine ewige Bewegung, die auch bei der größten Windstille nicht gänzlich zum Erliegen kommt. So ist alles in der Urkraft des Meeres miteinander verbunden.

Im Süden reißen die Wolken auf, ein Sonnenstrahl beleuchtet einen Punkt auf dem Meer, ein einsam tanzender Lichtfleck, der wie ein Versprechen größer wird, je näher das Schiff ihm kommt.

Mit Malwida von Meysenbug hat er schon grob erörtert, eine Art Kolonie zu gründen, eine Stätte für junge, talentierte Menschen, wo Leben, Lernen und Lehren eins werden sollen, ein jeder ist Lehrer und Lernender zugleich – man lernt immer, es hört nie auf, alles bleibt beständig im Fluss. Er erinnert sich an den Brief, den er kürzlich einem Bekannten geschrieben hat. Natürlich könne er sich noch einige Jahre lang durch diese Universitätsexistenz schleppen und sie als ein lehrreiches Leidwesen ertragen. Doch ein radikales Wahrheitswesen, das sei an einer staatlichen Universität nicht möglich und ohnehin nicht vorgesehen. Nie werde aus den Gebäuden einer Hochschule wahrhaft Umwälzendes herauskommen. Eines Tages werde er das Joch seiner Professur abwerfen und eine griechische Akademie gründen, eine klösterliche Genossenschaft von Künstlern. Selbstverständlich gäbe es auch Bücher, aber eher als Köder, um neue Mitglieder zu gewinnen. Zuallererst solle die große Kunst des philosophischen Gesprächs wiederbelebt werden, wie man sie in der frühen Antike beherrschte. Alle lebten gemeinsam. Vielleicht werde sich dies als die einzige Möglichkeit erweisen, an einer Gemeinschaft mitzuwirken.

Eine Welle klatscht tosend gegen die Bordwand, Gischt spritzt empor, benetzt Nietzsches Gesicht, belebt seine Sinne, auch wenn er erschrickt, weil er damit nicht gerechnet hat.

Jemand tritt schweigend an seine Seite. Er zuckt zusammen, hat den Freund nicht kommen sehen, ihn auch nicht gehört. Im Sommer haben sie ein paar Tage miteinander in einem Schweizer Bergdorf verbracht, in einem Häuschen, an dem Weinreben emporklettern. Sie haben auf dem hölzernen Balkon gesessen, sich vertrauensvoll ausgetauscht, auf die Berge geblickt oder sind gemeinsam umhergewandert. Rée hat ihm aus seinem Leben erzählt, von seinen vermögenden Eltern, die lange vor seiner Geburt vom Judentum zum Protestantismus übergetreten sind, vom Rittergut der Familie in Pommern, wo er aufgewachsen ist, seiner Schulzeit in Schwerin, vom Studium der Philosophie und der Rechtswissenschaften in Leipzig und später in Berlin, auch von Vorlesungen in Medizin und Chemie, die er besucht hatte, von seiner Doktorarbeit über den Begriff des Schönen bei Aristoteles, die er an zwei Menschen geschickt hat, denen er klare Urteile auch in Fragen der Moralphilosophie zutraut, an einen Forscher namens Ernst Haeckel und den Schriftsteller Iwan Turgenjew. Allerdings sei die deutsche Philosophie noch nicht so weit, seine Gedanken zu verstehen, hat Rée gemeint, sie sei nach wie vor in der Metaphysik verhaftet und nicht geerdet, weigere sich beharrlich, sich mit Darwins Evolutionsgedanken auseinanderzusetzen und diese auf die Moralphilosophie anzuwenden. Trotz all dieser Widerstände, Verletzungen und der Kritik an seiner Doktorarbeit strebe er weiter eine Habilitation an, werde kämpfen und sich durchsetzen. Mit gedämpfter Stimme erzählte er von seiner Zeit als Freiwilliger im Krieg gegen Frankreich und einer Verwundung in der Schlacht bei Gravelotte, die seinen Körper so sehr geschwächt habe, dass er anschließend nicht mehr zurück an die Front konnte. Manchmal denke er an die gefallenen Freunde, die wie er so enthusiastisch in den Krieg gezogen waren, gab er eines Abends gar preis, manchmal höre er im Traum noch Kanonendonner, aber er wolle nicht weiter davon sprechen.

Nietzsche hatte ihm voller Bewunderung zugehört, gerührt von dem Vertrauen, das Rée ihm entgegenbrachte. Sie kannten sich seit drei Jahren, einiges von dem, was der Freund ihm da erzählte, wusste er bereits oder kannte es aus eigener Anschauung. Er selbst war im Krieg gegen Frankreich für kurze Zeit als Sanitäter nahe der Front gewesen, bevor er an Durchfall und Diphtherie erkrankte. Wofür nur? Es widert ihn an, dass Totenopfer in Deutschland wieder zum guten Geschmack gehören, dass wieder Kaiser, Heer, Reich und Christentum gehuldigt wird. Was hatte ihn getrieben, sich freiwillig zu melden, obwohl er doch schon in der Schweiz lebte? Mit dem Deutschen Reich und diesem Otto von Bismarck kann er jedenfalls nicht viel anfangen. Er muss sich endgültig lösen, denkt er jetzt, an der Reling stehend. In Bex hat er angefangen, an einem neuen Text zu arbeiten, den er *Pflugschar* oder *Freigeist* nennen will, was noch zu entscheiden sein wird.

»Wenn ich an unsere Zeit im Bergdorf zurückdenke«, sagt Rée unvermittelt und hält inne, als traue er sich nicht, den Gedanken vollends auszusprechen, »kommt es mir vor, wir hätten dort die Flitterwochen unserer Freundschaft verbracht.«

Nietzsche horcht auf, fast scheint es, als habe Rée seine Gedanken gelesen. Unwillkürlich muss er lächeln, die Formulierung gefällt ihm. Rée kann sich immer so pointiert ausdrücken, mit wenigen Worten ein riesiges Panorama eröffnen und unzählige Assoziationen heraufbeschwören. Was soll er darauf sagen? Er selbst fand die Tage in Bex ausgesprochen schön, und er hat dort nur einen einzigen Anfall erlitten. Vermutlich hat die ärztlich verordnete Stirnsalbe geholfen. Rée und er haben sich von Beginn an sehr gut verstanden, zumal sie beide von den Kollegen kaum beachtet werden. Weder seine *Geburt der Tragödie aus dem Geiste der Musik* noch Rées *Psychologische Beobachtungen* haben Zustimmung gefunden, sind oft nicht einmal gelesen worden – und wenn doch, dann stießen die Bücher auf schmerzhafte Ignoranz und dummen Widerspruch.

Hier, weit draußen auf dem Meer, ganz aufgeräumt vor lauter Wohlbehagen und fern vom Festland, lästern Nietzsche und Rée über ihre Heimat und den albernen Glauben an höhere, ewige Ideen, an diese ganze überholte Metaphysik. Rée hat man nach seiner Doktorarbeit als Philosophen ausgegrenzt und damit zu einem Freigeist gemacht. So sind sie seither Geistesbrüder; zwei freie, in der Luft schwebende Vögel.

In Sorrent will Rée seine Philosophie noch einmal durchdenken, die Argumente straffen, überhaupt alles hinterfragen, wie Nietzsche so gern sagt, die Erkenntnisse in prägnante Formeln gießen, damit sie jedermann begreift.

Es werde nicht leicht, mutmaßt er in diesem Moment, sich gegen die Metaphysiker durchzusetzen – nicht für ihn und auch nicht für Nietzsche. Kurz hält er inne, dann fügt er hinzu: »Wer sich taktlos gegen uns benommen hat, verzeiht uns das nie.«

Das könnte durchaus zutreffen, findet Nietzsche, der den Freund für dessen Witz bewundert und ihn oft ermutigt, noch schärfer zu formulieren. Er sieht in ihm einen scharf zielenden Schützen, der immer ins Schwarze trifft. Es stimmt, taktlos waren schon so einige Menschen ihnen gegenüber, und obwohl er es vermeiden wollte, denkt er schon wieder an Richard Wagner, der bereits in Sorrent weilt, das hat er aus einem Brief erfahren. Soll er sich auf den alten Mann freuen? Gehört der nicht in sein vergangenes Leben? Er hat den einstigen Freund zuletzt während dieser furchtbaren, dieser missglückten Festspiele in Bayreuth getroffen. Er hätte nicht hinreisen sollen; die Kopfschmerzen fingen schon an, bevor er die Stadt erreicht hatte. Er hat einigen Proben beigewohnt, die allesamt nicht sonderlich bewegend waren, er konnte sich kaum konzentrieren. Schon nach der ersten Vorstellung hat er sich davongemacht, ist aus der Stadt geflüchtet. Die Festspiele haben ihn wie sonst nichts in diesem Sommer enttäuscht. Widerwärtig! Dieses Volk, diese Bierseligkeit, das herausgeputzte, blasierte Bayreuth, die elende Inszenierung, das ganze müßiggängerische Gesindel Europas war auf einem Haufen versammelt. Jeder beliebige Fürst spazierte in Wagners Hause aus und ein, als ginge es nicht um die Musik, sondern um die Kunst, sich als Gockel aufzuplustern. Seither hat er den Eindruck, nein, er weiß es im Grunde längst, dass sich der Meister verkauft, an das Geld, die Massen, die Mächtigen. All das, nur um dem Luxus zu frönen, von dem er nicht loskommt, von dem er gar meint, er fördere die Fantasie. Aber vielleicht besteht noch Hoffnung. Italien hat Wagner schon immer inspiriert. Hat er nicht schon öfters stolz erzählt, wie er in einem Gasthof in La Spezia das Vorspiel des *Rheingolds* entwarf?

Für ihn, Nietzsche, wird in Italien einiges enden, die Schmerzen, die Krankheiten. Vielleicht sollte er auch die alte Freundschaft aufgeben und sich endlich vom väterlichen Freund lösen.

Als der Wind zunimmt und die Wellen noch heftiger gegen die Bordwand branden, verlassen Rée und Nietzsche das

Deck und suchen Albert Brenner in seiner Kajüte auf, der wie sie in gelöster Stimmung ist. Beim Abendessen schmieden sie erste Pläne für ihre Zeit im Süden, lachen und scherzen, machen sich über andere Gäste lustig, die durcheinanderschnattern wie aufgescheuchte Gänse.

Rée schaut zu ihnen hinüber und bemerkt lächelnd: »Dass sie sich wichtigmachen, merken solche Menschen nie, aber das Publikum immer.«

Welch ein Treffer, wieder ins Schwarze!, denkt Nietzsche.

Dann begibt sich ein jeder in seine Kajüte, um ausgeruht das erste Etappenziel zu erreichen.

Als der Dampfer am nächsten Morgen in Livorno einläuft, kommt Albert Brenner fast nicht aus der Koje. Er fühlt sich noch ganz müde, hat in der Nacht gefiebert und will später höchstens ein wenig den Hafen erkunden. Sie haben einen guten Tag lang Pause, ehe es am Abend nach Neapel weitergehen wird.

Kurz nach dem Frühstück macht sich Nietzsche nach Pisa auf und fragt nicht einmal, ob ihn jemand begleiten möchte.

Rée will ihm am Nachmittag folgen, sucht sich jetzt an Deck des Schiffes eine Liege, breitet eine Decke darauf aus und liest ein paar Seiten eines philosophischen Werkes. Doch schon bald schlägt er das Buch zu, um seine Gedanken treiben zu lassen. Einige Monate, vielleicht sogar das ganze Jahr, wird er mit Nietzsche im Süden bleiben, aber danach muss er zurück an die Universität, ganz gleich, was der Freund von solchen Einrichtungen halten mag. Er ist bestrebt, Professor für Philosophie zu werden. Es wird Zeit, dass die französischen Vorstellungen von Moral und Ethik auch in der Heimat verbreitet werden und dass all diese im Deutschen Reich verharrenden Vorstellungen, dieses veraltete metaphysische Zeug, auf den Boden der Tatsachen geholt werden. Von all den Angriffen auf seine bisherigen Arbeiten, auch wenn sie ihn noch so persönlich getroffen haben, will er sich nicht entmutigen lassen. Beginnt nicht jede Revolution mit einem Aufschrei ihrer Gegner? Es ist gut, der Heimat vorerst zu entfliehen, der Abstand verspricht einen klaren Blick auf die Verhältnisse daheim. Er muss die Zeit in der Ferne nutzen, um seine Lage und seine Möglichkeiten genau zu analysieren. Wahrscheinlich wird ihm das am besten gelingen, wenn er sich zunächst mit anderen Dingen und Themen beschäftigt, wenn er oft wandern und im Meer schwimmen geht.

Unterwegs im Zug nach Pisa kneift Nietzsche seine Augen irritiert zusammen und kann kaum glauben, was er da sieht. An einem Waldrand kurz vor der Stadt stehen zwei Kamele. Er schaut noch einmal hin, da sind es plötzlich fünf. So reglos, wie sie dastehen und vor sich hin schauen, erscheinen ihm die Tiere reichlich tumb, als warteten sie auf Befehle. Sie erinnern ihn an Elisabeth, *das Lama*. Wie gut, die einfältige Schwester einmal für einige Monate los zu sein. Sie führt beflissen seinen Haushalt, doch ihre Vergötterung ist kaum auszuhalten. Wenn man es recht bedenkt, ist ein Mensch auf seiner ersten Geistesstufe nicht intelligenter als ein Kamel. Er selbst hat dieses Stadium durchlaufen, ist selbst so ein tumbes Tier gewesen, das wird ihm in diesem Moment bewusst, aber er spürt jetzt, dass diese Phase seines Lebens zu Ende geht, die Zeit der letzten Ehrfurcht vor Kirche und Moral, des Glaubens an Ideale und Vorbilder. Wie besessen hat er Wagner und auch Schopenhauer verehrt, all ihre Werke, ja, jedes einzelne Wort, jede Komposition und alle

Klänge in sich aufgesogen, sie bewundert, ihnen gehorcht und von ihnen gelernt, besser als sonst jemand. Alles Verehrenswerte hat er gesammelt, in seinem Kopf gegeneinander kämpfen lassen, alles Schwere ertragen, die Illusionen der Musik und der Kunst als ein Spiel gerechtfertigt, als einen Tanz über dem Abgrund der Welt. Womöglich hat all dies zu den unerträglichen Kopfschmerzen beigetragen, auch wenn er nie groß darüber nachgedacht hat. Aber dass die Wirklichkeit nicht heil, sondern zerrissen ist, das weiß er längst. War sie es nicht in jedem Menschenalter? Nicht einmal die alten Griechen lebten in einem Paradies, sondern auf erschüttertem, wankendem Boden.

Wie sehr er sich mal wieder in Gedanken verloren hat, realisiert er, als draußen die Landschaft plötzlich zurückweicht und Häuser und Gärten in seinem Blickfeld auftauchen. An der Stazione di Pisa Centrale steigt Nietzsche aus und tritt auf den Platz vor dem Bahnhof, er fühlt sich gelöst und heiter. Während der kurzen Bahnfahrt ruckelte es zwar beständig, aber nicht heftig. Er hat sie gut überstanden. Nun schwebt die Luft sommerlich leicht und verspricht einen schönen Tag. Doch bald sticht die Sonne vom Himmel, er schwitzt und setzt den Hut auf, dessen Schatten das Gesicht angenehm kühlt und entspannen lässt. Mal sehen, ob er nicht den Baroninnen über den Weg läuft!

Vom Bahnhof aus folgt er den Schildern zum Dom, überquert auf der Ponte Solferino den Arno und macht einen Abstecher durch den Botanischen Garten, ehe er auf der Via Roma weiterläuft in Richtung der Piazza dei Miracoli. Wo sonst sollte er das Fräulein von der Pahlen antreffen, wenn nicht auf diesem Platz?

Von überallher ist ein Stimmengewirr aus Italienisch,

Englisch, Französisch und Russisch zu vernehmen. So viele Touristen hat er nicht erwartet. Spricht jemand Deutsch, horcht er auf, erst recht, wenn es sich um eine Frauenstimme handelt. Auf keinen Fall will er sie verpassen, womöglich aus Versehen an ihr vorbeischlendern. Es ist höchst unwahrscheinlich, dass er das Fräulein in diesem dichten Gedränge von Menschen erkennen wird. Vielleicht besucht sie auch nicht den Dom oder war schon dort und ist längst wieder abgereist. Er muss immer noch ein Kamel sein, wenn er, nur um ihr noch einmal zu begegnen, in die Eisenbahn steigt und sich dieser dichten, lärmenden, furchtbaren Menschenmenge aussetzt. Wie kann er nur an einen solchen Zufall glauben, ist das nicht schon eine Art von Metaphysik?

Als eine Kutsche heranrollt, muss Nietzsche beiseitespringen. So eine Unverschämtheit, hat der Kutscher keine Augen im Kopf? Fast hätte dieser Tölpel ihn über den Haufen gefahren.

»Ganz allein, Professor?«

Diese Stimme kennt er, ja, sie ist es wahrhaftig, Fräulein von der Pahlen mit ihrer Anstandsdame, kaum zu glauben!

Sie hat ihn gleich an seinem Hut erkannt. »Steigen Sie ein, wir nehmen den gleichen Weg«, fordert sie ihn auf und lächelt freundlich.

Kaum ist die Kutsche angefahren und ein paar Meter weitergerollt, hält sie im Schatten des wuchtigen Baptisteriums schon wieder an. Während die Baroninnen schnurstracks auf den Eingang zusteuern, bleibt Nietzsche ergriffen stehen und richtet ehrfurchtsvoll seinen Blick nach oben: Vor ihm ragt wie ein ewiger Fels der gewaltigste Bau empor, den er je gesehen hat, eine gebieterische Inszenierung päpstlicher Allmacht. Er soll sich gefälligst klein machen, auf die Knie fallen, ergeben die Hände falten und seine Beichte ablegen, man warte, man habe Zeit, unendlich viel Zeit. Man stehe hier seit Jahrhunderten und werde nicht von der Stelle weichen. Aber Nietzsche will nicht einknicken, will standhaft bleiben, nicht zurückweichen aus lauter Gottesehrfurcht. Er stellt seine Füße weit auseinander, um sicher zu stehen, um nicht zu schwanken oder gar umzukippen, während er trotzig nach oben zur Kuppel schaut. Einen Friedrich Nietzsche zwingt das Christentum nicht mehr auf die Knie, nicht zur stillen, artigen, frommen Ergebenheit. Diese Zeiten sind längst vorbei, er ist kein *kleiner Pastor* mehr. Er ringt mit diesem Monumentalbau, dessen Turmspitze sich im Blau des Himmels verliert, als reichte sie wie der Turm zu Babel bis ins Reich Gottes. Eine einzige Anmaßung ist dieser Bau!

»Herr Professor, hier sind wir!«

Die angenehme Stimme Isabelle von der Pahlens holt ihn ins Hier und Jetzt zurück. Für einen Moment hat sie gedacht, er wäre angesichts der Göttlichkeit vor Ergriffenheit erstarrt, und wollte ihn nicht stören, dann jedoch hat sie verwundert bemerkt, wie der Freigeist seine Fäuste ballte.

Nietzsche sammelt sich und richtet seinen Blick auf die junge Dame. Gestärkt folgt er den Baroninnen ins Innere des Baus, wo die ältere erwartungsvoll in ein achteckiges Taufbecken starrt, als suchte sie dort nach Goldmünzen. Nietzsche bleibt ein wenig abseits stehen, um die Geometrie des Säulengangs und der Kuppel auf sich wirken zu lassen. Er erkennt die Formen, kann aber die Dimensionen im Dunkeln kaum erfassen. Je länger er alles betrachtet, desto mehr hat er das Gefühl, das Baptisterium mit seinem eigenen Geist auszufüllen, er scheint zu wachsen, bald die gesamte Taufkirche einzunehmen, bis er sie zum Platzen bringt. Er fühlt sich so voller Kraft wie lange nicht, aber eingeengt in dieser steingewordenen Allmachtsfantasie, es zieht ihn zurück nach draußen unter den freien, unendlich weiten Himmel.

In Begleitung der Baroninnen schlendert Nietzsche hinüber zum imposanten Camposanto und betritt federnden Schrittes eine monumentale, fensterlose Friedhofsanlage, die ihn an eine Opernkulisse erinnert. Sie durchschreiten einen langen Kreuzgang, gehen an antiken Sarkophagen vorbei und bleiben vor einem gemalten Inferno stehen, das Jüngste Gericht, einem Werk des florentinischen Malers Andrea Orcagna. Lustvoll quält Luzifer die Seelen der Verdammten. Das Fräulein schaudert, was Nietzsche amüsiert. Er macht Isabelle auf subtile Szenen aufmerksam, bis auch sie über einen fetten Mönch lacht, der von zwei Teufeln in den Abgrund gerissen wird. Wie sich dieser Freidenker doch in glänzenden, sarkastischen Spötteleien über diese Darstellung ergeht, die gesamte christliche Mythologie mit wenigen Worten entzaubert. Als sie bemerkt, dass ihre ältere Begleiterin verständnislos dreinschaut, nicht weiß, was sie zu all den blasphemischen Äußerungen des Herrn Professors sagen soll, lenkt Isabelle von der Pahlen das Gespräch auf den Schiefen Turm, den sie so gern einmal erklimmen wolle. Alleine traue sie sich das allerdings nicht zu, und die Baronin wolle sie zu solch einer anstrengenden, gewiss gefährlichen Besteigung nicht nötigen. Diese kaum verhohlene Bitte um seine Begleitung kann Nietzsche der jungen Frau unmöglich abschlagen. Und wie freundlich sie ihn anschaut!

Schon von ferne sehen sie den alten Glockenturm und zählen die Stockwerke. Nietzsche wiegt irritiert seinen Kopf hin und her. Entweder ist der Turm gerade und der Horizont schief oder umgekehrt. Da wird einem schon schwindelig, bevor man das Gebäude überhaupt betreten hat. Im Turm ist er endlich allein mit Isabelle, denn die ältliche Baronin wagt den Aufstieg tatsächlich nicht, doch dummerweise muss er sich ganz auf sein Gleichgewicht konzentrieren – je höher er steigt, desto mehr befällt ihn das Gefühl, der Turm könnte kippen.

Oben, im achten Stock, betreten sie eine Aussichtsplattform. Selbst der Schatten des Turms liegt schief über der Piazza, auf der Nietzsche nur unscharfe, farbige Tupfer erkennt, die teils verharren, teils durcheinanderwirbeln. Ihm schwindelt. Er muss sich an einer Brüstung festhalten, aber auch die ist schief. Unten auf der Piazza bilden die farbigen Tupfer derweil unablässig neue Formationen. Mal drängen sie zusammen, dann streben sie wieder auseinander.

Nietzsche steht nicht auf sicherem Boden, alles schwankt unmerklich, und es bereitet ihm Mühe, sich auf den Beinen zu halten, die Anwesenheit Isabelles macht die Sache auch nicht besser. Ihm schwirrt der Kopf, die gelehrten Gedanken verweigern sich. Nichts lässt sich in Worte fassen. Was soll er sagen? Er kann freundlich sein, aber er versteht sich nicht auf Galanterie. Jetzt sollte er wohl einen charmanten Satz hervorbringen, so wird das doch erwartet, oder? Ihre feine Stupsnase irritiert ihn gehörig, das zauberhafte Lächeln verschlägt ihm die Sprache. Warum ist alles so schwierig mit den Frauen? Jedes Mal, wenn er mit einem Frauenzimmer allein ist, fühlt er sich wie auf einer abschüssigen Bahn. Isabelle von der Pahlen bemerkt seine Blässe und die plötzliche Wortkargheit und schlägt vor, in die Stadt oder gar zum Bahnhof zurückzukehren. Der Herr Professor habe sich mit dem Aufstieg sicher übernommen, nicht dass ihn wieder ein Kopfweh befalle.

Am liebsten würde Nietzsche sich einfach hinhocken, keinen Schritt mehr vorwärts, keinen Schritt rückwärts tun. Er will den Moment festhalten und gleichzeitig fliehen. Es hilft alles nichts, er muss sich überwinden und die vielen Stufen hinabsteigen, den Rest seiner Konzentration aufbrauchen. Unmöglich, nebenbei zu plaudern. Er kommt nur langsam vorwärts, doch schließlich hat er es geschafft, sich aus der schiefen Lage befreit und wieder festen, ebenen Boden unter den Füßen.

Die besorgten Baroninnen begleiten ihn durch die Stadt zum Bahnhof, erkundigen sich immer wieder, ob es ihm gut gehe oder er sich lieber setzen wolle. Aber Nietzsche will sich nicht setzen, er möchte, so rasch es eben geht, heraus aus all dem Trubel, auch fort von den Damen, von seiner Sprachlosigkeit ihnen gegenüber – und seine Rückfahrt nach Livorno antreten. Die ganze Angelegenheit ist ihm unangenehm, er kommt sich höchst lächerlich vor. Was werden sie nur von ihm denken? Sicher hat Fräulein Isabelle seine Nöte oben auf dem Turm durchschaut, wie peinlich.

Kurz vor dem Bahnhof kommt ihnen Paul Rée entgegen und stutzt, als er den so mitgenommen wirkenden Freund erblickt. Was haben diese beiden Damen nur mit Nietzsche angestellt? Wo kommen die überhaupt schon wieder her?

Er nimmt Isabelle von der Pahlen zur Seite. Er hoffe sehr, erklärt er knapp, Nietzsche sei nicht erneut in einen nervösen, schändlichen Zustand geraten, er werde sonst wieder tagelang darniederliegen. Die Nerven bedürften der Ruhe, das Gemüt der Einsamkeit. Und zwar dringend. Plappernde, gut gelaunte Damen seien augenscheinlich Gift für ihn.

»Sein Leiden, Sie verstehen.«

Er packt Nietzsche am Arm, steuert zielstrebig auf das Gleis zu und steigt mit ihm in den Zug. Schon geht es zurück nach Livorno. Der Nerven wegen.

Um Rées Blick auszuweichen, guckt Nietzsche im Zug die meiste Zeit stumm aus dem Fenster. Er will Pisa am liebsten vergessen, warum nur ist er überhaupt dorthin gefahren? Selbst die Kamele interessieren ihn nicht mehr. Sind es zwei, sind es fünf, wen schert's? Seine Gedanken weilen bei Isabelle. Er hat es vermasselt, dabei hatte alles so vielversprechend begonnen. Jetzt weiß er nicht einmal, wohin sie als Nächstes reisen wird. Nicht einmal eine Adresse hat er.

Rée grübelt darüber nach, was vorgefallen sein mag, beschließt jedoch, den Freund in Ruhe zu lassen. So verläuft die Fahrt ohne ein einziges Wort.

★

Unterdessen weilt Albert Brenner auf dem Schiff, ohne eine rechte Idee zu haben, was er Sinnvolles tun könnte. Noch immer hat er mit den Folgen der vergangenen Nacht zu kämpfen, in der er so stark gefiebert hat, dass sein Pyjama klatschnass war vom Schweiß. Später streunt er lustlos in Livorno umher, weiß aber auch hier nicht, was mit sich anfangen. Eine langweilige Stadt ist dieses Livorno, ganz anders als das quirlige Rom, wo er im vergangenen Jahr einige Wochen bei Fräulein von Meysenbug verbrachte, um sich zu erholen. Alle Geschäfte sind geschlossen, nicht einmal Postkarten kann man kaufen. Warum macht das Schiff hier überhaupt eine so lange Pause? Schließlich erhält er doch eine Karte und schreibt rasch ein paar Zeilen an seine Großeltern: *Nur in Eile. Bin in Livorno mit Schiff gelandet; fahren weiter nach Neapel. Schwerer Kopf und müde vom Schaukeln.* Er könnte ihnen noch mitteilen, wie sehr er sich über die billige Schiffsreise freue, *nur 45 Frs 2 Kl. von Genua – Neapel, sehr gutes Essen mit inbegriffen.* Ach, das spart er sich für den nächsten Brief auf.

Da die Korrespondenz für heute erledigt ist, lümmelt er gelangweilt auf dem Deck herum, träumt vor sich hin und schaut den Wolken nach. Und weil Schreiben ein schöner Zeitvertreib ist, beschließt er, demnächst einen Liebesroman zu verfassen. In Sorrent, so fantasiert er, will er seine Laufbahn als Schriftsteller begründen. Er stellt sich vor, umherzustreifen, die Menschen zu beobachten, sich Notizen zu machen und Material für sein Buch zu sammeln. Ein Dichter zu sein – das klingt schon viel besser als Student oder Sekretär, auch wenn er die philosophischen Gedanken des Professors niederschreiben darf. Die wirken immer so klar und wohlformuliert, aber davon lässt er sich nicht mehr beeindrucken. Kaum glaubt er, einen dieser Gedanken begriffen zu haben, kann er sich des Eindrucks nicht erwehren, als stünde dieser im Widerspruch zu allen vorherigen Aussagen. Es ist, als wollte Nietzsche ein Spiel mit seinen Lesern treiben, oder er blickt selbst nicht ganz durch seine Gedankenwelt, wer weiß das schon?

Rée entdeckt den Studenten schon aus der Ferne auf dem Schiffsdeck. Immerhin ist der junge Mann an Bord und taucht nicht wieder im letzten Moment auf, wenn die Anker schon gelichtet werden. Vor allem aber ist er erleichtert, dass Nietzsches Nerven in Pisa nicht nachhaltig ruiniert worden sind. Die ältere der beiden Damen wäre dazu ohnehin nicht in der Lage gewesen, daran hegt er keinen Zweifel. Aber die jüngere schon, dafür kennt er Nietzsche gut genug. Allein, es ist nichts zu erkennen, was auf den Beginn einer Kopfattacke hindeutet – vorerst ein gutes Zeichen!

Als der Dampfer am Abend wieder in See sticht, ist der Himmel gänzlich verhangen, der Wind nimmt von Stunde zu Stunde zu. Ein Sturm zieht auf, bald türmen sich die Wellen, das Schiff beginnt merklich zu schaukeln. Brenner versucht, bei Tisch so aufrecht zu sitzen, als wäre er eine Marionette, die an unsichtbaren Fäden hängt, während alles andere um ihn herum schwankt. Ihm wird trotzdem schwindelig. Dafür flaut die Langeweile ab, so ein Sturm verspricht etwas Abenteuer.

Kaum verschwindet die Sonne hinter dem Horizont, beginnt das Tyrrhenische Meer zu tosen. Erst verabschiedet sich Rée, dann auch Nietzsche. Allein verharrt Albert Brenner an Deck, nur mit dem Kapitän, dem Steuermann und einem Italiener, er ist unter wahren Männern und fühlt sich stark wie lange nicht. Endlich Abwechslung und kein bisschen seekrank. Nicht einmal das Fieber funkt dazwischen. Dass er solch wildes Geschaukel überstehen kann, trotz der Tuberkulose, dürfte daran liegen, dass er ihr standhält, nicht gewillt ist, sein junges Leben mit all seinen Hoffnungen, Wünschen und Träumen einer Krankheit zu opfern oder sich ihr demütig unterzuordnen, sich anzupassen an sein Schicksal, sich ruhig zu verhalten wie ein Greis im Sanatorium. Man muss nur kämpfen.

Der Wind peitscht ihm um die Ohren, zerzaust sein Haar, wie großartig! Er zieht die salzige Luft so tief in seine Lungen, wie es geht, das Gesicht ist gerötet vor Aufregung und Freude, bis der Sturm sich legt.

Im allerletzten Abendlicht erblickt er Ischia, ein Etappenziel, das ihm geeignet erscheint, sich für ein paar Stunden hinzulegen. Zufrieden betritt er seine Kajüte. Die Langeweile des Tages ist verflogen, er hat sich bewährt, mehr als der Herr Professor und Rée, die sich schon ängstlich verkrochen haben, als das Schiff leicht zu schaukeln begann. Er hat sich als Einziger dem Sturm entgegengestemmt, genauso wie er seiner Krankheit trotzt. Wieso heißt die eigentlich Schwindsucht? Was schwindet denn? Gar nichts. Manchmal tobt in seiner Lunge ein Sturm, in der Brust bäumt sich etwas auf wie die Wellen, tost und wütet in seinem Innern und bricht sich durch Nase und Mund nach außen Bahn. Dann hustet er so lange, bis ihm schlecht wird. Na und? Bisher hat sich ein jedes Aufbäumen beruhigt, genauso wie das Meer wieder friedlich daliegt nach einem jeden Unwetter. Und wenn er nachts nass geschwitzt ist, dann trocknet er danach, wie ein überfluteter Strand in der Sonne wieder trocknet.

Zufrieden legt er sich hin und zieht sich die Decke über beide Ohren. Mag da kommen, was wolle, er wird Widerstand leisten mit aller Kraft.

Seit wann lässt sich die Morgensonne so viel Zeit? Gut, es ist Mitte Oktober, aber jetzt könnte sie wirklich aufgehen, wenigstens eine zarte Dämmerung sollte den Beginn des Tages ankündigen. Voller Ungeduld entscheidet Malwida von Meysenbug schließlich, die Dunkelheit zu ignorieren, steht auf, tappt durch das Schlafzimmer bis zur Kommode mit der Waschschüssel, tastet nach den Streichhölzern, die wie üblich neben dem Wasserkrug liegen, und zündet die beiden Kerzen rechts und links des Spiegels an. In dem so sparsam beleuchteten Zimmer versucht sie ihr Gesicht zu erkennen, fast geisterhaft schaut es ihr entgegen. Mit höchster Sorgfalt betreibt sie die Körperpflege, einem Ritual gleich wäscht sie sich die Monate des Wartens vom Leib. Heute wird ihre Fahrt ans Tyrrhenische Meer nach Sorrent beginnen, die sie schon so lange herbeisehnt. Das Kleid für die Abreise hat sie gestern Abend feierlich auf dem Stuhl bereitgelegt, sie muss nur noch hineinschlüpfen. Dann bürstet sie ihre Haare aus, steckt sie hoch und überprüft, ob der Kamm die Frisur gut genug hält.

Da Trina noch in ihrer Kammer zu schlafen scheint, bereitet sie selbst den Kaffee zu, dessen Aroma bald die Küche durchströmt und der an diesem Morgen verlockender duftet denn je. Sie schmiert ein paar Butterbrote für die lange Fahrt und stellt alles Gepäck, das noch nicht vorausgeschickt worden ist, in den Eingang. Aufgescheucht läuft sie in ihrer Wohnung umher, fragt sich, was sie vergessen haben könnte, und zieht im Salon die doppelten purpurnen Vorhänge auf. Immerhin hat es zu dämmern begonnen. Durchs Fenster ist das Forum Romanum zu erkennen, daneben ein nahes Zypressenwäldchen, auch die Ruinen auf dem Palatin und das wuchtige Kolosseum, das nicht weit entfernt von ihrer Wohnung in der Via della Polveriera steht. Immer wieder fasziniert sie der Anblick dieser zahllosen Rippen und Bogengänge. Wie das Skelett eines versteinerten Mammuts liegt das Kolosseum da. Grausam nur, wie die gnadenlose Zeit unaufhörlich am Bauwerk nagt, es verwittern und zerfallen lässt. Nichts entkommt ihrem furchtbaren Lauf.

Nur wenige Wolken schweben am lichter werdenden Himmel, nicht eine dunkle ist darunter, und trotzdem schießt ihr in den Kopf, dass sie den Regenschirm vergessen hat. Oh, Dio mio, der lässt sich beim besten Willen nicht mehr in eine der Taschen zwängen. Sie hat eh schon einen in den Koffer gesteckt, der bereits auf dem Weg nach Sorrent ist. Dafür muss die blaue Bluse unbedingt mit für die wärmeren Tage. Dann verriegelt sie alle Fenster und die Balkontür. Einen Moment lang schaut sie andächtig die weiße Wagner-Büste im Salon an, so, als gälte es, sich dafür zu entschuldigen, dass sie ein Tuch darüber ausbreitet. Da ihr so gar nichts mehr einfallen will, was sie noch tun könnte, und der Kaffee längst kalt geworden ist, ruft sie nach ihrer Jungfer Trina. Wie kann die an einem solchen Tag so ungerührt schlafen!

Genau genommen ist das nicht ungewöhnlich für Trina, sie ist etwas behäbig. Fräulein von Meysenbugs Freundin Cosima Wagner hat sie ihr vor drei Jahren als Hausmädchen empfohlen. Schon in Bayreuth hatte sie sich entschlossen, das Mädchen zu sich zu nehmen, das hier und da auch der Köchin oder dem Stubenmädchen zur Hand gehen könnte. Trina ist stets gründlich und gutmütig, die Ruhe selbst, vor einer Reise gar von frappierender Gelassenheit.

Kurz darauf, das Morgenlicht strahlt gerade durchs Fenster, steht Trina endlich vor ihr und weiß gar nicht, was los ist. Sofort trägt von Meysenbug ihr auf, neuen Kaffee zu kochen und im Salon ein leichtes Frühstück anzurichten. Ohne Frühstück könne man sich nicht auf einen so langen Weg machen, sonst werde einem übel, besonders auf den holprigen Straßen Roms, die die Droschke zurücklegen müsse. Auch Trina solle bitte noch einmal nachdenken, was sie vergessen haben könnten.

Kaum haben sie gefrühstückt, rollt schon die Droschke vor, der Kutscher verstaut das Gepäck und hilft den Damen beim Einsteigen, dann fährt der Wagen ab zum Bahnhof. Die Straßen Roms sind noch ruhig, die Gebäude von der Morgensonne beleuchtet. Weder Trina noch von Meysenbug nehmen die Umgebung wahr, Trina ist weiterhin schläfrig, und von Meysenbug eilt in Gedanken voraus nach Sorrent, zu Richard und Cosima, die dort längst angekommen sein müssten, und nach Neapel, wo sie bald Brenner, Nietzsche und einen Herrn Rée empfangen will. Sie malt sich eine Begrüßung aus, die an Herzlichkeit nicht zu überbieten wäre, soll es doch der Auftakt für einen möglichst langen gemeinsamen Aufenthalt werden.

Als die Droschke zum Bahnhof abbiegt, drängt von Meysenbug zur Eile, um den Zug bloß nicht zu verpassen. Es bleibt zwar reichlich Zeit bis zur Abfahrt, doch das Fräulein geht lieber auf Nummer sicher. Und so machen es sich die beiden Frauen bald in ihrem Abteil bequem. Vor vielen Jahren, auf einer Fahrt nach Ostende, hat sich von Meysenbug ins Zugfahren verliebt, zumal sie sich als Frau in einem Abteil geschützt und von allen Abhängigkeiten befreit fühlt. Kaum fährt der Zug aus Rom ab, fallen Trina auch schon die Augenlider zu.

Versonnen beobachtet Malwida von Meysenbug von ihrem Fensterplatz aus, wie die letzten Häuser und Hügel Roms verschwinden. Sie ist wieder unterwegs, südwärts, der Sonne entgegen durch Latium. Am frühen Nachmittag werden sie Neapel erreichen, später mit einer Droschke nach Sorrent weiterfahren, hoffentlich nicht allzu spät am Abend. Dort wollen sie möglichst heute noch die Wagners treffen, die bis Ende November in einem Hotel weilen werden.

Während draußen eine hügelige Kulturlandschaft vorbeizieht, plaudert von Meysenbug über lange zurückliegende Ereignisse, verbreitet sich über ihre Freundin Marie von Schleinitz, die in Berlin einen Salon führt, erinnert an ihr Ziehkind Olga, die Tochter Alexander Herzens, die sie so sehr vermisst, als wäre sie ihr eigen Fleisch und Blut – und bemerkt nach geraumer Zeit, dass Trina nicht nur die Augen geschlossen hat, sondern auch auffallend gleichmäßig atmet.

»Wozu erzähle ich das alles«, empört sie sich, während die Jungfer weiterschlummert. Verstummt guckt Fräulein von Meysenbug durchs Fenster, in dem sich ihr Konterfei spiegelt. Ihre starke Nase, der große Mund, die prägnante Wangenpartie, das spitze Kinn, sogar die Falten um die Mundwinkel, die ungewöhnlich männlich wirken. Nur ihre klaren hellblauen Augen kann sie nicht erkennen. Dann verschwindet die Spiegelung.

Herbstliche Äcker und Wiesen ziehen entlang der Bahnstrecke vorüber, durchbrochen von dunklen Zypressen, deren Schatten schlagartig ins Abteil springen und ebenso rasch wieder hinaus. Sie schließt die Augen und überlässt sich dem monotonen Schaukeln des Zuges. Bruchstückhafte Erinnerungen an ihre Kindheit tauchen vor ihrem inneren Auge auf, mischen sich mit Bildern aus dem Elternhaus: sie als Mädchen mit ihren neun Geschwistern im Garten der Kasseler Villa, das Wohnzimmer, dessen Tapeten mit Palmen, hohem Schilfrohr und fremdartiger Architektur bemalt waren. Schon als Kind bewunderte sie Sokrates und all die tragischen griechischen Heroen, die ihre Fantasie anregten, bevor ihr Vater in den kurhessischen Adelsstand erhoben wurde und als die Familie noch Rivalier hieß. Sie erinnert sich an einen Spaziergang mit dem verliebten Theodor durch den Schlosspark von Detmold, an die Debatten der Revolutionäre in der Frankfurter Paulskirche, die sie mit anderen Frauen verbotenerweise hinter einem Vorhang verfolgte, auch an die mutigen Diskussionen in der Hamburger Hochschule für das weibliche Geschlecht, wo sie eine Ausbildung zur Erzieherin angefangen hatte, an all die begeisterten Mitschülerinnen, die endlich dieselben Mittel zu ihrer geistigen Entwicklung erhalten wollten wie die Männer. Sie denkt an ihren alten Traum zurück, nach Amerika auszuwandern, um der biederen Mutter und dem provinziellen Detmold zu entfliehen. Hätte sie es wagen sollen? Sie war kurz davor gewesen. Schließlich sieht sie sich vorlesend am Bett der kleinen Olga in London, danach beim ersten Treffen mit Richard Wagner in Paris, dann als Trauzeugin auf der Hochzeit der Wagners in Bayreuth. Schemenhaft sieht sie unzählige Gesichter vor sich. Einst standen sie ihr nahe, viele sind längst von ihr gegangen. Der geistvolle Alexander Herzen, der sie von der öden Ruhe ihres Alleinseins erlöst hatte, die bewunderte Therese Pulszky, der großartige Charles Baudelaire, der kühne Hector Berlioz, der mutige Giuseppe Garibaldi. Sie schwelgt in ihrem Tagtraum und möchte am liebsten nicht daraus erwachen, aber ach, alles ist so lange her! Derartig schnell flackern die Erinnerungsfetzen auf, dass ihr schwindelt. Welch ein Leben sie doch bisher hatte! Wie viele bereichernde Persönlichkeiten, welch wunderbare Menschen sie zu ihren Freunden zählen darf! Oft hat sie ihnen einfach einen Brief geschrieben, ehe mit der Zeit eine Freundschaft daraus erwuchs. Und dieses Leben, ihr Leben, konnte sie nur führen, weil sie es sich gegen die Eltern, die Mutter zumal, erkämpft hat, wenngleich die Trennung vom Elternhaus viele Jahre lang höchst schmerzlich war. Wie anders ist es dagegen ihrer Schwester ergangen, sie wurde vermählt und lebt bis heute als treu sorgende Gattin in Detmold, immerhin in einem hübschen Palais.

Die letzten Zypressen huschen vorüber, Licht erhellt wieder das Abteil. Müde ist sie, einsam und alt. So viele Umbrüche und Neuanfänge lagen bereits hinter ihr, ehe sie zuletzt in Rom strandete. Ihr Arzt hatte ihr angeraten, in Italien zu verweilen, der Gesundheit zuliebe. Anfangs war sie skeptisch und sträubte sich, aber die südliche Luft, die Leichtigkeit des Mittelmeers wirken tatsächlich Wunder. Und weil sie jemanden braucht, um den sie sich kümmern kann, hat sie vor einigen Monaten den arg geplagten Herrn Professor Friedrich Nietzsche zu sich eingeladen. Ursprünglich wollte sie ihn in Rom beherbergen, wo sie jede Ecke kennt und ihm viel hätte zeigen können. Doch all die lästigen Touristen haben längst die altehrwürdigen Gebäude überflutet und die Kellner in den Restaurants verdorben. Mit ihrem unsinnigen Geschwätz hätten all diese Leute ihr Gespräch gestört, mit ihrer aufdringlichen Gegenwart gar Nietzsches Gedanken getrübt. Erst hatte sie an eine alte römische Stadt an der Adria gedacht, an Fano, nicht weit von Rimini entfernt. Das Klima dort sei gesund, hatte sie ihm geschrieben, das Leben primitiv billig und die Seebäder seien herrlich. Auch das Meer sei kaum irgendwo sonst so frisch und anregend. Ein perfekter Ort, um frei zu denken und zu reden. Im Übrigen teile sie seinen Wunsch, hatte sie ihm mitgeteilt, näher beieinander zu leben. Und nichts wolle sie lieber, als ihm die Liebe und Treue einer Mutter zu beweisen. Enthusiastisch hatte er zugesagt, ein Jahr mit ihr verbringen zu wollen. Wie außerordentlich zuvorkommend! Welcher Frau, zumal ihres Alters, war eine Freundschaft zu einem solch begabten jungen Mann vergönnt? Trina hatte ihre Begeisterung nicht verstanden. Dem jungen Ding fehlt halt hie und da das rechte Zartgefühl. Aber da lässt sich noch etwas machen. Eine Erziehung braucht sie, des Herzens, des Sinnes für alles Wahre und Schöne. Immerhin hat sie die Anlage dazu.

Später entdeckte Malwida von Meysenbug den kleinen Ort Sorrent auf einer Karte und hielt ihn umgehend für den richtigen, um dort ein Jahr oder, wer weiß, vielleicht auch länger oder für immer mit Nietzsche zu leben. Die südliche Lage erschien ihr wie geschaffen für ihr gemeinsames Vorhaben, eine Region voller antiker Geschichte und Bauten. Pompeji nicht weit, Neapel in Sichtweite und Capri nicht weiter als einen Segelausflug entfernt. Sicher wäre Süditalien im Winter angenehmer als Fano im Norden. Vielleicht wird sie von Sorrent aus ihr geliebtes Ischia besuchen. Außer Nietzsche hat sie Albert Brenner gleich mit eingeladen. Im vergangenen Jahr hatte sie den jungen Mann in Rom beherbergt und ließ ihn unterrichten. Zunächst war der Junge etwas befremdet gewesen, aber bald konnte sie einer Bekannten angetan mitteilen, er habe sich ihr mit einem Fanatismus angeschlossen, wie es nur ein Sohn könne. Seither betrachtet sie ihn als ein weiteres Ziehkind, dessen Talent allerdings noch freigelegt werden muss, was ihr gleichwohl eine Freude sein wird. Als der Verdacht bestand, sie könnte an den Blattern erkrankt sein, hatte er sich rührend um sie gekümmert, obwohl es ihm selbst nicht gut ging, leidet er doch an der Schwindsucht und stammt aus unseligen Familienverhältnissen. Die Mutter hat er nie kennengelernt, der Vater ist früh gestorben. Seither lebt er im Haus der Großeltern in Basel, gemeinsam mit dem verwitweten Onkel und einer Tante, die den Haushalt führt. An diese hatte von Meysenbug geschrieben, um den jungen Mann nach Italien einzuladen. Die Familie hatte den Besuch Alberts in Rom gestattet und nun auch den am Golf von Neapel. Vielleicht wird er sich einmal als ein talentierter Schriftsteller erweisen. Er verfasst gerne kurze Geschichten, was ein guter Anfang ist. Allerdings wird sie sein Schicksal für zwei oder drei Jahre, wenn nicht länger, in die Hand nehmen müssen, wenn er denn wirklich gerettet werden und zu einem bedeutenden Menschen reifen möchte. Sein Körper und Geist bedürfen dringend der Ruhe, weshalb sie ihn ganz zu sich nehmen will.

Eine Weile hat Malwida von Meysenbug um all die sorgsam gehegten Pläne einer freien Akademie bangen müssen. Im Sommer hatte sie Nietzsche bei den Festspielen in Bayreuth angetroffen und sich von da an mit ihm über eine mögliche gemeinsame Reise ausgetauscht, doch seit Anfang Herbst hat er nicht mehr auf ihre Briefe geantwortet. Sie hat das Schlimmste befürchtet, sein Ableben gar für möglich gehalten, aber daran wollte sie lieber nicht denken. Erst Wochen vor der geplanten Abreise ist endlich ein Brief von ihm eingetroffen, den sie nervös geöffnet hat und kaum entziffern konnte, weil die Buchstaben so klein waren, offenbar hat Brenner die Zeilen für Nietzsche verfasst. Trina musste sie ihr vorlesen. Er habe aufgrund einer Atropin-Kur der Augen nicht schreiben können. Nun sei er wieder daheim, aber es gehe ihm weiterhin äußerst schlecht. Den Brief diktiere er unter abscheulichen Kopfschmerzen vom Bette aus. Es sei immer das Gleiche, alle acht Tage müsse er seinem Leiden ein dreißigstündiges Opfer bringen. Er überstehe es nur, weil er sich ganz und gar auf die gemeinsame Zeit am Golf von Neapel verlasse. Nichts habe ihn bislang an dieser Hoffnung irrewerden lassen. Nebenbei erwähnte er auch einen Dr. Rée, den er gerne mitbringen wolle. Ein klarer Kopf, sehr rücksichtsvoll, eine freundliche Seele, an der er seine größte Freude habe. Der Doktor wolle sich keineswegs aufdrängen, sondern könne sich auch anderswo ein Zimmer nehmen. Wenn alles gut verlaufe, werde er mit seinen beiden Gefährten in der Nacht zum 24. Oktober im Hafen von Neapel ankommen.

Am Nachmittag erreicht der Zug den Hauptbahnhof von Neapel. Die Sonne strahlt vom Himmel, und ein leicht salziger Wind weht über den Vorplatz, wo die beiden Frauen in einen offenen Wagen steigen, der von zwei schwarzen Pferden gezogen wird. Rasch geht es in der milden Oktoberluft vorwärts nach Sorrent. Stundenlang fahren sie immer in Sichtweite der großen Meeresbucht entlang, des Golfs von Neapel, vorbei an den Ruinen von Pompeji und an Castellammare, von dort aus westwärts an einer Steilküste. Unter ihnen breitet sich eine tiefblaue Wasserfläche aus, die majestätisch in der Sonne funkelt. Am gegenüberliegenden, nördlichen Ufer der Bucht steigen Rauchwölkchen aus dem Vesuv empor. Schweigend genießt Malwida von Meysenbug die zerklüftete Landschaft, die ihr verheißungsvoll vorkommt. Wird sie hier alt werden? Sie hat das Gefühl, den richtigen Ort gewählt zu haben.

Die Sonne geht unter, als sie Sorrent erreichen. Auf einer Piazza biegt der Wagen abrupt nach rechts ab und rollt auf einem Kiesweg vor das Grandhotel Vittoria. Malwida staunt über das prächtige Gebäude, vier Stockwerke hoch, überall Bogen und große Fenster. Als sie mit Trina das Innere betritt, blickt sie auf lauter bemalte Wände. Kaum verwunderlich, dass Wagner diese Unterkunft gewählt hat. Die Frauen beziehen zwei Zimmer im Erdgeschoss.

Wieder treibt das Fräulein zur Eile an. Rasch etwas frisch machen, Wangen und Nase pudern, die Frisur ordnen. Nur die Koffer möge Trina noch auspacken. Nicht dass die Garderobe knüllt und neu geplättet werden muss. Trina muss einen letzten, prüfenden Blick über sich ergehen lassen. Danach eilen sie zur Terrasse, die an die Steilküste angrenzt und eine spektakuläre Aussicht bietet. An einem Tisch sitzen die Wagners bei einem Glas Rotwein und schauen über den Golf zur fernen Küste, wo sich der Vesuv erhebt. Der Komponist wirkt angeschlagen, quält sich bei der Begrüßung schwerfällig aus seinem Stuhl und stöhnt.

»Ein Infekt«, erklärt er knapp, winkt mit großer Geste ab und will nicht weiter davon reden, obwohl er gelegentlich gern leidet, wie von Meysenbug aus ihrer gemeinsamen Zeit im Haus Wahnfried in Bayreuth weiß.

Wie froh sie seien, in Sorrent zu sein, flötet Cosima. Man brauche Abstand zu Bayern, die Festspiele seien doch sehr anstrengend gewesen. Aber sie, Malwida, habe es ja vor Ort erlebt und fleißig Patronatsscheine verkauft. Allein die Vorbereitungen hätten sie, Cosima, fast in den Wahnsinn getrieben, musste sie doch dafür sorgen, die Künstler bei Laune zu halten. Malwida wisse ja nur allzu gut, wie empfindsam die seien. Je stärker sie im Rampenlicht stünden, desto eitler und absonderlicher verhielten sie sich – ein Benehmen, das sich eine zweite Geige niemals erlauben würde. Schließlich gezieme es sich, ihr, Cosima, gegenüber den angemessenen Respekt als Gattin des großen Meisters zu zollen. Ihr armer Richard sei völlig erschöpft gewesen von den vielen Proben, aber er habe unermüdlich weiter gearbeitet.

»Musikalisch waren die Festspiele fast perfekt«, wirft Richard nun etwas munterer dazwischen, das wisse Malwida ja, und das Finanzielle werde sich im nächsten Jahr sicher finden, das werde der kleine König bald deichseln.

Von Meysenbug muss unwillkürlich schmunzeln. Ihr fällt gerade kein einziger Mensch ein, der kleiner als Richard ist, schon gar nicht Ludwig II. Dass der Komponist ausgerechnet seinem größten Bewunderer einen derart bösen Spitznamen verpasst, hätte sie sich zwar denken können, doch überrascht sie Wagners Frechheit immer wieder.

Ihr Schmunzeln quittiert Wagner mit einem zufriedenen Nicken. Ganz nebenbei merkt er an, dass man halt nach Amerika auswandern müsse, wenn der König nicht einspringen sollte, das habe er als letzten Ausweg immer noch im Hinterkopf, auch wenn sich dieser Fluchtplan besser nicht herumsprechen sollte. Jetzt freue er sich erst einmal auf Freund Nietzsche, dem er von seinem neuen Vorhaben erzählen wolle. Der werde sich wundern! Er habe schon eine Idee, wie ihm der junge Mann dabei behilflich sein könnte.

Die kommenden Tage verbringt die kleine Gemeinschaft meist auf der sonnigen Terrasse des Vittoria. Wolken treiben über den Himmel, ein leichter Wind fächelt durch die Orangenbäume. Malwida sitzt mit Cosima auf gusseisernen Stühlen, die wie ein Astwerk geformt sind. Sie trinken gezuckerten Cappuccino, naschen Zitronentarte und plaudern angeregt über dies und das.

Um seine Ruhe zu haben, hat Richard seinen Stuhl abseits in den Schatten gestellt, aber nicht so weit, dass ihm etwas entginge. Er studiert das Werk eines Schweizer Historikers, die *Geschichte der italienischen Freistaaten im Mittelalter*.

»Ha, das ist gut«, ruft er zuweilen Malwida zu, »kommen Sie doch einmal bitte hierher, diesen Absatz muss ich Ihnen unbedingt vorlesen!« Er gibt keine Ruhe, bis die Damen endlich links und rechts neben seinem Liegestuhl stehen.

Unterdessen spielt Trina mit den drei Kindern der Wagners unten am Strand, wo sie Steine ins Wasser werfen oder vor den Wellen davonrennen. Dann muss sie mit Fräulein von Meysenbug die Stadt erkunden, was Wagner misstrauisch beäugt. Sie wird dort sicher nach einer anderen, billigeren Unterkunft suchen. Er kennt seine Malwida. Für ihre Knausrigkeit hat er noch nie Verständnis aufgebracht. Sparen blockiert nicht nur den Lebensgenuss, sondern, viel schlimmer, die Fantasie.

Ob sie sich nicht dauerhaft bei ihnen im Grandhotel einmieten wollten, in eines der geräumigen Zimmer, erkundigt er sich beim Abendessen. Die Kinder seien so angetan von Trina, ganz zu schweigen von Cosima, die ihre kluge Freundin Malwida so ausnehmend schätze.

Später nötigt er Malwida auf den Balkon seines weitläufigen Zimmers im dritten Stock, damit sie die herrliche Aussicht loben kann.

Sie tut ihm den Gefallen und findet bewundernde Worte für die Räumlichkeiten, den Blick über die Bucht und den Vesuv, den sie unbedingt eines Tages besteigen wolle. Diesen Traum hege sie schon lange, dort oben zu stehen und über die weite Bucht zu schauen. Sie stelle es sich versöhnlich und friedlich vor, selbst wenn der Berg letztlich ein gewaltiger Vulkan sei und dessen Hänge vermutlich grausig aussähen.

Der Meister ist zufrieden. Malwida von Meysenbugs treffliche Worte über die Aussicht sind ganz nach seinem Sinn und Geschmack.

»Wunderbar, nicht wahr!«, sagt Richard und macht eine ausladende Geste über den Golf von Neapel. Gäbe es ein Klavier im Raum, er würde sich sofort daran setzen, um ihr seine neuesten Ideen vorzuspielen und sie vor allem zum Verbleib im Hotel zu verleiten.

»Unter uns sind noch Zimmer frei, ein norwegischer Dramatiker hat abgesagt«, fügt Cosima hinzu. »Irgendein Herr Ibsen.«

»Ach, das würde ja gut passen«, erwidert Fräulein von Meysenbug und fragt sich, wie sie die Sache ausschlagen kann, ohne die Freunde zu verstimmen. Da kommt ihr, Gott sei Dank, der Himmel zu Hilfe. Die Glocken der nahen Barockkirche an der Piazza Tasso läuten erbärmlich laut und blechern.

»Hässliches Gebimmel«, empört sich Cosima. Jeden Morgen werde man schon in aller Herrgottsfrühe geweckt. Wären es wenigstens die tiefen deutschen Glocken – aber nein.

Diesen Lärm könne sie keineswegs Nietzsche zumuten, bedauert Malwida. Nicht auszudenken, wie das Geläute dem armen Mann zusetzen würde. Cosima teile sicher ihre Sorge, nicht wahr?

Cosima kann nicht anders, als ihrer Freundin beizupflichten, handelt sich aber einen missbilligenden Blick von Richard ein. So ist das eben – sie kann es nicht allen recht machen. Malwida frohlockt indes über den höchst willkommenen Grund, sich ungeniert nach einer anderen Unterkunft umzuschauen.

Noch bevor Nietzsche, Brenner und Rée mit ihrem Dampfer in Neapel ankommen, hat sie etwas Passendes gefunden. Ein einfaches, mehrstöckiges Gebäude mit Orangenbäumen im Vorgarten, geführt von einer Deutschen. Die Villa Rubinacci eignet sich bestens für die kleine Familie, ist groß genug für einen längeren Aufenthalt und liegt gerade außerhalb der Stadt, aber nicht weit vom Vittoria entfernt. Das erste Geschoss verfügt über drei miteinander verbundene Zimmer, in denen sie die Herren einquartieren wird. Sie selbst und Trina werden mit zwei Räumen im zweiten Stock vorliebnehmen. Dort befindet sich zudem ein Salon mit Kamin, genau das Richtige für Lesestunden an langen Winterabenden und anregende Unterhaltungen.

Noch hat sie Richard gegenüber nicht ausgeplaudert, dass sie fündig geworden ist, und auch Trina strengstens untersagt, ein Wort über die Villa zu verlieren. Es wäre zu schade, wenn er davon erführe, denn er ist ganz aufgeräumt beim Abendessen und sprudelt unablässig Ideen hervor. Er sei dabei, einen christlichen Stoff zu vertonen. Nietzsche werde staunen!

Im Salon stimmen Sänger derweil ein deutsches Lied an, die *Wacht am Rhein*. Ein Kellner hat es aus Berlin mitgebracht. Die Gäste aus dem Deutschen Reich klatschen begeistert.

»Nett«, konstatiert Richard. Allerdings diese Instrumentierung!

Jetzt, da er gut gelaunt ist, erwähnt Malwida so beiläufig wie möglich die Villa Rubinacci. Sie spricht halblaut und, wie so oft, ein wenig kurzatmig.

»Und ist der Ausblick auch so fantastisch?«, stichelt Richard und schaut ihr direkt in die großen, etwas hervorstehenden Augen. Sie ist älter geworden, aber das Blau ihrer Augen ist unverändert klar.

Malwida fühlt sich ein wenig unbehaglich unter seinem Blick. Soll sie zugeben, dass sie aufs Geld achten muss? Schließlich wird sie ein Jahr lang in Sorrent bleiben und die Kosten für den jungen Brenner übernehmen. Doch Richard muss man mit derartigen Argumenten nicht belästigen. Er musste schon häufiger vor Gläubigern fliehen. Sie tut so, als hätte sie die Stichelei nicht gehört. Und weil er nicht weiter nachfragt und sich stattdessen weitschweifig über seine Kompositionen auslässt, erfährt er auch nichts von Nietzsches und ihrem Plan, eine Art Missionshaus für junge Menschen zu gründen. Ohnehin fürchtet Malwida, er könnte Einwände erheben, um Nietzsche für seine eigenen Zwecke einzuspannen. Doch das wird sie zu verhindern wissen.

Fortan bietet sie all ihre Liebenswürdigkeit auf, um Richard und Cosima zu besänftigen. Sie lässt es ihnen gegenüber an nichts fehlen: Aufmerksamkeit, freundliche Anteilnahme, Bewunderung und hier und da ein paar geistreiche Worte, die freilich nur so geistvoll sind, dass sich ihre Freunde ihrer Überlegenheit gewiss bleiben. So etwas ist ihr noch nie schwergefallen, doch ist sie heilfroh, als sie endlich die

Taschen packen, die Rechnung begleichen und mit Trina das Grandhotel verlassen kann.

In der Villa Rubinacci lüften Malwida von Meysenbug und Trina die Zimmer, räumen ihre Garderobe in die Schränke und bitten die Vermieterin, übermorgen je eine Schale Orangen und ein Blumenbukett in die Zimmer der drei Herren zu stellen.

Als alles zu ihrer Zufriedenheit arrangiert ist, nehmen sie einen Wagen nach Neapel. Dieses Mal ist auch Trina aufgeregt, die erwartungsvolle Vorfreude des Fräuleins hat sich auf sie übertragen. Sie ist gespannt auf Brenner, den sie aus Rom, und auf Nietzsche, den sie aus Bayreuth kennt.

Schon von ferne ist zu erkennen, dass die Metropole unter dunklen Regenwolken liegt, was von Meysenbug argwöhnisch beäugt. Doch dann lässt der Regen nach, und gleich zwei Regenbogen erstrahlen über der Stadt.

Nicht weit entfernt vom Hafen mit der langen Pier, den stolzen Häusern, dem Leuchtturm, dem vorgelagerten Castel Nuovo und den vielen Segelbooten der Fischer beziehen sie zwei Zimmer in einer deutschen Pension in der Via Chiatamone. Die Adresse hat Malwida Nietzsche bereits mitgeteilt. Er wird erst tief in der Nacht oder morgen früh ankommen. Dann bleibt noch Zeit für den Besuch des Viertels Borgo Santa Lucia, der Basilika der heiligen Lucia am Meer und frittierten Fisch am Hafen. Kutschen fahren vorbei, Boote machen fest, Fischer schleppen ihren Fang an Land und singen dabei ein Lied. So malerisch ist es hier und die Melodie wunderbar schmachtend. Von Meysenbug winkt einen Kellner heran. Wie dieses Lied heiße? Woher es stamme?

Es werde seit einigen Jahren von den Schiffern gesungen,

um Touristen für einen Bootsausflug zu ködern. Ihm gehe das kitschige Gesäusel gehörig auf die Nerven. All diese Verse von einem linden Westwind, einem wendigen Boot, einem heiteren Abend und vom süßen Neapel.

Aber Malwida von Meysenbug stimmt beim Refrain leise mit ein: »Santa Lucia, Santa Lucia.«

Ausgiebig plaudert sie über Brenner und ignoriert dabei gänzlich, dass Trina den jungen Mann im vergangenen Jahr bereits kennengelernt hat.

»Für mich ist er eine Art Adoptivkind«, betont das Fräulein und lächelt, wie sie es immer tut, wenn von einem ihrer Schützlinge die Rede ist. Obwohl der Begriff Kind nicht mehr ganz zutreffend sei, immerhin sei er schon neunzehn Jahre alt. Schade, dass sie kein Foto von ihm bei sich habe. Doch vielleicht sei das auch besser so, denn leider sei der arme Junge nicht besonders schön geraten, etwas zu lang die Statur, es fehle ihm an Stattlichkeit. Dafür fänden sich in seinem Gesicht scharfe männliche Züge und jugendliche Zartheit, auch schaue er immer so sinnend drein. Ach, alles in allem gefalle er ihr mit seinen stahlblauen Augen und den glänzenden schwarzen Haaren. Wenn er sie nur nicht so glatt trüge und gerade abgeschnitten auf der Stirn! Das erinnere sie an einen russischen Bauern.

»Es ist merkwürdig, dass es nach den Schläfen länger wird«, bestätigt Trina und beobachtet dabei, wie dem Fräulein das Fett des frittierten Fisches vom Mundwinkel über das Kinn läuft. »Trotzdem gefällt mir die Frisur. Sie passt gut zu seinem Gesicht.«

Schließlich ist Malwida von Meysenbug fertig mit dem Fisch und vorerst auch mit der Physiognomie Brenners. Der Junge werde es allen beweisen. Sie habe es sich fest vorgenommen, sein Talent freizulegen. Es brauche nur ein wenig Geduld.

Sorgsam tupft sie sich die Fettspuren von Wangen, Kinn und Händen und wirft noch einen raschen Blick auf Trina. Die scheint ihre Serviette schon benutzt zu haben, könnte sich jedoch noch einmal über die Haare kämmen und den Rock glatt streichen, bevor sie in ihre Pension zurückkehren. Heute Abend wollen sie früh zu Bett gehen, um die Herren im Laufe der Nacht oder des nächsten Morgens ausgeruht und aufgeräumt zu empfangen.

Mitten in der Nacht erreicht das Dampfschiff den Hafen von Neapel. Nur hier und dort glimmen Lichter; die Metropole hat sich schlafen gelegt. Fast schon unheimlich entzieht sie sich den Blicken der Passagiere, als lauerte sie dort im Dunkeln auf Beute. Albert Brenner möchte die Nacht an Bord verbringen. Er hat schon einen Sturm überstanden, er muss nicht auch noch in der tiefsten Dunkelheit seinen Fuß auf fremdes Land setzen. Aber Nietzsche will partout keine einzige Nacht mehr in der stickigen Kabine ausharren, umgeben von lauten Schnarchern, und Rée besteht auf ein ordentliches Bett, um den nächsten Tag ausgeschlafen beginnen zu können.

Allein möchte Brenner nicht an Bord bleiben, und so steigt er missmutig hinter dem Professor und dem Doktor in eine Barke, die von vier Hafenleuten gerudert wird. Aber dass die fremden Männer so wortkarg sind, kommt ihm höchst verdächtig vor, wenn nicht gar gefährlich. Vorsichtshalber klammert er sich an der Bootskante fest, schaut gespannt in die Finsternis hinein und meint gar, dunkle Gespenster übers Wasser schweben zu sehen. Mal entfernen sie sich, dann kommen sie wieder näher. Wolken verhüllen den Sternenhimmel, nicht einmal der Mond zeigt sich. Alles ist *stichdunkel*, nirgends ist ein Laut zu hören, nur hie und da sind die unverständlichen Worte der Ruderer zu vernehmen. Brenner trägt seinen Zylinder, der nicht mehr in den Koffer gepasst hat; eigentlich findet er ihn elegant, doch nun kommt er sich damit lächerlich vor und wünscht das Ding auf den Grund des Meeres. Jeder muss ihn für reich halten, für eine naive, dumme Beute. Vorsichtshalber hält er seinen Dolch unter dem Mantel gezückt, umklammert ihn fest, jederzeit bereit, ihn umgehend zu ziehen, um sich zu verteidigen und seinen Mann zu stehen.

Die Barke macht in einem abgelegenen, lichtlosen Teil des Hafens fest. Männer tauchen aus der Dunkelheit auf, gestikulieren wild und verlangen ein Trinkgeld. Wofür bloß? Sind es Räuber? Zwei *Strandsoldaten* schultern ihr Gepäck.

»Zur deutschen Pension«, sagt Nietzsche möglichst bestimmt.

Als es losgeht, lässt Brenner die beiden Träger keinen Moment lang aus den Augen, doch sie machen es ihm nicht leicht. Der eine marschiert stets ein paar listige Schritte voraus, der andere lässt sich heimtückisch zurückfallen, immerzu sind sie zwanzig, dreißig Schritte voneinander entfernt. Brenner schaut hin und her, voraus und zurück. Wohin führen ihn diese Unbekannten, deren Gesichter kaum zu erkennen sind und deren Italienisch so seltsam klingt? Bestimmt werden ihn diese Burschen in eine dieser zahllosen dunklen Gassen zerren, zwischen die sich nur schemenhaft abzeichnenden hohen Häuserschluchten. Wenigstens flattert sein Mantel *räuberartig*, sodass der Dolch dann und wann hervorblitzen kann.

»Schau, unser Hirtenhund«, spöttelt Rée, zupft Nietzsche am Ärmel und nickt hinüber zu Brenner.

Der Student ärgert sich, sagt aber nichts, jetzt nicht ablenken lassen, auch nicht von dem Doktor. Versteht dieser

Rée, dieser halb gescheiterte Philosoph, überhaupt, in welch brenzliger Lage sie sich befinden? Er, Brenner, ist jedenfalls nicht so töricht, schließlich war er schon einmal in Italien, auch wenn ihm da nichts zugestoßen ist.

Weiter geht's durchs finstere Straßenlabyrinth, noch eine Gasse nach links, dann wieder nach rechts. Verräterisch still ist es für so eine große Stadt. Er hat sich bis jetzt vorgestellt, italienische Städte wären stets lebendig und quirlig, zu jeder Uhrzeit voller Treiben in den Straßen, so, wie er Rom in Erinnerung hat.

Von Brenner treu und tapfer bewacht, stehen sie kurz nach Mitternacht vor der Pension in der Via Chiatamone. Sie klopfen an die Tür, warten, klopfen nochmals, dieses Mal vernehmlicher. Vielleicht hätten sie doch besser auf dem Schiff bleiben sollen. Auf einmal sind Schritte zu hören, ein Portier öffnet ihnen zögerlich, hinter ihm erscheint eine kleine, zarte, ganz in Schwarz gekleidete Frau.

Brenner atmet erleichtert auf, springt über die Schwelle ins Innere des Hauses, vergisst dabei, die Träger zu beaufsichtigen, schüttelt die Hand von Fräulein von Meysenbug und fängt sofort zu plappern an. Von hinten taucht Trina auf und kann dem Jungen kaum folgen. Stolz zeigt er seinen Zylinder herum, zieht mit großartiger Geste den Mantel zur Seite und verweist auf seinen Dolch.

Während Nietzsche herzlich und Rée freundlich grüßt und beide dann umgehend ihre Zimmer aufsuchen, ist der junge Albert noch voll von seinen just überstandenen Abenteuern und berichtet mit heiserer Stimme, wie der Sturm weit draußen auf dem Mittelmeer das ganze Dampfschiff durchgerüttelt, wie sehr es geschwankt habe, wie er trotzdem an Deck geblieben sei, als einziger Passagier auf rauer See dem Kapitän beigestanden habe. Und wie er zuletzt die beiden zwielichtigen Gepäckträger nicht eine Sekunde lang aus den Augen gelassen habe, obwohl die so schauerlich aussahen und es sicher auf sie abgesehen hätten. Nietzsche habe gar nichts bemerkt, aber der sehe ja auch nicht richtig. Den hätten sie sicher als Ersten niedergeschlagen. Nach den Strapazen auf See hätten sie alle drei schon ganz hohläugig und mitgenommen gewirkt. Und Rée habe keine Miene verzogen, so, als hätte er wirklich keine Angst gehabt. Er habe gar beißende Sprüche von sich gegeben, was zweifellos für seine Unsicherheit spreche. Kaum zu glauben, dass ihm die Gefahr nicht bewusst gewesen sein sollte. Er, Brenner, habe wirklich mehr Neugier und stille Ergebung verspürt als Angst.

Trina macht erst große Augen, dann gähnt sie und wird vom Fräulein zu Bett geschickt. Malwida kann gleich ihre erste Mission erfüllen, den Jungen loben, den Jungen beruhigen. Sie hört ihm zu, lächelt aufmunternd und fragt ihn mit sanfter Stimme, ob er nicht ein Glas Wasser trinken oder ein belegtes Brot essen wolle. Er müsse doch Durst und Hunger haben nach all der Aufregung, und etwas Nahrung komme ihm sicher zugute vor dem Schlafen. Als er ablehnt, legt sie ihm nahe, sich hinzulegen, er bedürfe dringend der Ruhe.

Brenner gehorcht ihr folgsam. In seinem Zimmer kriecht er unter die Bettdecke, streckt wohlig alle Glieder von sich, fühlt, wie die Müdigkeit in ihm aufsteigt, und ist froh, nicht mehr in einer engen Kajüte eingezwängt zu sein. Wie gut, dass sie doch an Land gerudert sind.

Er schläft lang bis in den nächsten Tag hinein, bleibt am Vormittag noch eine Weile liegen, um die abenteuerliche Nacht erneut Revue passieren zu lassen. Die eine oder andere dramatische Szene sollte sich in seinem Liebesroman verwenden lassen. Ohne Drama wäre eine Liebesgeschichte schlicht langweilig.

Zum Frühstück zieht Rée sein dunkles Jackett an, auch wenn es in dieser Pension ein wenig zu elegant wirkt und ihm darin draußen ordentlich warm werden könnte. Er kämmt seine Haare und putzt über die Schuhe, um sich vor Fräulein von Meysenbug keine Blöße zu geben.

Die wartet bereits und ist sogleich beeindruckt von diesem adretten jungen Mann, der fragt, ob er sich zu ihr setzen dürfe. Essen möchte Rée vorerst nichts, bittet nur um einen Kaffee. Zwischen einzelnen Schlucken unterhält er sich mit dem Fräulein, erwähnt kurz, dass er sich mit Philosophie befasse, ehe er mit ruhiger, tiefer Stimme meint, Nietzsche werde sicher gleich kommen. Ja, die Überfahrt sei weitgehend angenehm verlaufen, bis auf den Sturm, von dem Brenner sicher stolz berichtet habe. Und Nietzsche sei wohlauf, nur in Genua habe ihn die Migräne geplagt, mit allem, was dazugehört, leider.

Welch ausnehmend freundliche Geste es doch sei, dass sie, Fräulein von Meysenbug, Nietzsche und Brenner mit der Einladung nach Sorrent eine Gelegenheit verschaffe, für ihre Gesundheit zu sorgen. Und er, Rée, bedanke sich nochmals herzlich, dabei sein zu dürfen. Falls sie später Hilfe mit einer Tasche oder einem Koffer brauche, sei er gern zur Stelle. Zuletzt erwähnt er, wie neugierig er auf die erste südliche Morgenluft sei und dass er ein paar Schritte vor die Tür gehen wolle. Sie ahnt, dass er ihre erste Unterhaltung mit Nietzsche nicht stören will.

Kaum ist Rée hinausgegangen, steht Friedrich Nietzsche ebenfalls im dunklen Jackett am Frühstückstisch. Ihn jedenfalls ziehe es noch gar nicht nach draußen, er sei erschöpft und fürchte sich vor der lärmenden und zudringlichen Masse. Auf keinen Fall wolle er jetzt, da er endlich im Süden angelangt sei, gleich als Erstes einen weiteren Anfall riskieren.

Doch schließlich gelingt es Malwida von Meysenbug, ihn mit aufmunternden Worten nach draußen vor die Tür und gar zu einem Gang zum Hafen zu bewegen.

Und Nietzsche ist überrascht; diese heitere Atmosphäre hat er nicht erwartet. Das Licht scheint mild, beleuchtet Schiffe und Häuserzeilen, die Menschen wirken entspannter als in Genua, umsichtig, äußerst angenehm. Er atmet auf, reckt genüsslich seine Glieder. Ihm gefallen die alten Gebäude, in denen sich die Geschichte spiegelt. Verheißung liege in der Luft, sagt er freudig, er sei im Süden angekommen, das spüre er deutlich. Er lacht befreit auf. Und als sie an der Pier ankommen, stellt er überrascht fest: *»Der Hafen von Neapel befreit den Geist.«*

Malwida von Meysenbug frohlockt, hat sie doch solch eine Begeisterung erhofft.

Auch Brenner, der endlich ausgeschlafen hat und beiden mutig nachgeeilt ist, ist hingerissen vom prächtigen Licht und erklärt Neapel schlichtweg zu einem Wunder.

Für ihren ersten Abend hat sich Malwida gleich etwas Besonderes ausgedacht. In einer Droschke fahren sie um die Stadt herum, den Posillipo hinauf bis vor ein Restaurant. Weit unter ihnen erstreckt sich die zerklüftete Bucht von Neapel.

»Auf der anderen Seite der Bucht«, erklärt von Meysenbug den drei jungen Herren und zeigt in Richtung Süden, »dort auf der lang gestreckten Halbinsel, das sind die Häuser von Sorrent.«

Und sie frohlockt noch mehr, als die Sonne prachtvoll untergeht, ein Schauspiel, wie es ein Maler nicht besser hätte ins Bild setzen können. Himmel, Erde und Meer zerlaufen zu einer Symphonie aus Farbtönen. Eine Beleuchtung wie von Zauberhand geschaffen, wirklich feenhaft. Über dem Vesuv stehen majestätische Gewitterwolken, Flammen züngeln empor, und aus dem düsteren Schwarz-Rot der dunklen Wolken erhebt sich ein Regenbogen. Die Stadt glänzt wie pures Gold, und das Meer leuchtet in einem königlichen Blau.

Nietzsche fühlt, wie seine Seele verzaubert wird, als erklänge eine unendlich harmonische Musik, in der sich jeder Misston auflöst. Er fühle sich wie ein Blinder, sagt er mit ungewohnt kräftiger Stimme, dem hier auf dem Posillipo die Augen geöffnet würden, nach all den furchtbaren Jahren eine Rettung im letzten Moment. Sei das Sehen nicht ohnehin wichtiger als das Hören? Er könne kaum glauben, dass er, als ein Verehrer der Musik, so etwas überhaupt denke. Dann kommt ihm jedoch Beethoven in den Sinn.

»Jener edle süße Traum«, fabuliert Nietzsche freimütig, »der aus dem Herzen in den Geist dringt und ihn in rot umflossenen Dämmerungen nach den Weiten spähen heißt: Hunger einer einsamen Seele.« Wie habe er es nur ertragen, bis jetzt zu leben!

Gerührt bemerkt von Meysenbug, wie sich sein Gesicht in freudigem, beinahe kindlichem Staunen aufhellt, und hört begeistert, wie er über diesen Ausblick jubelt. Eine Weile bleiben sie noch stehen, genießen den Augenblick und fahren im Abendlicht zurück nach Neapel.

»Posillipo und alle Blinden, deren Augen geöffnet werden«, setzt Nietzsche unterwegs zu einem Monolog an. Ja, er spüre deutlich, dass er nicht mehr genug Kraft für den Norden habe, dort herrschten unbeholfene und künstliche Seelen. Ein jeder arbeite dort wie ein Biber an seinem Damm; Nordeuropa sei voll von solchen Typen. Er wolle gar nicht daran denken, dass er seine ganze Jugend unter solchen Menschen verschwendet habe! Aber genug der Klage!

Ganz überwältigt vom Abend und dem roten Samt über Neapel, stimmt er eine Hymne an: *»Niemand sollte sterben, ohne das gesehen zu haben.«* Ihn selbst überkomme ein Schauer des Mitleids, und er werde das Gefühl nicht los, sein Leben als ein alter Mann begonnen zu haben und immer jünger zu werden.

Das Fräulein kann nicht fassen, wie geglückt ihr Empfang ist, wie angetan die Herren. Niemals zuvor, seit sie Friedrich Nietzsche vor vier Jahren in Bayreuth kennenlernte, hat sie ihn so gelöst erlebt. Welch ein gutes Vorzeichen für ihre gemeinsamen Pläne! Sie kann sich nicht erinnern, wann sie zuletzt so optimistisch war. Alles wird sich zum Guten wenden.

Auf vulkanischem Boden, kritzelt Nietzsche während der Rückfahrt auf einen Zettel, *kann alles gedeihen, sogar meine Gesundheit.* Er lacht vor lauter Freude und will unbedingt am nächsten Morgen nach Sorrent weiterreisen.

Angeregt plaudernd verbringen sie den Abend, rufen sich die schöne Aussicht mit all ihren Farben und das alles überflutende goldene Licht in Erinnerung.

Nachts wälzt sich Brenner schwitzend in seinem Bett hin und her, findet stundenlang nicht zur Ruhe. Immerhin muss er nicht ständig husten. Dafür schweifen die Gedanken zurück in die Heimat. Ihm fallen Gespräche mit den Großeltern ein, die sich um seine Gesundheit sorgen. An eine Luftkur in einem Sanatorium ist nicht zu denken, die wäre viel zu teuer für sie. Er verspürt auch nicht die geringste Lust auf so eine langweilige Angelegenheit, er will sein Studium der Jurisprudenz zwar fortsetzen, aber kein Richter, sondern Dichter werden. Oder beides zugleich. Mal sehen, warum nicht? Und die Einladung von Fräulein von Meysenbug, mit Nietzsche nach Sorrent zu kommen und sich zu erholen in der milden Luft, scheint ihm ein viel geringeres Übel zu sein als ein morbider Aufenthalt in einem Sanatorium.

In der frühen Dämmerung fällt er in einen tiefen, traumlosen Schlaf und wacht erst wieder auf, als er Nietzsche und Rée hört, die sich auf dem Flur der Pension vergnügt unterhalten. Können die nicht etwas mehr Rücksicht nehmen? Er ist noch müde, wie fast immer morgens. Doch der gestrige Ausflug mit allen Überraschungen tritt ihm lebhaft vor Augen, die Landschaft, das Meer. So quält er sich nun doch aus dem Bett, um sich zu waschen und anzukleiden, wundert sich nur über das feuchte Bettzeug.

Als Letzter betritt er mit seinem Gepäck den Hof hinter der Pension, wo eine Droschke bereits wartet.

»Freund Brenner«, ruft Nietzsche ungeduldig, »sind Sie endlich bereit? Steigen Sie ein!«

Der Junge klettert stumm auf die Rückbank; nach Reden ist ihm nicht zumute. Fräulein von Meysenbug will wissen, ob er gefrühstückt hat.

Nein, hat er nicht, will er auch nicht, er hat keinen Appetit. Ständig setzen sie ihm zu, er solle essen, essen, essen. Die Großeltern, die Tante und jetzt das Fräulein. Als wäre er eine Stopfgans. Warum verschwenden nur alle so viele Gedanken darauf? Es gibt doch so viele andere Themen.

Doch Malwida lässt sich nicht beirren. Er müsse unbedingt etwas zu sich nehmen, insistiert sie und holt aus zu einem Vortrag über seine schlaksigen Glieder, er müsse zu Kräften kommen. Gestern Abend am Posillipo hat sie Nietzsche gerettet, heute ist Brenner an der Reihe. Von Luft und Liebe allein könne, um Christi willen, kein Mensch leben, auch nicht von der Luft Italiens, und ihrer mütterlichen Liebe sei er ja gewiss.

Sie hält ihm ein Wurstbrot unter die Nase, das er widerstrebend entgegennimmt, um lustlos darauf herumzukauen. Keinesfalls will er undankbar sein und schon gar nicht ungerecht. Es hat ihm gutgetan, dass die alte Dame ihm in der Nacht der Ankunft zugehört, seine Aufregung über den Sturm geteilt und besänftigende Worte gefunden hat. Dass sie sich nicht lustig gemacht hat über den Zylinder, den Mantel und den Dolch, so wie Rée und Nietzsche. Aber Liebe? Darunter versteht, vielmehr erhofft er doch etwas anderes, auch wenn es ihm an Erfahrung mangelt.

Als er den letzten Bissen hinuntergewürgt hat, ist die Droschke bereits aus Neapel herausgerollt. Rée weist ihn auf die Zypressen hin und die Orangenbäume, deren Früchte angeleuchtet werden vom sanften Morgenlicht. Es geht immer die Küstenstraße entlang um eine weite Bucht herum, an den Ausgrabungen in Herculaneum, am Vesuv und an den Ruinen von Pompeji vorbei. Hinter Castellammare steigt die Straße abenteuerlich steil an, sodass nun auch Brenner hellwach wird, rechts tief unten das Meer, links oben imposante Felswände, die hinabzuhängen scheinen über ihn, Schatten werfen, herabzustürzen drohen. Eben noch haben sich die anderen über die Landschaft verbreitet. Rée anerkennend, Nietzsche enthusiastisch, Fräulein von Meysenbug schwelgend und Trina nickend.

Albert Brenner lauert jetzt darauf, dass Rée zu spotten beginnt oder wenigstens eine scharfe Bemerkung von sich gibt, wie immer, wenn ihm etwas zu süßlich wird. Doch dieses Mal schweigt der Herr Doktor. Brenner wird nicht schlau aus ihm. Ist auch egal, es ist nicht seine Sache, sein Gegenüber zu beobachten und Rückschlüsse zu ziehen. Er ist gespannt auf ihre Unterkunft und alles, was ihn in Sorrent erwartet.

Wenige Kilometer vor dem Ziel schlängelt sich die Bergstraße in engen Bogen tief abwärts. Während der Kutscher sein Gefährt vorsichtig die Serpentinen hinunterlenkt, breitet sich vor ihnen die Halbinsel von Sorrent aus. Im Norden wird die ebene Landschaft von Meer begrenzt, im Süden von Bergen gesäumt, nach Westen hin läuft sie spitz zu. Auf Brenner wirkt das derart nach allen Seiten hin begrenzte Plateau fast wie eine Insel.

Ganz am Ende der Ebene, dort, wo sie spitz zulaufe und von Meer und Bergen begrenzt sei, dort liege Sorrent, erzählt Fräulein von Meysenbug und blickt erwartungsvoll in die Gesichter der jungen Männer.

Nietzsche schaut angestrengt, kann aber in der Ferne nur wenig erkennen. Dafür sieht er erfreut Bäume voller Orangen und Zitronen, an denen die Kutsche vorbeifährt. Rée und Brenner erspähen einzelne Gehöfte, Siedlungen, Plantagen, lassen zufrieden ihren Blick schweifen über den weiten Golf von Neapel und jenseits davon bis zum Vesuv.

Mehr als eine Stunde fahren sie durch die Ebene, die auf einem Plateau deutlich oberhalb des Meeres liegt. Schließlich wird die Landschaft wieder enger, von Süden her nähern sich die Berge, von Norden die Steilküste, es ist, als führen sie nach tagelanger Reise feierlich in ein Ziel ein.

Als die Berge und die Steilküste sich fast schon berühren, hält ihr Gefährt kurz vor den Toren der größten Ortschaft an einem Garten mit einem mehrstöckigen, einfach verputzten Haus. Da stehen sie vor der Villa Rubinacci. Die Wirtin wartet schon im Vorgarten und wünscht als Erstes einen angenehmen Aufenthalt. Sie sei stets zu Diensten, hoffe sehr, dass sich die Herren wohlfühlten und eine angenehme Reise hatten.

Malwida von Meysenbug weist den Herren ihre Zimmer im ersten Stock zu, wo sie sich am besten eine Siesta gönnen sollten. Nietzsche erhält das größte Zimmer, Rée ein etwas kleineres und Brenner das Durchgangszimmer in der Mitte. Jedes der drei Zimmer verfügt über einen eigenen Balkon. Hier also werden sie die nächsten Monate, das kommende Jahr leben.

Nietzsche stellt seinen Lederkoffer neben einen Spiegel, in dem sich wie in einem Gemälde ein Fenster und ein Stück des blauen Himmels reflektieren. Er schaut sich im Raum um. Ein Bett, ein Schrank, ein Schreibtisch mit einer Schale Orangen und einem Blumenbukett darauf sowie eine Waschschüssel auf der Kommode. Was braucht man mehr? Ein Gefühl der Erleichterung überkommt ihn. Sofort macht er sich daran, seinen Koffer auszupacken, stellt die Wanderschuhe in die Ecke, hängt Hemden und Hosen in den Schrank, legt die sonstige Wäsche in die Kommode und die noch weitgehend leeren Notizhefte mitsamt Schreibfedern und einigen Büchern auf den Tisch am Fenster. Nachdem er alles verstaut hat, streckt er sich auf der Tagesdecke seines Bettes aus, schaut sich erneut um, sieht überall seine mitgebrachten Dinge und hat den Eindruck, langsam angekommen zu sein, das Zimmer erscheint ihm bereits vertraut. Von draußen strömt die zitronig-salzige Mittelmeerluft herein.

Während Rée in seinem Zimmer den Schreibtisch quietschend vor das Fenster rückt, steht Brenner unschlüssig in dem seinen herum, er wird eines der anderen durchqueren müssen, wenn er auf die Toilette will. Im Moment hat er keine Lust, sich ans Auspacken zu machen, er will seiner Neugier folgen und sofort die Umgebung erkunden. Sollen die anderen doch Siesta halten. So verlässt er kurz entschlossen die Villa Rubinacci, folgt dem Kiesweg bis zur Straße und biegt um die Ecke. Noch immer fühlt er sich geschafft von der letzten Nacht und der langen Fahrt, aber wenigstens ist er endlich allein – und das bei schönstem Wetter!

All die Villen und Gärten kommen ihm wie Klosteranlagen vor, angestrahlt von gleißendem Sonnenlicht werden sie begrenzt von hohen, staubigen Mauern. Hätte er doch nur einen Hut mit breiter Krempe aufgesetzt! Er wendet sich der Stadt zu, läuft an einer Kirche vorbei, entdeckt ein eitel herausgeputztes, vierstöckiges Grandhotel und tritt an eine steinerne Balustrade über einer tiefen, felsigen Schlucht.

Von oben blickt er hinab in die Tiefe und erkennt am grünen, verschatteten Grund ein altes, riesiges Gemäuer und einen Bachlauf. Wie gefährlich weit es doch hinabgeht! Ein unwiderstehlicher Sog geht von der Tiefe aus, ihm ist, als formte sich der grünschattige Grund zu einer Nymphe, die ihm vom murmelnden Bach aus zuruft, er möge sich hinabsinken lassen zu ihr in das Gewässer. Verlockend ruft sie wieder und wieder, verspricht ein Paradies aus Blaugrün, ein behagliches Dahintreiben in ein anderes Leben.

Ihm wird schwindelig, Schweißperlen bilden sich auf seiner Stirn, für einen Moment glaubt er, zusammensinken zu müssen. Eine Eidechse sonnt sich auf der warmen Steinmauer. Brenner hält sich an der porösen Balustrade fest und zwingt sich, den Blick nach vorn zu richten, sich dem Sog der Tiefe zu entziehen, sich zu besinnen. Langsam dreht er sich um und lehnt sich erschöpft gegen die Mauer, die Hände immer noch auf dem porösen Stein, der ihm den Schweiß von den Händen zu saugen scheint. Besser, er vertagt seine Erkundungstour, die südliche Sonne und die Mittagshitze haben ihm zugesetzt. So löst er sich langsam von der Balustrade, verlässt benommen den Platz und geht eine Allee hinunter zur Piazza Tasso.

Dort setzt er sich auf eine schattige Bank unter dem Denkmal eines Dichters, liest auf einer Tafel den Namen Torquato Tasso und ein paar biografische Angaben. Alles ist ruhig, in der Klostersiedlung halten die Menschen Siesta. Eine struppige Katze streunt vorbei. Nur ein einziges Mal hört er Schritte, eine junge Frau mit einem blauen Rock schreitet gelassen, fast schwebend an ihm vorüber, wundert sich ebenso über ihn wie er sich über sie. Sie geht aufrecht, ein mit blauen Blüten besticktes weißes Tuch bedeckt Schultern und Nacken, das schwere, dunkle Haar trägt sie zu einem Knoten geschlungen. Ihre sanften braunen Augen hält sie auf ihn gerichtet, dann wendet sie sich rasch ab und verschwindet, einer Fee gleich, im Labyrinth der Gassen.

Brenner erholt sich allmählich und macht sich auf den Weg zurück zur Unterkunft. Als er in den Vorgarten der Villa Rubinacci einbiegt, erwarten ihn Kaffee und Kuchen.

Wo er denn nur abgeblieben sei? Man habe sich fast ein wenig Sorgen gemacht. Es ist Fräulein von Meysenbugs sechzigster Geburtstag, und Nietzsche ist vor zwei Wochen zweiunddreißig Jahre alt geworden, das gilt es zu feiern. Brenner möge sich setzen und ein Stück vom Kuchen kosten, lädt ihn das Fräulein ein. Der lässt sich auf einen Stuhl fallen, springt aber sofort wieder auf, um ihr zu gratulieren.

Rée betrachtet aufmerksam das Gesicht des Jungen. Erschöpft sieht er aus, müde und mager, sitzt mit herabhängenden Schultern am Tisch. Er sollte vorsichtiger sein, mehr auf sich achtgeben. Mehr Sturm und Drang noch als Vernunft. Wortlos steht Rée auf und holt einen Krug Wasser aus der Küche, den er direkt vor Brenner auf den Tisch stellt. Der zuckt zusammen, als wäre er soeben aus einem Traum erwacht.

»Schön, dieses Paradies voller Orangen und Zitronen, nicht wahr, Brenner? Was haben Sie sonst noch vorgefunden während Ihres Streifzuges durch Sorrent?«

Brenner übergeht die Frage. Vermutlich will sich der Doktor wieder über ihn lustig machen, wie bei ihrer nächtlichen Ankunft in Neapel. Was soll er diesem Rée antworten? Klöster, eine Schlucht, eine Eidechse auf einer Mauer, eine struppige Katze, eine Nymphe, eine Fee? Nein, von der Nymphe und der Fee wird er bestimmt nichts erzählen. Wer weiß, wie der Herr Doktor darauf reagieren würde; wahrscheinlich würde er behaupten, dass nur eine wahrhaftige Dichterseele wie Brenner solch wundersame Wesen zu erkennen vermöge, während sie dem profanen Bürger vorenthalten blieben bis ans Ende seiner Tage. Nein, er hat nicht vor, sich näher zu erklären, und erst recht nicht, sich dem Gelächter dieses Kaffeekränzchens preiszugeben.

Fräulein von Meysenbug kommt ihm ohnehin zuvor,

schildert statt seiner die herrliche Landschaft, die alten Bauwerke, die ganze Idylle, die sie schon vor Tagen hat erkunden können, und drängt dem Studenten noch ein zweites Stück Kuchen auf.

»Wenn Sie erlauben, Brenner, würde ich Sie das nächste Mal gern begleiten«, schlägt Rée ihm unvermittelt vor. »Nur ein wenig später am Tag, ich will mich erst an die Sonne gewöhnen. Wir könnten unten am Meer Abkühlung suchen. Nietzsche, sind Sie mit von der Partie?«

»Nur bitte heute noch nicht«, sagt Fräulein von Meysenbug. »Die Wagners haben zum Abendessen geladen. Ruhen Sie sich vorher noch ein bisschen aus, bevor wir zum Grandhotel aufbrechen.«

*

Richard Wagner sieht sie schon vom Balkon im dritten Stock aus kommen und begibt sich sofort zum Eingang des Hotels, um sie zu empfangen.

»Freund Nietzsche!«, ruft er mit ausgebreiteten Armen, als er ihm, Malwida und den anderen entgegentritt. »Ein Himmelreich, dieses Sorrent, nicht wahr?«

Während der Komponist seinem jungen Freund väterlich die Hand auf die Schulter legt und sich nach der Unterkunft erkundigt, tauscht Cosima mit den anderen Gästen freundliche Begrüßungsworte aus und fragt nach ihrem Wohlergehen. Wie umsichtig Fräulein von Meysenbug gehandelt habe. Sicher, das Grandhotel sei zweifelsfrei kommod, verglichen vor allem mit dieser Villa Rubinacci, und Richard könne sich gar nicht sattsehen an all der Pracht. Aber das lästige Geläut in aller Herrgottsfrühe. Sie hoffe sehr, dass nicht auch

Nietzsche davon belästigt werde. Ihre Villa liege ja nicht allzu weit von der Kirche entfernt, auch wenn die Villa nicht einmal eine solche sei, wenn man es recht bedenke. Dass sie dort zurechtkämen!

Seine Frau übertreibe, wirft Richard ein. Er verstehe durchaus, dass das Hotel dem einen oder anderen zu exklusiv sei. Aber für ihn käme eine günstigere Unterkunft nicht infrage, schließlich gedenke er noch bis Ende November in Sorrent zu bleiben. Nun freue er sich auf baldige gemeinsame Spaziergänge und könne es kaum abwarten, Freund Nietzsche über die Pläne für sein nächstes Werk zu unterrichten. Er wolle aber noch nicht zu viel verraten, sondern dem Philosophenfreund vorerst die Terrasse und den Park des Hotels zeigen.

Während sich die anderen zu einem großen Tisch begeben, schlendern Wagner und Nietzsche durch die Gartenanlage, wo Steinmosaike die Bänke verzieren. Die Säulenfragmente aus der Zeit Kaiser Augustus' beschwören die Vergangenheit herauf. Mimosen, Bougainvillea, Rosen und Glyzinien verteilen sich auf die sorgsam gehegten Beete vor dem vornehmen Gebäude. Doch Nietzsche fühlt sich dem einst so bewunderten Mann gegenüber befangen, ihr Gespräch beschränkt sich auf ein paar lobende Worte über den Park. Als Wagner spürt, wie reserviert der junge Freund ist, fragt er ihn nach der Seereise, aber Nietzsche winkt müde ab, anstrengend sei sie gewesen, ansonsten gebe es nichts Besonderes zu berichten. Die Küste sei zu fern gewesen, die Ankunft in Neapel habe im Dunkeln stattgefunden. Von seinem Ausflug nach Pisa, von Baronin von der Pahlen, vom Schiefen Turm oder den Kamelen berichtet er nicht. Ohnehin wäre er an diesem Abend am liebsten in der Villa Rubinacci geblieben. Und so kommt kein persönlicher Austausch zustande, er wird von Nietzsche sorgsam gemieden.

Zum Abendessen begeben sie sich in den großzügigen Saal mit dem Marmorboden und den vergoldeten Stuckdecken. Wagner lässt sich unablässig über die Bayreuther Festspiele aus, während ihm Nietzsche schweigend zuhört und die Damen angeregt über die schweren Kristallgläser auf dem Tisch plaudern. Wie hübsch sie doch das Licht der Deckenlüster spiegeln und kleine helle Punkte auf die weiße Leinentischdecke zaubern, auch die ausgesuchte Blumendekoration, das edle Porzellan, das kostbare Silberbesteck und die kunstvoll gefalteten Servietten, alles ganz entzückend!

Rée überlegt derweil angestrengt, wie er sich am Gespräch beteiligen könnte. Alles andere würde unhöflich und arrogant wirken. Auch er wäre dem Abendessen mit den Wagners lieber ausgewichen, weiß er doch von ihrer politischen Einstellung. Unter einem Vorwand hätte er sich entschuldigen und unbekannterweise herzliche Grüße ausrichten lassen können. Malwida von Meysenbug, dessen ist er sich gewiss, hätte diese Aufgabe mit ihrer liebenswürdigen Art gut gemeistert. Doch wenigstens ein Mal wollte er dem berühmten Komponisten und dessen Frau persönlich gegenübertreten. Er hätte ihnen auch kaum einen ganzen Monat lang ausweichen können.

Jetzt sitzt er ihnen gegenüber, lauscht jedem einzelnen Wort Cosimas und weiß nicht, was er sagen soll. Immerhin ist das Gesprächsthema unverfänglich, er könnte sich entspannt zurücklehnen, zuhören und ab und zu freundlich in die Runde lächeln. Doch die Statistenrolle genügt ihm nicht, er, der keineswegs auf den Mund gefallen ist und meist über ein gelassenes Selbstbewusstsein verfügt, möchte Richard und Cosima Wagner davon überzeugen, dass er ein geistreicher, weltgewandter und aufgeschlossener Freund Nietzsches ist. Er würde gern etwas von sich erzählen, von der Philosophie, von seinen Vorbildern, von seinem Ziel, Professor zu werden. Dass er gerade mit seiner Habilitation gescheitert ist, muss er ihnen nicht auf die Nase binden. Und er hofft, dass das Gespräch nicht auf das Thema Religion kommt. Sollte er erzählen, dass seine Eltern vom Judentum zum Christentum übergetreten sind? Nein, davon will er nicht reden, schon gar nicht vor den Wagners, das Thema hat einen tief sitzenden Stachel in das Innerste seines Wesens getrieben, hat eine offene Wunde hinterlassen, die er vor aller Welt verbirgt, die aber nicht heilen will und höchst schmerzempfindlich reagiert, wenn jemand daran rührt. Er schaut sich im Raum um, sucht nach einer weiteren erlesenen Dekoration, die die Damen bisher nicht erwähnt haben, bis sein Blick an einer Liebesgöttin auf der Tapete hängen bleibt. Doch bezweifelt er, dass diese eine Erwähnung wert ist; er selbst findet sie albern und geschmacklos.

Cosima beobachtet ihn aus den Augenwinkeln. »Herr Rée«, wendet sie sich an ihn. »Sie scheinen sich in unserer Gesellschaft zu langweilen.«

»Durchaus nicht. Ich habe nur gerade überlegt, ob die Tapete zu der ansonsten geschmackvollen Ausstattung des Speisesaals passt.«

»Und zu welchem Schluss sind Sie gekommen?«

Rée zögert, er möchte nichts Falsches sagen. Deutlich spürt er ihren Argwohn, der auf ihm klebt wie dickflüssiges Harz. »Sie erscheint mir etwas überladen, und ich würde etwas Schlichtes vorziehen.«

»Fräulein von Meysenbug erwähnte gerade, dass Sie Philosoph sind«, schaltet sich Richard Wagner in das Gespräch ein, »nur dass Sie in Ihre Überlegungen die Naturwissenschaft mit einbeziehen. Wie kann ich mir das vorstellen?«

»Mich interessiert besonders die Evolutionstheorie Darwins, und ich denke, dass sich viele unserer Verhaltensweisen nicht auf ewige moralische Ideen, sondern auf unsere biologische Veranlagung zurückführen lassen.«

Cosima Wagner lächelt. »Mein Mann und ich«, fügt sie hinzu, »sind, wie Sie wissen, mehr der Musik als der Wissenschaft verbunden. Doch muss ich zugeben, dass mir die Theorie von der Rasse und vom Überleben des Stärkeren ausgesprochen plausibel erscheint.«

Damit hat sie Rée zum Schweigen gebracht. Offenbar hat sie keine Ahnung von Evolution. Soll er ihr sagen, dass sie Darwin grob missverstanden hat? Das wäre wohl kaum schicklich.

Nietzsche zieht die Augenbrauen hoch. Er schätzt Cosima wie kaum eine andere Frau, aber in diesem Moment würde er am liebsten mit Rée an seiner Seite aus dem Grandhotel flüchten. Doch er beherrscht sich, will ihr gegenüber nicht unhöflich wirken, zumal jetzt die Nachspeise aufgetischt wird.

»Mein hochverehrter Freund beschäftigt sich weniger mit der Rassentheorie als mit der Psychologie«, wirft Nietzsche ein, »seine Beobachtungen sind höchst zutreffend und stets beneidenswert scharfsinnig formuliert.«

Eine Weile herrscht Schweigen, der Nachtisch schmeckt süß, doch die Atmosphäre ist angespannt und beginnt, den Raum auszufüllen. Zwischen Wagners Augenbrauen hat sich eine tiefe Falte gebildet. Ihm gefällt dieser Rée nicht, auch wenn er noch keinen rechten Grund für seine Abneigung gefunden hat.

»Nennen Sie uns doch bitte ein Beispiel für einen so klug formulierten Satz, Herr Rée.«

Nietzsche kommt seinem Freund zuvor. Besonders gefallen habe ihm zuletzt diese Feststellung Rées: »Dass wir uns wichtigmachen, merkt das Publikum immer und wir nie.« Sein Ton klingt ruhig und etwas unterkühlt, aber innerlich freut er sich, Wagner eins ausgewischt zu haben, auch wenn er sich selbst dabei kaum wiedererkennt.

Empört schaut der Komponist zu ihm hinüber. Was ist nur in Nietzsche gefahren? Wagners Augen funkeln, die kleinen Adern an den Schläfen pulsieren, seine Frau rümpft die Nase und blickt wortlos zu Fräulein von Meysenbug hinüber. Der ist unbehaglich zumute, sie fingert nervös an ihrer Serviette herum und überlegt, wie sie auf ein anderes Thema lenken kann.

»Wollten Sie dem Professor nicht von Ihrem nächsten Vorhaben erzählen?«, fragt sie und lächelt Richard aufmunternd zu. Sicher sei der schon sehr gespannt, was er ihm zu sagen habe. Doch vielleicht sollte man das besser auf morgen oder einen der kommenden Tage verschieben, es sei spät geworden. Man brauche auch Ruhe.

Cosima Wagner stimmt ihr eilig zu. Ihr gefällt Rées Art nicht, wie er den Intellektuellen zur Schau stellt, der nichts mit einer schönen Tapete anzufangen weiß. Hoffentlich taucht er nicht noch einmal im Hotel auf. Mit wem glaubt er es hier zu tun zu haben? Wenn er doch nur ihre Malwida in Frieden ließe und nicht so viel Einfluss auf Nietzsche ausübte, der ihn auch noch verteidigt! Sie kennt solche Gestalten, sie mochte sie noch nie.

Man beschließt, die Runde aufzulösen. Morgen Abend seien sie leider schon verpflichtet, bedauert Richard Wagner. Doch an einem der kommenden Tage gebe es sicher genug Zeit für einen Spaziergang. Ob Nietzsche ihn nicht begleiten wolle? Der willigt zögernd ein.

★

Der 6. November ist ein milder Herbsttag. Richard Wagner und Friedrich Nietzsche machen sich zum Spaziergang entlang der Steilküste auf. Sie laufen nebeneinanderher, reden nicht viel und blicken stattdessen weit über das Meer mit seinen Inseln und Buchten. Nietzsche, auf den ein solcher Anblick sonst wohltuend wirkt, kann sich heute nicht an ihm erfreuen, er nimmt ihn kaum wahr, der letzte gemeinsame Abend liegt ihm im Magen, die Bemerkungen des Komponisten und seiner Frau gegenüber Rée belasten sein Gemüt, auch die pompösen Festspiele in Bayreuth kann er dem Meister nicht verzeihen. Ihm ist aber nicht nach einer lautstarken Auseinandersetzung; die käme einer Inszenierung gleich, die er lieber Wagner überlässt. Er kann und will ihn nicht einmal mehr anschauen.

»Abschiedsstimmung«, unterbricht Richard das Schweigen und muss pausieren, als trüge er schwer an sich.

Nietzsche hat die Hände hinter dem Rücken verschränkt und wartet ab, was der einst als Genie bewunderte alte Mann ihm zu sagen hat. Wie zu einem Vater hat er lange zu ihm aufgeblickt. Schließlich ringt er sich doch zu ein paar Worten durch und erzählt, dass er sich ihn, Wagner, in Italien vorgestellt habe und auch, wie ihm dort die Inspiration zum *Rheingold* gekommen sei.

»Möge es für Sie immer das Land der Anfänge bleiben«, wünscht Nietzsche seinem Begleiter. »Es ist gut, wenn man die Deutschen für eine Zeit lang los ist. Das ist wohl notwendig, um etwas Ordentliches für sie tun zu können.« Vielleicht freue es ihn zu hören, dass die französische Übersetzung seiner Schrift *Richard Wagner in Bayreuth* demnächst gedruckt werde.

Ja, das sei ganz großartig, erwidert Wagner. Und mehr noch freue er sich darüber, dass man endlich einmal unter sich sei, ohne die Frauen, die Kinder und die beiden Herren. Er müsse Nietzsche warnen vor diesem Schlaumeier Rée. Schon längst habe er dies tun wollen, nur sei man nie allein gewesen. An dem werde Nietzsche nichts Gutes erleben.

Wieder macht der Komponist eine lange, bedeutsame Pause. Denn nichts erzeugt mehr Spannung, nichts lässt die Erwartungen höher steigen als ein tonloser, gänzlich stiller Moment. So zieht man alle Aufmerksamkeit auf sich. Dann hebt er erneut zu sprechen an. Schon seit Langem habe er Nietzsche von der seligen Gemütsverfassung erzählen wollen, die ihn beim Besuch des Abendmahls überkomme. Damit hat er die Überleitung zum *Parsifal* geschafft, schildert alsbald ausführlich sein musikalisches Vorhaben, hört schon die vertonte Buße. Wagner redet vom frommen Christentum, summt, holt aus mit der Hand zum Paukenschlag in der Luft – und merkt gar nicht, wie der junge Freund immer größeren Abstand hält und erneut in Schweigen verfällt.

Nietzsche fühlt sich in seinen Vorahnungen bestätigt und beobachtet, wie dieser klein gewachsene, offenbar heillos überschätzte Tonsetzer vor seinen Augen allmählich zu einem Gnom zusammenschrumpft. Dann wieder macht er ein paar rasche Schritte vorwärts, doch auch das macht Wagner nicht mehr größer. Je näher man ihm kommt, desto mickriger wird er.

Wagner schreitet indes unbeirrt weiter aus, seine Augen verfolgen glänzend die imaginierten Bläser und Streicher. Er führt schon jetzt die Oper auf, schwenkt seine Arme, versinkt in seinen Fantasien, hört bereits den aufbrausenden Applaus der Massen und des Königs, seines ergebensten Freundes.

Dass Wagner vor ihm herumstolziert, ohne seine Irritation auch nur zu bemerken, ist endgültig zu viel für Nietzsche. Erst Bayreuth, dann der Angriff auf Rée, jetzt das Gesäusel von christlicher Moral, Abendmahl und Buße. Sein Ärger steigert sich ins Unermessliche und vermischt sich mit Gefühlen, die ihm den letzten Respekt vor diesem Mann nehmen: Enttäuschung und Verachtung. Wie hat er sich jahrelang so irren können?

Vor ihnen verschwindet der letzte Sonnenstrahl über dem Meer. Als das Abendrot aus den Wolken weicht, presst Nietzsche schmallippig hervor, dass er noch eine Verpflichtung habe und nicht erst im Dunkeln zur Villa Rubinacci zurückkehren wolle, wenn er kaum mehr den Weg erkennen könne. Seine Augen seien leider ziemlich schlecht geworden.

Abrupt wendet er sich ab, lässt Wagner wortlos stehen, reicht ihm zum Abschied nicht einmal die Hand und macht sich auf den Heimweg, ohne einen einzigen Blick zurückzuwerfen. Fast blind starren die kurzsichtigen Augen in die Dämmerung, blind auch vor Wut und Scham. Wagner, den er für den Schöpfer einer neuen Musik gehalten, als den Vertreter einer neuen Zeit verehrt hat, ist eingeknickt vor sich selbst, der alte, schwache Mann frömmelt und sinkt als

Oberkirchenrat schon ängstlich seiner Gruft entgegen, faselt von Mitleid und sucht feige sein Heil im Christentum – gerade er, der Revolutionär, der sich immer über das katholische Zeug lustig gemacht hat. Erst hat er sich aufgeschwungen zum Siegfried, um sich nun als Parsifal den Mächtigen und der Kirche anzubiedern, mit geheuchelter Gottesfurcht der überkommenen Moral zu huldigen.

Nietzsche zieht sich der Magen zusammen, Ekel und Abscheu verklumpen sich in seinem Innern zu einem schwer lastenden Brocken, der ihn hinabzuziehen droht, sich weiter zusammenballt zu einer Faust voll Wut und Schmerz. Das muss raus aus ihm, sofort, aber er weiß nicht, wohin damit, versucht, weit auszuschreiten, rascher voranzukommen, sich zu entfernen und zu lösen vom ehemaligen Freund, von seinem Kummer. Sein Magen rebelliert, er würgt, will den Ekel nicht schlucken, sich die Abscheu nicht einverleiben und erbricht sich unter einem Zitronenbaum. Es ist das erste Mal seit Genua, dass Nietzsche sich übergeben muss. Erschöpft lehnt er sich für einen Moment an den Stamm des Baumes. Wäre er doch dieser dämlichen Unterredung ausgewichen! Inständig hofft er, nicht auch noch von einer Migräneattacke heimgesucht zu werden.

Im Vorgarten der Villa Rubinacci angekommen, trifft er Rée, den er kaum anschaut und nur bittet, ihn beim Abendessen zu entschuldigen. Er bedürfe dringend der Ruhe, ein Magenleiden mache ihm zu schaffen. Ohne ein weiteres Wort begibt er sich in sein Zimmer und lässt sich auf den Stuhl vor dem Schreibtisch fallen. Jetzt, da er sich seines Ärgers entledigt hat, die Enttäuschung über den ehemaligen Freund unter dem Zitronenbaum losgeworden ist, fühlt er sich leer und traurig. Er wird den Alten nicht wiedersehen. Nie wieder. Es muss so sein, kein Neuanfang ohne einen radikalen Bruch mit alten Freunden, zumal mit rückwärtsgewandten.

Eine gute Stunde lang bleibt er am Schreibtisch sitzen, den Kopf in die Hände gestützt. Dann greift er zur Feder: *Ich bin nicht im Stande, irgendeine Größe anzuerkennen, welche nicht mit Redlichkeit gegen sich verbunden ist: Die Schauspielerei gegen sich flößt mir Ekel ein; entdecke ich so etwas, so gelten mir alle Leistungen nichts.* Dann zerknüllt er den Zettel und stopft ihn in die Schublade. Doch seine Gedanken kreisen weiter, ja, ein großer, versetzter Schauspieler, ein Dilettant mit Tyrannensinn für das Kolossale, genau das ist Wagner, ein Stoff auch, der stark berauscht.

Nietzsche braucht dringend frische Luft, öffnet das Fenster und lehnt sich hinaus, Luft! Mehr Luft! Er fühlt sich unwohl, Wagner hat ihn angesteckt, der Mann macht krank, alles, woran er rührt. Er fragt sich, ob Wagner überhaupt ein Mensch ist oder doch eher eine Krankheit. Er wusste es doch eigentlich schon von Anfang an, noch bevor er als junger Student den sogenannten Meister getroffen hatte, was das für ein Mensch sein musste. Einem Freund hatte er damals darin recht gegeben, dass Wagner ein Repräsentant eines modernen, alle Kunstinteressen aufsaugenden und verdauenden Dilettantismus sei. Wie konnte er das nur vergessen und sich von diesem Gottteufel blenden lassen, während der Jugendfreund sich klüger angestellt und mit seinen halb verklebten Ohren geschützt hat. Der Freund, der nie die rauschhafte Welt der Tannhäusersage oder des Lohengrin betreten hat, ist denn auch gesund geblieben. Schluss jetzt, Wagner macht einen noch ganz moros.

Nietzsche steht auf und begibt sich in den Salon. Er ahnt, dass Rée dort auf ihn wartet. Und richtig, der hat es sich in einem Sessel bequem gemacht und liest in einem Buch, schaut aber sofort auf, als Nietzsche den Raum betritt.

»Wagner beginnt, vom Blute des Erlösers zu fabulieren«, platzt Nietzsche verärgert heraus, »empfindet Entzückungen, die er dem Abendmahl abgewinnt.«

»Hat der Meister seine wahre Größe offenbart?« Rée kann sich den spöttischen Unterton nicht verkneifen, auch wenn er sich den ganzen Abend gefragt hat, was in Nietzsche gefahren sein mag, so elend und bleich der bei seiner Rückkehr ausgesehen hat.

Nietzsche kann jetzt endlich in Worte fassen, was ihn so empört. »Wenn Wagner nur gesagt hätte: Jetzt will ich doch einmal diese Zeitempfindung in Musik setzen, dann hätte ich das sehr wohl begriffen und ihm zugestimmt. Aber diese Schauspielerei, als ob er nun selbst ein naiv frommer Christ geworden wäre! Lächerlich!« Unbeschreiblich traurig sei es, dass Wagner sich der Zeitstimmung angepasst habe und zum Verleumder des Lebens geworden sei.

»Wagner gehört bloß zu meinen Krankheiten«, sagt Nietzsche und lässt sich erschöpft in einen Sessel fallen. Er wolle trotz allem nicht undankbar sein, jede Krankheit habe etwas Gutes, vor allem, wenn man von ihr geheilt sei. Gleichwohl könne man sehr gut ohne diesen Mann auskommen.

Rée betrachtet Nietzsche aufmerksam, hört die Erregung in dessen Stimme, die Wut, die Enttäuschung, die Traurigkeit, auch einen Anflug von Wehmut. Ermattet sitzt Nietzsche vor ihm, um Haltung bemüht, aber zwischen den Brauen hat sich eine steile Falte gebildet, die Augen sind glasig, die Hände zittern. Rée empfindet Mitleid mit dem Freund, weiß aber nichts Beruhigendes oder Tröstendes zu sagen, ohne wieder in Spott zu verfallen. So begnügt er sich damit, zuzuhören.

Als sie vom Fenster ihres Zimmers aus einen Dienstboten des Vittoria kommen sieht, überkommt Malwida von Meysenbug ein ungutes Gefühl. Mit zügigen, weit ausholenden Schritten nähert sich der schwarz gekleidete junge Mann der Villa Rubinacci, unter seinem festen Tritt knirscht der Kies. Schlechte Nachrichten erkennt sie an den Bewegungen eines Menschen – und dieser Auftritt des Dienstboten erscheint ihr höchst suspekt. Sie läuft die Treppe hinunter ins Erdgeschoss, durch den Flur und öffnet die Tür. Da steht er schon vor ihr, grüßt höflich, bittet mit einer angedeuteten Verbeugung um Entschuldigung für die frühe Störung und reicht ihr einen Brief.

Ob etwas vorgefallen sei, erkundigt sich von Meysenbug, aber der Dienstbote zuckt bedauernd mit den Schultern. Er könne dazu nichts sagen. Dann macht er auf dem Absatz kehrt und läuft zurück zum Grandhotel, während von Meysenbug den Brief öffnet. Sie erkennt Cosimas Handschrift und liest erstaunt, man reise heute ab. Sie, Malwida, möge sich bitte schnellstmöglich im Hotel einfinden.

Schnurstracks begibt sich von Meysenbug auf ihr Zimmer, greift zu einem Schal, schaut in den Spiegel und zupft ihre Frisur zurecht. Was mag bloß passiert sein? Richard und Cosima hatten doch geplant, noch einige Wochen in Sorrent zu bleiben. Richard schwärmte unablässig von der herrlichen Aussicht, vom Meer, von der Landschaft und dem Licht. Aber es ist nicht das erste Mal, dass er überstürzt einen Ort verlässt, auch wenn der letzte überhastete Aufbruch schon länger her ist und es dafür andere Gründe gab. Oder hat er wieder kein Geld und kann die Zimmerrechnung nicht begleichen? Womöglich ist einem der Kinder etwas zugestoßen – dem kleinen Siegfried?

Rasch macht sie sich auf, läuft die Straße entlang, biegt um eine Ecke, hastet an der Barockkirche an der Piazza Tasso vorbei, denkt dabei an den blechernen Klang der Glocken, über den Cosima geschimpft hat und vor dem man Nietzsche bewahren muss. Warum nur wollte der heute Morgen nichts essen? Etwas Kaffee soll er zu sich genommen haben, sonst nichts, das hat jedenfalls Trina erzählt. Wie immer haben die Herren unter sich gefrühstückt, während sie im zweiten Stock geblieben ist. Hat sich Nietzsche gestern Abend nach dem Spaziergang mit Wagner nicht sofort auf sein Zimmer zurückgezogen, ohne ein einziges Wort über das Zusammentreffen zu verlieren? Hätte er nicht begeistert sein müssen nach seinem Treffen mit dem alten Freund, der ihn in etwas Besonderes einweihen wollte? Warum war ihr Nietzsches seltsam zurückhaltendes Verhalten nicht gleich merkwürdig vorgekommen? Rée hatte ihr beim Abendessen mitgeteilt, Nietzsche lasse sich entschuldigen, er leide unter einer Magenverstimmung. So hatte sie sich nichts weiter dabei gedacht, es war schließlich nicht ungewöhnlich, dass sich Nietzsche aufgrund eines Unwohlseins entschuldigen ließ. Jetzt ahnt sie, dass es sich um eine Verstimmung anderer Art handeln muss.

Eine letzte Ecke, dann steht sie zwischen den beiden wuchtigen Säulen vor dem Grundstück des Vittoria, läuft an ihnen vorbei die mit Kies bedeckte Einfahrt entlang und grübelt weiterhin darüber nach, was in den Professor gefahren sein mag und was die Wagners zu dieser überhasteten Abreise veranlasst. Nietzsche hat den Komponisten stets bewundert, in den höchsten Tönen von ihm gesprochen und auch so kluge Bücher über dessen Werke verfasst, wovon eines erst demnächst in französischer Übersetzung erscheinen soll. Und er, der früh den Vater verloren hat, hat in Wagner einen väterlichen Freund gefunden.

Für einen Moment sieht sie, wie in der Ferne das Meer im Licht der Morgensonne glitzert, was aber an diesem Morgen kaum ihre Aufmerksamkeit zu fesseln vermag. Je näher sie dem Eingangsportal kommt, desto resoluter klingen ihre Schritte auf dem Kies. Sie weiß, was nun zu tun ist. Sie wird vermitteln müssen, um die verlorene Harmonie wiederherzustellen. Diese Rolle beherrscht sie glänzend. Am Abend werden alle friedlich beisammensitzen, sich versöhnt anlächeln und sich darüber wundern, wie es zu derartigen Missverständnissen kommen konnte. Um etwas anderes kann es sich nicht handeln. Zuversichtlich betritt sie das Hotel. Alles wird sich finden.

Ein Angestellter geleitet sie zur Terrasse, wo Cosima und Richard mit den Kindern abseits im Schatten eines Orangenbaums sitzen. Die Kinder sind zum Glück wohlauf, der kleine Fidi lacht und winkt ihr zu. Die Eltern aber machen lange Gesichter, ihre Mienen sind missmutig, und der Begrüßung mangelt es an Herzlichkeit. Überhaupt sehen sie aus, als hätten sie nur wenig geschlafen.

»Malwida, wir reisen gleich ab, unsere Koffer sind bereits auf dem Weg nach Neapel«, sagt Richard schmallippig und mit ernster Stimme. »Kommen Sie doch ein paar Tage mit uns, begleiten Sie uns. Wir müssen Ihnen etwas mitteilen«, an dieser Stelle macht er eine bedeutungsvolle Pause, »auch wenn Ihnen das womöglich nicht gefallen wird.« Gegen elf Uhr treffe der Wagen ein. Und nein, es sei nichts mehr zu machen. Die Entscheidung stehe fest und sei einmütig mit Cosima beschlossen worden. Er und Nietzsche hätten sich ein für alle Mal überworfen. Er habe ihn in sein neues Werk einweihen wollen, den *Parsifal*, sie wisse ja bereits davon. Dieses Bühnenweihfestspiel werde sein Meisterwerk, der krönende Abschluss seines Schaffens. Ausführlich habe er Nietzsche den Stoff auseinandergesetzt, die Idee vom christlichen Mitleid erläutert, auf die Aufgabe der Kunst hingewiesen, die verborgenen, tiefen Wahrheiten der Religion zu retten, und sich dazu hinreißen lassen, Einzelheiten über die Instrumentierung auszuplaudern. Doch Nietzsche habe beharrlich geschwiegen und kein einziges Wort der Anerkennung, des Interesses oder der Zustimmung verloren. Nicht einmal Kritik habe er vorgebracht. Nur dagestanden, nichts gesagt, sich ungehörig abgewendet und ihn, Wagner, einfach stehen lassen. Unverzeihlich, dieses Betragen! Damit sei alles gesagt, obschon er eine Vermutung habe, nein, mehr noch, er wisse es genau, ein jeder, der Augen im Kopf habe, könne es sehen, wer ihm den Freund abspenstig mache, aber darüber wolle er hier und jetzt nicht sprechen. Sie möge rasch das Notwendigste einpacken, alles andere könne man in Neapel besorgen. In ein paar Tagen sei sie ja schon wieder in Sorrent und könne dann in Ruhe auch ihre Sachen packen und ebenfalls abreisen. Dann schweigt Richard, als wäre über diese Angelegenheit alles gesagt.

Doch Malwida nimmt ihm nicht ab, dass er heute kein weiteres Aufheben mehr darum machen wird. Sein theatralisches Wesen neigt zu heftigen Wutausbrüchen und großen, ja pompösen Gesten, ist daher zu vornehmem Schweigen unfähig, warum sonst hat er sie aufgefordert, ihn und Cosima nach Neapel zu begleiten? Unterwegs wird er sich Luft machen. Dafür braucht er sie. Und wenn die Luft raus ist, wird er ermattet sein und sich allmählich beruhigen. Dann wird sie ihn besänftigen, ihn nach seinem *Parsifal* fragen und es nicht an Bewunderung für den großen Meister fehlen lassen. Cosima wird als Erste einlenken, schließlich auch Richard. Noch bevor sie Neapel erreichen, wird alles wieder gut sein. Man wird einträchtig nach Sorrent zurückkehren. Und wenn ihr die Versöhnung doch nicht gelänge, wenn ihre Wahlverwandten partout nicht mehr miteinander harmonieren wollen? Sie will sich das gar nicht vorstellen, aber sollte es wirklich so kommen, dann wäre es besser, wenn sich die einen entfernten, sodass ein jeder ruhig seines Weges gehen kann. So weit ist es noch nicht. Eine offene Aussprache einzufordern, wäre jedenfalls das Törichteste, was sie tun könnte. Sie wird nicht darauf drängen, allein um Richard nicht zu reizen. Vorerst gilt es, die Streithähne voneinander zu trennen. Falls sie doch allein nach Sorrent zurückkehren sollte, wäre das auch nicht schlecht; dann wird sie mit den gelehrten jungen Herren ungestört ihre Wahlfamilie und ihr Kloster gründen können. Auf keinen Fall wird sie abreisen.

Zurück in der Villa Rubinacci, packt sie eine kleine Tasche und bittet Trina, sie möge den Herren ausrichten, dass sie für ein, zwei Tage mit den Wagners nach Neapel fahren werde. Sie komme schnellstmöglich zurück, dessen sollten sich alle gewiss sein. Katastrophal, wenn auch noch ihre Söhne die Koffer packten. Nicht auszudenken!

Plötzlich steht Nietzsche im Flur, offenbar hat er alles mitangehört und so von der Abreise der Wagners erfahren. Sie hätte nicht so laut mit Trina sprechen sollen. Wie konnte sie sich nur dazu hinreißen lassen!

Doch der Professor bleibt erstaunlich gelassen, seine Miene ist gelöst, seine Stimmung fast heiter, so, als beträfe ihn die Angelegenheit nicht oder als wäre ihm das Ganze sogar recht. Kein Wort des Bedauerns oder wenigstens des Erstaunens kommt über seine Lippen.

Immerhin kann das Fräulein ihm nun selbst versichern, dass sie nur für ein, zwei Übernachtungen fort sein werde. Sie tut es gleich mehrmals.

Nietzsche lächelt, sie solle sich keine Sorgen machen, er werde mit Rée und Brenner bestens zurechtkommen. Er macht keinerlei Anstalten, selbst zum Vittoria zu gehen, um sich von Richard und Cosima zu verabschieden und ihnen eine gute Reise zu wünschen.

Fast erleichtert verlässt Fräulein von Meysenbug die Villa Rubinacci. Sie muss nicht weit gehen. Vor der Einfahrt wartet bereits die Kutsche der Wagners auf sie. Nicht einmal jetzt kommt Nietzsche aus dem Haus oder zeigt sich zumindest am Fenster, um zu winken. Auch Rée ist nirgends zu sehen. Als spielten alle Versteck!

In der Kutsche herrscht ein unangenehmes Schweigen. Malwida weiß nichts Aufheiterndes zu erzählen und verliert sich in Gedanken. Die schöne gemeinsame Zeit in der Villa Wahnfried taucht vor ihr auf, die fröhlichen Tage in Bayreuth. Allein, sie war nie ein Mitglied der Familie Wagner, immer nur eine gute Freundin und liebe Tante. So ist es eben, wenn man sich von der eigenen Familie losgesagt hat und sich an eine andere zu hängen versucht. Mit den drei jungen Männern in Sorrent, die allesamt ihre Söhne sein könnten, bieten sich ihr jetzt immerhin günstigere Voraussetzungen. Nietzsche, Rée und Brenner sind ungebundene und daher bedürftige Menschen. Es schmerzt sie, nicht bei ihnen zu sein.

Cosima kennt diesen traurigen Ausdruck im Gesicht ihrer Freundin. Sie mag ihn nicht. Offenbar hat Malwida noch immer nichts begriffen. Sie könne sie nur vor ihrer eigenen Gutmütigkeit warnen, unterbricht Cosima die Stille. Immer lade sie sich zu viel auf, und ihre Güte werde ständig und von allen missbraucht.

»Malwida, Sie sind in einem Haufen Verpflichtungen wie in einem Netz verfangen.«

Die Freundin sagt kein Wort dazu. Derlei Vorhaltungen sind ihr gänzlich unverständlich. Was soll sie darauf auch sagen? Und gibt es überhaupt Schöneres, als von anderen Menschen gebraucht zu werden? Cosima kann das ohnehin nicht verstehen, sie hat eine glückliche Familie, einen erfolgreichen Mann und zauberhafte Kinder. Jetzt möchte von Meysenbug endlich erfahren, warum das Zerwürfnis so endgültig sein soll. Ein wenig betrifft es immerhin auch sie.

»Ich glaube«, beginnt Cosima, »in Nietzsche steckt ein dunkler, produktiver Grund, von dem er selbst nichts weiß.« Von dort stamme das Bedeutende an ihm, was ihn selbst zuweilen erschrecke, während alles, was er in seiner Philisterexistenz denke und sage, was lichterhellt sei, nicht viel Wert besitze. Das Tellurische an ihm sei wichtig, das Solarische hingegen unbedeutend, aber durch den Kampf mit dem Tellurischen beängstigend und unerquicklich.

Malwida staunt über Cosimas seltsame Ausführungen. Sie hätte es gerne konkreter.

»Und erst dieser Rée!«, stöhnt Cosima, »mit diesem kalten, pointierten Wesen – bestimmt ein Israelit!«

Nun weiß Malwida, was los ist. Man verübelt Nietzsche die Freundschaft mit einem vermeintlichen Juden. Ob es überhaupt stimmt, interessiert die Wagners nicht im Geringsten. Einmal Jude, immer Jude. Sie meinen, es riechen zu können, und bilden sich doch alles nur ein. Eine Vermutung ist ihnen Gewissheit genug.

Könnten sich Cosima und Richard doch nur von ihren Vorurteilen lösen! Bisher hat von Meysenbug darüber hinweggesehen oder vereinzelt Argumente hervorgebracht, damit die Wagners ihre Haltung gegenüber der jüdischen Kultur ändern. Sie stieß stets auf taube Ohren, sie ließen keine einzige ihrer Begründungen gelten. In dieser Hinsicht sind sie völlig verbohrt.

»Sie werden sich hoffentlich von ihm fernhalten«, ereifert sich Cosima weiter. Dieser Rée sei ein bösartiger Besserwisser mit schlechtem Einfluss auf Nietzsche, ja überhaupt auf den deutschen Geist.

Wieder Schweigen, auch die Kinder hören auf zu plappern, und Richard verschränkt stur seine Arme über dem Bauch. Wenn Malwida nur wüsste, grämt er sich – und fängt unvermittelt an, sich zu echauffieren. Wie einen Sohn habe er Nietzsche behandelt. Und der habe sich erdreistet, kein einziges Wort über seinen *Parsifal* zu äußern, so, als hätte er gar nicht zugehört, schlimmer noch, als missfiele ihm der große Wurf. Als seien Musiker wie er nichts weiter als Spätgeburten einer verrotteten Weltanschauung. Nietzsche habe auf ihn herabgeblickt und ihn schlicht stehen gelassen! Seine Philosophiererei sei ihm offenbar zu Kopf gestiegen. Oder der Herr Professor onaniere zu viel und habe damit seine Geisteskräfte ruiniert. Er, Wagner, habe getan, was getan werden musste, und Nietzsches Arzt darüber brieflich in Kenntnis gesetzt.

Richard hat sich in Rage geredet, schert sich weder um die Anwesenheit der Kinder noch darum, wie sehr er sich vor Malwida und Cosima die Blöße gibt. Während die Frauen peinlich berührt versuchen, die Situation zu überspielen, brummt er ein paar unverständliche Worte, schnappt nach Luft, fuchtelt wild in der Luft herum und verschränkt schließlich erneut die Arme, bevor er endlich Ruhe gibt.

In Neapel beziehen die Wagners das schönste Hotel am Hafen. Richard lädt die Freundin ein und überlässt ihr ein großes, helles Apartment. Vielleicht bewegt sie das dazu, ein paar Tage länger zu bleiben, sich zu besinnen und diesen Rée davonzujagen.

Vom Balkon ihres Schlafzimmers aus blickt Malwida über die weite blaugrüne Bucht, die in der Ferne von einer hohen Steilküste begrenzt wird. Sie formt die Augen zu schmalen Schlitzen, um schärfer sehen zu können, und meint, jenseits des Golfes einzelne Gebäude zu erkennen. Dort muss Sorrent liegen, vielleicht sogar die Villa Rubinacci, so genau lässt sich das nicht ausmachen. Sie bräuchte ein Fernglas und Augen wie in ihrer Kindheit. Wie es ihnen wohl geht, den drei jungen Männern, so ganz ohne ihre Gastgeberin?

Einen Tag lang lässt sie sich ihre Ungeduld nicht anmerken, obwohl es ihr schwerfällt und ihre Gedanken ständig fortschweifen. Wie eine Geisel kommt sie sich vor, versucht aber, freundlich und aufmerksam zu bleiben, zu den Kindern, zu Cosima, zu Richard, so wie es alle von ihr kennen und unausgesprochen verlangen.

Einen zweiten Tag hält sie durch, aber als sich Richard keineswegs gewillt zeigt, einzulenken, weiß sie nicht mehr, was noch auszurichten wäre. Am Hafen kauft sie einen Blumenstrauß und drückt ihn Cosima zum Abschied in die Hand. Eine freundliche Umarmung, gute Reise, beste Grüße an alle in Bayreuth, auf ein baldiges Wiedersehen!

Auf dem Rückweg nach Sorrent sinnt Malwida von Meysenbug in der Droschke darüber nach, was sie gleich zu Beginn ihres Aufenthalts in Sorrent, als sich alle das erste Mal getroffen haben, hätte anders machen können. Wann hätte sie dies alles verhindern können? Wenn sich Nietzsche doch rechtzeitig bei ihr ausgesprochen hätte, am besten gleich an jenem unheilvollen Abend – dann hätte sie vielleicht vermitteln, ihre Liebenswürdigkeit ausspielen und die beiden Freunde wieder zusammenführen können.

Aber je weiter sich ihr Wagen von Neapel entfernt, desto mehr gesteht sie sich ein, insgeheim froh zu sein über die Abreise der Wagners. Sie ist es leid, deren Anhängsel zu spielen, stets freundlich, stets rücksichtsvoll, stets zuvorkommend, und dennoch Gefahr zu laufen, lästig zu sein, den Meister zu verstimmen, den Erwartungen Cosimas nicht zu entsprechen. Jetzt kann sie aufatmen, diese Bürde ist sie los.

Zurück in Sorrent, betritt von Meysenbug freudig die Villa Rubinacci, doch niemand erwartet sie. Das Haus wirkt wie ausgestorben, es ist erschreckend still, und sie hält inne. Nicht dass sich auch noch ihre drei Herren verabschiedet haben! Es wäre eine Katastrophe, ein ungeheures, unverzeihliches Scheitern. Ein böses Erwachen aus einem verheißungsvollen Traum, der gerade erst begonnen hat. Sie sucht nach Trina – und findet sie unbekümmert auf dem Bett ihres Zimmers liegend, als wäre nichts geschehen.

»Sie erkunden den Strand«, antwortet das Mädchen der Frage zuvorkommend, die noch gar nicht gestellt worden ist. Dem Herrn Professor gehe es übrigens viel besser, er habe sogar ausgiebig gefrühstückt. Mit den Wagners scheine sich die Übelkeit verzogen zu haben. Niemand vermisse den Komponisten und seine Familie. Rée habe sogar gemeint, seit sie fort seien, könne man sich wenigstens ungeniert früher zu Bett begeben. Ansonsten erledige ein jeder morgens seine Gänge und arbeite mittags am Schreibtisch, Brenner schreibe an einer Novelle. Worüber genau, habe er ihr nicht verraten wollen und lediglich von einem Mädchen mit sanften braunen Augen fabuliert.

Erleichtert atmet Malwida von Meysenbug auf, kocht in der Küche einen Kaffee und lässt sich vor ihrem Fenster zufrieden in einen Sessel sinken. So hat sie sich das vorgestellt: junge, wissbegierige Männer um sich herum, mit denen sie sich schon bald über Bücher und Geschichten, über Gott und die Welt austauschen wird. Endlich ist es so weit! Sie freut sich auf den Abend im Salon, wo sie gleich heute mit den ersten Lesestunden beginnen könnten.

Nachdem sie ihren Kaffee ausgetrunken hat, schaut sie wieder nach ihrer Jungfer. »Wollten Sie denn nicht mit hinunter an den Strand?«, erkundigt sie sich und trägt Trina auf, doch bitte bei der nächsten Gelegenheit den Herrn Professor auf den Fahrstuhl des Vittoria aufmerksam zu machen. Der führe direkt hinunter zum Hafen. Die steile Treppe, die er ansonsten nehmen müsse, sei viel zu beschwerlich für jemanden, der kaum mehr sehe, übrigens habe sie wegen des Fahrstuhls schon mit dem Portier gesprochen, der nichts dagegen einzuwenden habe. Dass sie ihm ein großzügiges Trinkgeld zugesteckt hat, verschweigt sie.

Dann macht sie sich selbst auf, um Nietzsche wenigstens den Aufstieg vom Strand zur Stadt zu ersparen. Sie passiert das Grandhotel, schaut die Allee zum Eingang des Vittoria hinunter, schickt Cosima im Geiste einen Gruß hinterher und überquert die Piazza Tasso. Jenseits der Brücke findet sie eine steil abfallende Tuffsteintreppe. Stufe für Stufe steigt sie vorsichtig hinab zum Grund einer kühlen, dunklen Schlucht. Unten angekommen, folgt sie einem Weg bis zum Hafen. Die Strände liegen links und rechts davon, eingeklemmt zwischen Steilküste und Meer, zwei schmale Abschnitte, übersät von dunklen, rund gewaschenen Steinen. Schon vom Hafen aus hört sie Rée und Brenner johlen. Sie haben sich ins Meer gestürzt, fordern Nietzsche lauthals auf, es ihnen gleichzutun.

»Es ist wärmer als die Nordsee im Juli«, ruft Rée vom Wasser aus. »Kommen Sie rein, Nietzsche!«

Von hinten schwappt eine Welle über ihn, sein Körper überschlägt sich, bis die Füße emporragen, als würde er vom Meer verschluckt werden.

Fräulein von Meysenbug erschrickt und beschleunigt ihren Gang.

Rée taucht ab, will schauen, wie tief es bis zum Grund ist, will herausfinden, wie lange die Luft reicht, ein Schwimmzug, noch einer, das Wasser presst auf seine Ohren, tiefer will er hinab, noch ein Schwimmzug, noch einer, er spürt eine Strömung, die ihn seitwärts schiebt, er taucht tiefer hinab, während der Druck auf die Ohren zunimmt – wie schön und leicht fühlte sich dagegen das Leben in den Schweizer Alpen an, wie nahe er dort doch Nietzsche auf den gemeinsamen

Wanderungen rund um Bex gekommen ist, wo der Freund ihn fragte, ob er nicht mitkommen wolle nach Süditalien. In diesem Moment berührt seine Hand den steinigen Grund. Geschafft! Er dreht sich und stößt sich mit den Füßen vom Meeresboden ab hinauf zum Licht, das sich tausendfach über ihm bricht, ein funkelndes silbriges Geglitzer.

Nietzsche liegt derweil bäuchlings am Strand, wie eine Eidechse auf einem von der Sonne erhitzten Felsen, und schaut aufs Wasser, auf die sich überstürzenden Wellen, wie sie am Strand anbranden und sich wieder zurückziehen, immer wieder von Neuem, immer etwas anders, ein unendliches Spiel in Millionen Varianten.

Da taucht Rées Kopf wieder auf, er japst nach Luft, schluckt Wasser, spuckt es aus und schaut sich nach den Freunden um. Brenner ist gerade auf dem Weg zu Nietzsche und schüttelt ungeniert seinen nassen Körper über ihm.

»Ein wenig Erfrischung?«

Nietzsche springt auf und will den Studenten fangen, doch der rettet sich in die Fluten. Da hat sich schon Rée genähert, packt Nietzsche bei der Hand und zieht ihn hinter sich her ins Meer. Die drei Männer balgen, lachen, tauchen sich gegenseitig unter.

Malwida von Meysenbug verlangsamt ihren Gang, hält an und sieht sich das Schauspiel aus der Ferne an. So unbekümmert hat sie ihre drei Söhne noch nicht erlebt, weder Paul noch Albert und schon gar nicht Friedrich. Bis jetzt hätte sie solch eine Ungezwungenheit kaum für möglich gehalten. Wie viel strenger wurde alles in ihrer Generation gehandhabt! Die Abreise von Richard und Cosima hat den Herrn Professor tatsächlich befreit. Wer weiß, wie lange die

Freundschaft mit Wagner ihn schon belastet hat? Das Spiel am Strand deutet mitnichten auf ein Unwohlsein hin. Wären die Wagners anwesend, säßen sie jetzt alle auf der Terrasse des Vittoria beisammen, vertieft in eine anstrengende Konversation. Rée könnte sagen, was er wollte – immer würde ihm sein Beitrag zum Nachteil ausgelegt. Albert würde ohnehin ignoriert werden, kommt er doch aus ärmlichen Verhältnissen und wurde mehr als Sekretär denn als Student vorgestellt. Nietzsche muss das alles längst aufgefallen sein, und sie, Malwida, muss sich nun für Richard und Cosima schämen.

Sie lässt ihren Blick über die Bucht schweifen und erkennt die fernen Umrisse von Neapel. Ob die Wagners noch dort sind? Oder schon auf dem Weg nach Rom, wo sie sich mit Besorgungen die Zeit vertreiben wollen? Sie schaut aufs Meer, das ihr vorkommt wie ein einziges großes Ereignis, sein Anblick befreit sie von der persönlichen Existenz, vereint sie mit dem Unendlichen, dem universellen Dasein.

Schließlich macht sie kehrt, will die drei jungen Männer nicht stören, überlässt sie ihrem unbeschwerten Treiben, ihrer kindlichen Freude, und genießt die ihre allein. Alles ist so wie seit Monaten erhofft und vorausgedacht, alles fügt sich, und sie spürt, wie ein neuer Abschnitt ihres Lebens beginnt. Nein, ein ganzes Kapitel, vielleicht sogar ein Buch, dessen erste Seite in diesem Moment blank vor ihr liegt und mit Erlebnissen und Geschichten, Erkenntnissen und Eindrücken beschrieben werden will. Jetzt kann alles beginnen. Sie hat schemenhafte Vorstellungen davon, wie es weitergehen könnte, doch will sie den Zauber dieses Anfangs nicht zerstören, indem sie es sich zu konkret ausmalt.

Die steile Treppe vom Hafen hinauf zum Vittoria macht

ihr weniger Mühe als befürchtet. Ruhig atmet sie ein und aus, wirft gelegentlich einen Blick zurück auf die Bucht mit ihren zerklüfteten Felsen, das still daliegende Meer, den fernen Vesuv, aus dem eine schwarz qualmende Rauchfahne aufsteigt. Sie hat gut gewählt – den Ort, ihre Gesellschaft. Sie versteht nicht, was Cosima gegen Rée haben kann. Ein Israelit? Und wennschon, was soll's? Er mag vielleicht etwas spitz in seiner Wortwahl sein, aber nie hat sie einen hilfsbereiteren Menschen kennengelernt als ihn. Sie spaziert zur Villa Rubinacci zurück, erleichtert und voller Vorfreude auf das, was vor ihr liegt.

★

Bald hat sich eine Routine im Tagesablauf eingespielt. Wenn es am frühen Morgen zu dämmern beginnt, ist es noch still in der Villa Rubinacci. Albert Brenner liegt bereits wach im Bett, die Arme hinter dem Kopf verschränkt, die Beine ausgestreckt. Nur die morschen, müden Türen knarren und zittern dann und wann im Wind. Die ersten Sonnenstrahlen fallen ins Zimmer. Um halb sieben läuten die blechernen Glocken der Barockkirche an der Piazza Tasso. Kurz darauf hört der Student durch die geschlossene Türe die Stimme Nietzsches: *»Freund Brenner!«*

Schweigen im Durchgangszimmer, wo Brenner sich die Decke über das Gesicht zieht und noch nichts wissen will vom Aufstehen. Es ist ihm zu früh. Soll ihn der Herr Professor ruhig mehrmals rufen. Die Glocke beginnt von Neuem zu wimmern.

»Freund Brenner«, tönt es daraufhin abermals aus Nietzsches Zimmer.

Ist der Junge schwerhörig? Oder tut er nur so, als schliefe er noch? Friedrich Nietzsche wird langsam ungeduldig, von nebenan vernimmt er ein klägliches Stöhnen des Studenten.

»Oh, oh, oh.«

Immer muss man den Jungen mehrfach bitten. Dabei ist er bestimmt längst munter, hat nur keine Lust, sich zu erheben. Gleich wird Nietzsche ihn ein letztes Mal rufen, etwas lauter als zuvor. Hoffentlich wird Rée nicht wach davon!

Da kommt ihm Brenner zuvor und tut so, als wäre er eben erst aus einem Traum aufgeschreckt: *»Was? Ja, ich stehe schon auf.«*

Im dritten Zimmer greift derweil Paul Rée zu den Zündhölzern im Nachttisch. Er liebt das Licht der Kerzen, den Duft von Wachs, auch wenn es schon recht hell ist. Jetzt, da das allmorgendliche Weckritual so weit gediehen ist, zündet er eine Kerze an und verkündet lauthals die Uhrzeit, damit es nicht nur Brenner im Durchgangszimmer, sondern auch Nietzsche in seinem Raum versteht.

Aus Nietzsches Zimmer dringt inzwischen das Geräusch von Wasserplanschen, dann auch aus dem von Rée.

Schließlich schält sich auch Albert Brenner aus dem Bettzeug, das wieder ganz klamm ist vom nächtlichen Schweiß. Es braucht wohl noch etwas Zeit, ehe er diese Schwindsucht loswird. Er muss geduldig sein, darf sich aber auch nicht von den wichtigen Dingen des Lebens ablenken lassen. Als er seine Kommode erreicht hat und sich anschickt, zum Wasserkrug zu greifen, trifft bereits der Barbier ein. Brenner hört ihn summend über den Kies zur Villa laufen. Jeden Morgen schaut der Mann vorbei, schwatzt unentwegt, obwohl er nur Italienisch spricht und niemand von ihnen ihm flüssig antworten kann.

An diesem Morgen hat es der Barbier zuerst auf den Herrn Professor abgesehen, während Brenner und Rée wartend mit im Raum sitzen.

»Buongiorno, signore Nietzsche! Ah, che barba!« Der Barbier würde diesen Bart, der ihm sehr ungewöhnlich erscheint, am liebsten abrasieren oder zumindest ordentlich stutzen. So ein wuchernder Oberlippenbart geht nicht an in Süditalien, ist nicht mehr in Mode. Als er das Messer anlegt und es dem Schnäuzer nähert, wird der Herr Professor fuchtig und protestiert lautstark: »No, no, no.«

Dass die Herren kaum Italienisch sprechen, hält den Mann keineswegs davon ab, unbeeindruckt vor sich hin zu plappern und ungefragt alle Neuigkeiten aus der Nachbarschaft kundzutun. Ein wenig werden die Herren schon verstehen. Um sich verständlicher zu machen, fuchtelt er wild gestikulierend mit seinem Rasiermesser in der Luft herum und kommt damit Nietzsches Gesicht gefährlich nahe. Der wagt sich keinen Millimeter weit zu bewegen.

Danach ist Paul Rée an der Reihe, der alles schön glatt rasiert haben möchte. Jeglicher Versuch, die Redseligkeit des Italieners zu unterbrechen, ist zum Scheitern verurteilt. Auch Rée kann kaum mehr als »Buongiorno« erwidern und stillhalten. So bleibt ihm nichts weiter übrig, als hier und da zu nicken, die Augenbrauen hochzuziehen oder zu lächeln, mal verlegen, mal zustimmend, auch wenn er nur einzelne Begriffe versteht.

»Bell'tempo oggi, ah, cattivo tempo.«

Als der Barbier sich gerade daranmachen will, Rées Oberlippe zu rasieren, fällt ihm eine Geschichte ein. Sie muss aus ihm heraus, sie ist zu gut. Doch dann wird ihm wieder bewusst, dass man ihn kaum versteht. Manchmal wundert er sich, warum diese Leute ein Land besuchen, in dem sie sich mit niemandem unterhalten können. Wozu ist der Mensch sonst auf der Welt, wenn nicht zum munteren Austausch?

Während der Barbier weiter rasiert, rötet sich sein Gesicht, es strengt ihn merklich an, dass er nicht weiß, wie er seine Neuigkeiten verständlich machen soll. Nur durch ein drei- oder viermaliges »Buongiorno« kann er sich kurzzeitig befreien. Schließlich läuft er so rot an, dass Nietzsche, Brenner und Rée befürchten, er könnte einen Erstickungsanfall oder einen Blutsturz erleiden, einfach umkippen und sich dabei womöglich selbst das Messer in die Brust rammen. So vergeht die erste Stunde eines jeden Morgens.

Pünktlich um halb acht erscheint die Wirtin, serviert Kaffee und eine kleine Süßigkeit für die Herren, doch nur Brenner greift zu, obwohl er keinen Appetit verspürt. Dann ist er pappsatt; einzig die ständigen Ermahnungen, er müsse essen, hat er noch satter.

Von neun bis zehn Uhr diktiert Nietzsche dem Studenten konzentriert eine Reihe von Aphorismen, die in seinem nächsten Werk erscheinen sollen. Allesamt kurze Beobachtungen zu einer ganzen Reihe der großen menschlichen Fragen, die längst geklärt gehören: warum die Religion nur eine Illusion ist, warum es das Böse gar nicht gibt, warum jeder Künstler ein Betrüger ist und es auch sonst mit der Wahrheit nicht sehr genau nimmt, oder auch, warum Menschen ständig in paradoxen Situationen festhängen. Seine Sätze formuliert er möglichst prägnant und unterhaltsam, so wie er es von Rée kennt, geht dabei mit auf dem Rücken verschränkten Händen im Zimmer auf und ab. Denn ohne Bewegung fällt ihm das Denken schwer.

Da sich die Abläufe zu Routinen einspielen, gleicht ein jeder Vormittag dem anderen, die Zeit verschwimmt, und das neue Leben nimmt alltägliche Züge an und verdrängt damit das alte immer weiter.

Nach dem Diktat ist ein Spaziergang durch Sorrent oder entlang der Steilküste vorgesehen, anschließend das Mittagessen und, zumindest für Nietzsche, eine kurze Siesta. Er will sich schonen, um keine Migräne zu provozieren, deren Aufflammen er weiterhin fürchtet, wenngleich ihn derzeit weder Kopf noch Magen quälen, weshalb er zu hoffen wagt. Es muss doch möglich sein, der Marter zu entkommen. Wie ein bösartiger Schatten hat sie ihn bislang überallhin verfolgt und ihn immer gerade dann überfallen, wenn er am wenigsten damit gerechnet hat, wenn er schon glaubte, von ihr erlöst zu sein. Dennoch verspürt er seit einiger Zeit, spätestens seit Wagner fort ist, eine ungewohnte Leichtigkeit im Kopf, eine Ferienstimmung, er hat Urlaub vom Schmerz und von seinen melancholischen Gedanken.

Albert Brenner nutzt die ruhigen Stunden, sitzt an seinem Schreibtisch und arbeitet an einer Novelle. Er hat ein paar Seiten zu Papier gebracht, aber wenn er mal wieder nicht recht weiß, wie er fortfahren soll, formuliert er Briefe und Postkarten an seine Großeltern, schildert darin den Blick auf Meer und Berge oder die Villa Rubinacci, die nicht nur verhältnismäßig, sondern überhaupt billig und nicht sonderlich elegant sei. Bis zum Städtchen brauche man nur eine kleine Viertelstunde, er gehe jeden Tag mehrmals dorthin, denn er wolle nicht länger als ein Fremder angesehen werden. So bilde sich eine Art Vertrautheit und Heimatgefühl. Dass er bei seinen Spaziergängen Ausschau hält nach einem Mädchen, einer Fee, verrät er nicht. Das muss nicht jeder wissen, vor allem nicht die lieben Verwandten. Es reicht, dass er Trina gegenüber ein paar Andeutungen gemacht hat. Hoffentlich hat sie es für sich behalten.

Malwida von Meysenbug bleibt vormittags auf ihrer Etage, wo sie an einem Roman arbeitet. Den Schreibtisch hat sie vor das Fenster rücken lassen, sodass mehr Licht auf das Papier fällt. Immer wenn sie aufschaut, kann sie in die Landschaft blicken und ihre Gedanken zurück in die Vergangenheit schweifen lassen. Mit einem langen Stift notiert sie bedächtig Satz für Satz, unablässig folgt ein elegant hochgezogenes Schriftzeichen dem anderen. Mit Genugtuung beobachtet sie, wie es Nietzsche von Tag zu Tag besser geht. Sie glaubt fest an seine Gesundung, schließlich hat sie ihn mit diesem Ziel dazu veranlasst, die Reise nach Italien anzutreten. Sie weiß, dass man geduldig sein muss. Am Ende wird sich alles auszahlen, dessen ist sie sich gewiss. Ihr selbst hilft der Aufenthalt im Süden ja auch, sie spürt es täglich: Jetzt, da gleich drei junge Männer in ihrer Nähe sind, geht es ihr so gut wie lange nicht, geradezu blendend. So etwas wirkt ansteckend. Sie wird Nietzsche mit ihrer Zuversicht und Gesundheit mitreißen. Wenn sich doch einmal ein Anfall seines Kopfleidens abzuzeichnen scheint, beauftragt sie umgehend Trina, Brompulver aus der Apotheke zu besorgen, ihm ein Fußbad mit Asche und Salz zuzubereiten und ein Zugpflaster hinter sein Ohr zu kleben. Selbstverständlich muss die Wirtin eine bekömmliche Speise zubereiten, damit sollte der drohende Feind zu bezwingen sein. Die Spaziergänge, die Meeresluft, das frühe Zu-Bett-Gehen – all das hilft Nietzsche bereits, jeden Morgen mehrere Stunden lang arbeiten zu können. Und dann geht es in der unteren Etage oft lustig und ausgelassen zu. Malwida hört es bis in ihr Zimmer.

Nach seiner Siesta steckt Friedrich Nietzsche eine Flasche Wasser in den Rucksack, um sich zum Schwimmen an den Strand aufzumachen. Dann ruft er laut nach Brenner: »Wollen wir los? Wo stecken Sie denn nur?« Vermutlich sitzt der Junge verzweifelt am Schreibtisch, um seine Novelle voranzubringen, und tut mal wieder so, als würde er nichts hören. Dass es auch immer mehrerer Aufforderungen bedarf, bevor der Student reagiert! Nietzsche wartet einen Moment ab, um dann deutlich bestimmter zu rufen: »Freund Brenner, wir wollten doch aufbrechen! Haben Sie etwa keine Lust mehr?«

Spätestens jetzt wird Trina vom Fräulein in die Küche gezogen, als gäbe es dort etwas Wichtiges zu tun. »Möchten Sie denn nicht die Herren hinunter zum Meer begleiten?« Von Meysenbug wartet die Antwort gar nicht ab, sondern drängt Trina, sie möge Nietzsche davon überzeugen, den Fahrstuhl im Vittoria zu benutzen. Noch einmal wiederholt sie, der führe direkt hinunter zum Hafen und Nietzsche erspare sich somit die vielen Stufen. Jedenfalls solle man Nietzsche ruhig zu seinem Glücke zwingen.

Trina kennt die Ansprache auswendig und tut ihr Bestes, um die Empfehlung des Fräuleins an Nietzsche weiterzugeben.

Doch der ignoriert ihren Hinweis jedes Mal aufs Neue und läuft zügig am Hotel vorbei. Trina müsste ihn am Ärmel packen, um ihn aufzuhalten, was sie freilich nicht wagt. Nietzsche lacht, wenn sie hinter ihm hereilt und ihn an den Fahrstuhl erinnert. Von wem die Idee stammt, weiß er zu gut.

Auch ihn hat Fräulein von Meysenbug bereits mehrmals auf diese Möglichkeit hingewiesen. Allein der Gedanke, das Gebäude, in dem Wagner logierte, zu betreten, bereitet ihm ein fühlbares Missbehagen im Magen. Seinem alten Leben will er so gut wie eben möglich ausweichen. Und wer weiß, ob bei solch einer Fahrt in einem engen Fahrstuhl nicht plötzlich die Kopfschmerzen von Neuem begännen? Schließlich geht es in so einer kleinen Kabine unnatürlich schnell in die Tiefe, das spürt man deutlich in der Magengrube und im Innern des Schädels.

Nietzsche spaziert lieber am Hotel vorbei, überquert die Brücke an der Piazza Tasso und steigt die verwinkelte Tuffsteintreppe hinunter in die Schlucht zum Hafen.

Am Strand lauscht er dem beruhigenden Gleichklang der Wellen und beobachtet ihr beständiges Kommen und Gehen. Diesem Hin und Her könnte er ewig zuschauen, es beruhigt und entspannt ihn. Es scheint immer ein wenig anders zu sein und sich nie genau zu wiederholen. Wie viele Varianten der heranrollenden Wellen es wohl geben mag, bevor sich nur eine einzige von ihnen genau so bewegt wie eine andere zuvor? Seine Gedanken fließen ebenso, kommen und gehen, kommen und gehen. Immer andere, immer neue, aber immer in einer ähnlichen Bewegung und Wiederkehr. Manchmal, wenn das Meer fast gänzlich still vor ihm liegt, steht er mit den Füßen im Wasser. Um darin zu schwimmen, wie Rée es jeden Morgen tut, dafür ist es ihm mittlerweile zu kalt.

Am späten Nachmittag versammeln sich Meysenbug, Trina, Rée, Nietzsche und Brenner im Salon des zweiten Stocks. Die Fenster stehen offen, der Wind bauscht leicht die Vorhänge. Rée hält eine Mitschrift in der Hand, eine Vorlesung eines Basler Geschichtsprofessors über das alte Griechenland.

»Lesen Sie und lassen Sie uns also zurück in eine bessere Zeit reisen!«, fordert Nietzsche ihn auf. Er sitzt im Lehnstuhl hinter seinem Wandschirm, um seine blendungsempfindlichen Augen vor dem Licht des Kaminfeuers zu schützen. Es geht ihm zwar besser, aber er kann kaum mehr lesen, die Buchstaben verschwimmen ineinander, sodass er sie nicht mehr entziffern kann.

Paul Rée sitzt am Tisch, wo eine Lampe brennt. Seine Stimme klingt dunkel, ruhig führt sie seine Zuhörer zurück in die Welt der Antike.

Immer wieder unterbricht Nietzsche solche Lesungen mit Kommentaren und Ausführungen. »Wir werden von Tag zu Tag griechischer«, triumphiert er einmal, erst lerne man die alten Begriffe, dann nehme man nach und nach auch die einstigen Werte an. Zunächst begännen sie, griechisch zu denken, dann würden sie eines Tages hoffentlich auch mit ihrem Leibe zu Griechen. So komme man dem antiken Leben wieder näher, und – Brenner, bitte notieren! – er sehe schon einen hellen, glänzenden, geheimnisvollen Himmel, der sich über ihm aufspanne. Man müsse nur die südliche Gesundheit und die verborgene Macht der Seele zurückerobern. Man müsse allmählich, Schritt für Schritt, übernationaler und europäischer werden, dann übereuropäischer und morgenländischer und schließlich griechischer!

Pünktlich um sechs Uhr abends betritt die Wirtin den Salon und serviert das Abendessen. Danach liest Rée eine weitere Stunde lang vor, während von Meysenbug nicht anders kann, als überglücklich zu strahlen und in ihren Vorstellungen vom heldenhaften Griechentum zu schwelgen. Auch sie würde gerne vorlesen und dabei jedes einzelne Wort betonen, doch leider lassen das ihre entzündeten Augen nicht zu. Manchmal denkt sie zurück an die Abende mit Alexander Herzen in London, auch er hatte ihr vorgelesen aus seinen Werken. Anschließend wollte er ihre Meinung erfahren, und sie diskutierten bis tief in die Nacht hinein. Damals hatte sie sogar damit begonnen, Russisch zu lernen, weil es die Muttersprache Herzens war.

Jetzt aber ist sie nicht mehr in London, sondern in Sorrent – und ihr gegenüber am Kamin sitzt Albert Brenner und hilft dabei, Orangen zu schälen. Auch er kann nicht vorlesen, er muss dringend seine heisere Stimme schonen. Die Tuberkulose hat seine Stimmbänder befallen. Wenn er zu viel spricht, beginnt es in seiner Kehle zu kratzen, und er muss husten.

Wir sind doch wirklich eine ideale Familie, überlegt Fräulein von Meysenbug, vier Menschen, die sich früher kaum gekannt, kein verwandtschaftliches Band haben, keine gemeinsamen Erinnerungen, und nun einträchtig, ungestört und gemütlich zusammenleben.

Früh am Abend geht jeder in sein Zimmer. Nietzsche liegt dann auf seinem Bett, schaut noch eine Weile durchs Fenster in den dunkelblauen Nachthimmel, meint zuweilen, einen Stern zu erkennen, und denkt manchmal an Wagner. Nein, die Nähe zu dem Komponisten ist nichts für einen kranken Menschen wie ihn. Ach, was war er doch für ein Kamel! Dass er an den großen Meister geglaubt hat, an seine Auffassung von Musik, wie albern! Fast schämt er sich, wie emphatisch er die Musik Wagners einst begrüßt und als einen kulturellen Neubeginn gefeiert hat. Ist diese Musik nicht viel mehr ein Symptom des Verfalls, Ausdruck der Dekadenz? Alles um ihn herum zerfällt wie morsches Holz. Wann in der Menschheitsgeschichte war je die Ungewissheit so spürbar? Nichts scheint mehr auf festen Füßen zu stehen, auf Glaubensgewissheit zu bauen, das Nichts ist es, woran die Gegenwart krankt. Und dieses Nichts ist nicht plötzlich aufgetaucht, sondern hat sich leise herangeschlichen, um sich in den nächsten zwei, drei Jahrhunderten erst voll zu entfalten. Sind nicht überall bereits die Zeichen dieses Nihilismus zu sehen, hört man sie nicht in den Gesprächen oder entdeckt sie in den brieflichen Mitteilungen seiner Zeitgenossen? Zu verhindern ist das Nichts nicht mehr. Die Zukunft zeigt sich schon jetzt, kündigt sich mit hundert Zeichen an, ihre Musik wird überall gehört. Und alle Ohren lauschen gespitzt. Bewegt sich die europäische Kultur nicht schon lange in diese Richtung, wächst nicht die Tortur der Spannung mit jedem Jahrzehnt, unruhig, gewaltsam, überstürzt: Sie gleicht einem Strom, der zu seinem Ende strebt, der sich nicht mehr besinnt, der gar Furcht davor hat, sich zu besinnen. Es wird ein Kampf, und wer sonst sollte sich ihm zuerst stellen, ihn in sich selbst austragen, ihn in seinem Innern zu Ende ausleben, bis in die letzte Konsequenz erkennen, wenn nicht er, Friedrich Nietzsche? Nur ein freier Geist kann die Menschheit auf ihren Augenblick höchster Selbstbesinnung vorbereiten. Dazu muss er eine Wüste durchwandern und alles einst Verehrte, alle, an die er fest geglaubt hat, hinter sich lassen. Er muss dem Dunklen, dem rätselhaften Vorgänger folgen, der ihm wieder vorausgeht, warum nur kann er nicht an ihn heranreichen?

»**Brenner, wir wollen los!** Möchten Sie nicht mitkommen nach Massa Lubrense?«

Stille. Nietzsche lauscht, aber kein Laut dringt aus dem Zimmer des Studenten. Ist der Junge fort? Oder schläft er? »Brenner, wo sind Sie denn?« Er klopft an die Tür und ruft, er selbst habe schon in aller Frühe einen Gang durch die Landschaft unternommen und eine rosenfingrige Morgenröte genossen.

Noch einmal klopft er an die Zimmertür des Studenten, wartet, bis er ein schwaches Husten vernimmt.

»Ja, ich komme gleich.«

Albert Brenner liegt auf seinem Bett, er fühlt sich müde und benommen, aber wenn er nicht geantwortet hätte, wäre der Herr Professor einfach ins Zimmer spaziert, hätte den Kopf geschüttelt und den anderen amüsiert erzählt, dass der Junge lustlos auf dem Bett herumlungert. Er, Brenner, muss nach dem Frühstück wieder eingeschlafen sein. Letzte Nacht hat er noch stärker geschwitzt als üblich und wirr geträumt von einem riesigen Maul, dessen Zähne aussahen wie zerklüftete Felsen, das ihn zu verschlingen und hinabzuziehen drohte in seinen tiefen grünen Schlund. Es gruselt ihn noch immer.

»Nur zwei Minuten bitte.«

Er wuchtet sich auf die Seite, setzt sich auf die Bettkante

und schaut sich verwundert nach seinen Schuhen um. Er muss erst zu sich kommen, die Traumbilder abschütteln, sich sammeln. Er richtet sich auf, reckt und streckt sich, atmet tief ein und aus. Etwas wankend steht er auf den Beinen, gewinnt immerhin sein Gleichgewicht, schlüpft in die Schuhe, die unters Bett gerutscht sind, und öffnet endlich die Tür.

»Wie sieht es aus?«, fragt Nietzsche. »Alle warten ungeduldig.« Dann dreht sich der Professor um und drängt vorwärts, hinaus ins Freie.

Vor der Villa steigen Fräulein von Meysenbug, Rée und Trina bereits in eine offene Droschke. Brenner und Nietzsche folgen ihnen. Es ist so angenehm warm, dass sich das Fräulein lediglich ein schwarzes Tuch um die Schultern gelegt hat, aber auch unter dem schwitzt sie in der Sonne.

Sie fahren über die Piazza Tasso und den gepflasterten Corso Italia mit seinen prächtigen Gebäuden quer durch Sorrent, passieren am Ortsausgang einen kleinen Fischerhafen, dann geht es von der großen Straße ab, und das Gefährt quält sich einen steilen, verwinkelten Weg hinauf, der beidseitig von mannshohen Mauern begrenzt wird. Am liebsten hätte Nietzsche diesen Weg zu Fuß zurückgelegt, sich hier und dort umgewandt, um einen Blick zurück auf die Stadt, die Landschaft und das Meer zu werfen, aber das Fräulein hat darum gebeten, für diesen ersten, beschwerlichen Teil der Strecke eine Kutsche zu nehmen. Sie will sich nicht schon am Vormittag verausgaben.

Während von Meysenbug vorne zwischen dem Kutscher und Trina ihre Haltung zu wahren versucht, klammert sich Brenner hinten ergeben an den Sitz. All diesem Geschaukel fühlt er sich an diesem Morgen noch nicht gewachsen, aber er spürt, wie die salzige Meeresluft in seine Brust strömt und ihm guttut. Nietzsche lässt derweil seinen Blick über die Landschaft schweifen und erfreut sich am Spiel von Licht und Schatten entlang der Mauern, Rée hockt in der Mitte, schaut gebannt geradeaus auf den Hinterkopf des Fräuleins, das sich so engagiert für sie alle einsetzt. Er denkt über die Vergeblichkeit moralischer Handlungen nach. Sind nicht alle Handlungen, wenn man sie von außen beobachtet, ziemlich einzigartig? Betrachtet man ihre Motive, bleibt nicht viel mehr übrig als ein paar triebhafte Neigungen. Wem geht es nicht darum, zu überleben, Besitz zu erwerben, sich fortzupflanzen oder Anerkennung zu erhalten? Wenn jemand eine gute Tat vollbringt, dann doch nicht in erster Linie deshalb, weil er gut handeln will, sondern weil er sich damit einen Vorteil verschafft oder zumindest die eigene Eitelkeit befriedigt. Gut ist jedenfalls, dass er dieses aufopferungsvolle Fräulein kennengelernt hat, kann er doch an ihrem Wesen seine moralphilosophischen Überlegungen schärfen. Allein durch ihre Anwesenheit und ihr Verhalten wird sie ihm zu einer Schrift verhelfen, mit der er seine Habilitation vorantreiben kann. Er muss das Fräulein nur nüchtern, scharf und ausgiebig analysieren, dazu bleibt ihm in den nächsten Monaten ausreichend Zeit.

Nach einigen Minuten flacht die Steigung ab, und der Weg führt in weiten Bogen durch eine offene Landschaft voller Olivenbäume bis vor ein Gehöft, wo ein Bauer seine Esel an Ausflügler vermietet. Sie sollten sich fünf Tiere aussuchen und am Abend zurückbringen, sagt der Mann, während er einige Arbeiter umherdirigiert, die unter alten, Schatten spendenden Bäumen lange Tische und Stühle für ein Fest aufstellen.

Ruhig stehen die Esel da, bewegen sich kaum, als wollten sie sich unsichtbar machen oder ihre Unlust auf eine Wanderung demonstrieren. Doch um die kommen sie nicht herum. Paul Rée hilft erst dem Fräulein, dann Trina auf ihre Maulesel und schwingt sich selbst mühelos auf den seinen. Nietzsche fällt das etwas schwerer, doch er lacht aus vollem Hals, als er auf dem Rücken einer dieser verfluchten Kreaturen sitzt. Nur Brenner versteht nicht, wie er so ein Wesen besteigen soll. Ohnehin wäre er lieber mit der Kutsche weitergefahren. Kaum schwingt er ein Bein in die Höhe, um aufzusitzen, macht der Esel einen großen Schritt zur Seite. Das Bein landet im Nichts, sodass Brenner immer wieder vollends den Halt verliert und umzufallen droht. Als der Esel endlich nicht mehr ausweicht und es auch Brenner hinaufgeschafft hat, reichen seine Füße fast bis zum Boden. Er kommt sich vor wie Don Quichotte ohne Lanze, sagt aber lieber nichts, weil ihn die anderen ohnehin belustigt anschauen. Mit einem verschmitzten Lächeln versucht er, seine Verlegenheit zu kaschieren.

»Schaut mal, ein Esel auf sechs Beinen«, spottet Rée, »der Name Albert passt bestens.«

Typisch Rée, denkt Brenner, grinst aber trotzdem, als fände er dessen Bemerkung selber komisch. Mal ist der Herr Doktor so zuvorkommend, dass man ihn nicht missen möchte, dann wieder ein gefühlloser Schuft. Am besten, man tut so, als hätte man nicht hingehört oder als wäre man selbst amüsiert.

»Sehr praktisch«, stellt nun der Professor fest, während er zu Brenner hinüberschaut. »Sie können ja einfach weiterlaufen, während Sie zugleich auf dem Esel sitzen.« Vermutlich werde Brenner als Erster im Ziel einlaufen. Er möge dann bitte in einer Trattoria schon einmal für alle Wasser bestellen.

»Jetzt aber Schluss die Herren, lassen Sie den armen Studenten in Ruhe«, beschwichtigt Meysenbug, die eben noch selbst lachen musste.

Einzig Trina hat sich zurückgehalten, kein Wort von sich gegeben und über all die Scherze missbilligend den Kopf geschüttelt. Ihr tut der Junge leid, der so verloren und mit hängenden Schultern auf seinem Esel sitzt. Als Brenner ihr Mitgefühl bemerkt, schließt er sich ihr dankbar an und lässt sein Tier neben ihrem trotten.

Die Gruppe folgt einem staubigen Weg, der von Sträuchern und Bäumen gesäumt wird, deren Schatten sich auf dem trockenen Boden abzeichnen. Von Westen her weht ein warmer Wind über das Meer, fächelt durch die Schirmpinien und die Zitronenhaine, deren Duft er aufnimmt und weiterträgt. Dann folgen sie einem schmalen Pfad, auf dem die Esel hintereinanderlaufen müssen. Hier und dort tauchen abgeschiedene Bauernhöfe auf, ein jeder liegt auf einer eigenen Anhöhe.

»Auf einem der Landgüter lebte Torquato Tasso«, ruft Fräulein von Meysenbug, die voranreitet und sich nun nach den anderen umwendet.

Rée, der ihr folgt, dreht sich seinerseits zu Brenner um: »Der Dichter, Sie wissen schon?«

Rée lässt ihn einfach nicht in Ruhe.

»Natürlich«, entgegnet der Student fast trotzig, »aber wussten Sie auch, dass er von 1545 bis 1595 lebte, schwer melancholisch war und einen Tag vor seiner geplanten Dichterkrönung in Rom starb?« Endlich kann er mit dem angeben, was er kürzlich auf der Tafel an der Piazza Tasso gelesen hat.

Schön jedenfalls, dass die anderen für einen Moment über sein Wissen staunen, sollen sie sich ruhig fragen, ob sie ihn zuweilen unterschätzen.

Nietzsche beteiligt sich nicht am Gespräch, schaut stattdessen prüfend an seinem Körper hinunter, streckt und dehnt sich, greift fest die Zügel und spannt die Muskeln an, als wollte er sich ihrer vergewissern. Seit ein paar Tagen spürt er, wie seine Kraft zurückkehrt, wie er unbelastet vom Schmerz arbeiten und umherwandern kann. Die Zeit der Krankheit dürfte nach all den vielen Jahren hinter ihm liegen, und er erwartet bereits, auch wenn er es nicht auszusprechen und kaum in Gedanken zu formulieren wagt, dass sich bald auch sein Augenlicht bessern wird. Noch scheut er davor zurück, seiner Zuversicht zu trauen, sie gar den anderen gegenüber laut kundzutun, auch wenn er spürt, wie sein Kopf immer neue, lebendige Ideen hervorbringt.

Während es an terrassenförmigen Gärten vorbeigeht, wirbeln unter den Tritten der Tiere feine Staubfahnen auf. Seit Langem hat es nicht geregnet, das Gras ist gelblich verfärbt unter der prallen Sonne. Nietzsche ist froh, seinen Hut dabeizuhaben, der wenigstens dem Kopf und dem Gesicht Schatten spendet.

Am frühen Nachmittag erreichen sie das Örtchen Massa Lubrense und blicken von einer öffentlichen Terrasse aus auf eine breite Küste und das Meer hinaus. In der Ferne zeichnet sich Capri ab, dessen Felswände steil aus dem Wasser ragen. Fräulein von Meysenbug fällt Kaiser Tiberius ein. Der habe einst auf der vordersten Klippe der Insel eine luxuriöse Villa errichten lassen, erzählt sie, in der er die letzten Jahre seines Lebens verbracht habe. Paradiesisch müsse es auf Capri sein.

Nietzsche erkennt nur einen gräulichen Schatten und bleibt in Gedanken ohnehin lieber bei den alten Griechen. Einst hätte man von dieser Stelle aus das Schiff von Odysseus und seinen Gefährten sehen können, überlegt er. Diese Vorstellung elektrisiert ihn. Ließ sich der Vielgereiste irgendwo hier draußen auf dem Wasser an den Mast binden, um gefahrlos dem betörenden Gesang der Sirenen lauschen zu können? So nah hat sich Nietzsche dem antiken Leben noch nie gefühlt. Ist er nun genau dort angekommen, wo er sich immer hingesehnt hat, auch wenn er es zuvor auf keiner Karte hätte zeigen können?

Als Meysenbug vorschlägt, in Massa ein Café aufzusuchen, lehnt Nietzsche ab. Er möchte nicht allzu viel Zeit vertrödeln, will lieber ein wenig umherstreifen, bevor es zurückgeht nach Sorrent. Brenner solle ihn bitte begleiten, damit er ihm den einen oder anderen Gedanken diktieren könne. In seinem Kopf brumme es wie in einem Bienenstock. Die anderen mögen doch, sobald sie hier fertig seien, vorausreiten, er selbst und Brenner kämen nach. Man treffe sich dann an dem Gehöft, wo sie die Esel ausgeliehen haben.

Kaum haben Brenner und er sich von den anderen getrennt, sprudeln die ersten Sätze aus Nietzsche hervor. Brenner verzweifelt, der Herr Professor diktiert viel zu schnell. Aber Nietzsche beharrt darauf, beim Sprechen spazieren zu gehen, die Gedanken strömten gleichmäßiger, wenn man nicht angewurzelt in der Gegend herumstünde. Immerhin lässt er sich überreden, regelmäßig anzuhalten, damit Brenner zumindest einzelne Stichworte ordentlich aufschreiben kann.

Sie steigen eine steile Treppe zu einer Anhöhe hinauf, Stufe für Stufe geht es empor, keuchend, schwitzend, Nietzsche voran, Brenner gelegentlich eine Pause einlegend, um zu verschnaufen und sich umzuschauen.

Immer höher! Seit Langem hat sich Nietzsche nicht mehr derart verausgaben können, so kräftig und gesund hat er sich ewig nicht gefühlt, stark wie ein Löwe, mächtig und frei. Er spürt, wie er in ein neues Stadium seines Lebens eintritt, wie er mit jedem Schritt die harten, steinigen Stufen hinter sich lässt, bemerkt auch, wie seine Füße mühelos und sicher Halt finden, ohne zu schwanken, auszugleiten oder umzuknicken. Heitere Gedanken kommen auf, durchströmen seinen Körper und seine Seele.

Alte Gewissheiten seien zerbrochen, diktiert der Professor, zerronnen, wie fortgespült, und machten neuen Platz. Welch ein Trug, dass die Welt schon immer so gewesen sei und ewig so sein müsse, sie sei nicht unveränderlich, ebenso wenig wie Vorstellungen, Freundschaften und Ideen, als ob sie irgendwann erschaffen worden wären und seither für alle Zeiten irgendwo im Himmel hingen. Es existierten weder ewige Ideen noch göttliche Gebote.

Nietzsche lacht laut auf, bevor er weiterspricht: »Alles wandelt sich, entsteht, wird, hat seine Zeit und vergeht. Keine unerschütterliche Religion besteht über alle Zeit hinweg, auch der Mensch verändert sich und mit ihm die Moral selbst. In einer fernen Zukunft wird die Menschheit über sich hinauswachsen. Jeder Glaube, jedes Für-wahr-Halten ist notwendig falsch, das ist zu erkennen. Vorbei ist die Zeit der Ideale, der Vorbilder, der Glaubensbekenntnisse, alte Denkmäler stürzen donnernd in sich zusammen.«

Staub wirbelt auf. Nietzsche pausiert und betrachtet seine Schuhspitzen. Die müssten mal wieder geputzt werden.

»Haben Sie das alles mitgeschrieben?«, will er von Brenner wissen, der nur kurz nickt. Dann setzt er sich für ein paar Minuten an den Rand des Weges und blickt in die Landschaft. Als ein Hirte seine Herde Ziegen den vor ihm liegenden Hang hinabtreibt, drängt sich eines der Tiere traulich an sein Knie und leckt ihm die Hand, als wollte es ihn trösten für alles durchgemachte Leid, als wäre er blind und einsam.

Schließlich steigen Nietzsche und Brenner weiter den Hügel hinauf. Während der Student kaum folgen kann, kommt es dem Professor vor, als führten seine Beine ein Eigenleben und bedürften nicht seiner Kontrolle. *»Die geschickten Bewegungen des Fußes beim Ausgleiten, Stolpern, Klettern sind nicht die Resultate eines blind wirkenden«*, diktiert er, *»aber zweckmäßigen Intellektes, sondern einmal angelernt, wie die Bewegungen der Finger beim Klavierspiel.«* Dass solche Fertigkeiten gleich vererbt werden, behaupte neuerdings die Naturforschung. Wie gut, dass man sich nicht dauernd Gedanken darüber machen müsse, wohin man als Nächstes tritt oder wie man den Fuß aufsetzen soll.

Nietzsches Blick fällt auf seinen eigenen Schatten. Er beobachtet ihn seit der Fahrt in der Droschke, wie der neben ihm tanzt! So leicht, so lebendig wie ein stiller Komplize, dabei so gänzlich anspruchslos, nur der Sonne bedarf er, um Schatten zu sein. Mal läuft er wie ein Gecko auf der Mauer neben ihm her, dann schleicht er wie eine Katze auf seinem Weg entlang. Nietzsche bleibt stehen, der Schatten auch. Er hebt den Arm, der Schatten tut es ihm gleich, nur spiegelbildlich! Ganz selbstständig hat der sich noch nicht gemacht von ihm, scheint nach wie vor zu ihm zu gehören. Doch führt sein Schatten wirklich kein Eigenleben, ähnlich wie seine Füße?

»Meine Gedanken sollen mir anzeigen, wo ich stehe: aber sie sollen mir nicht verraten, wohin ich gehe«, diktiert er Brenner, der ihm folgt. *»Ich liebe die Unwissenheit um die Zukunft und will nicht an der Ungeduld und dem Vorwegkosten verheißender Dinge zu Grunde gehen.* – Haben Sie das, Brenner? Ja? Gut, dann fahren Sie fort! – *Ich habe Sie lange nicht reden gehört. Aber jetzt, in diesem Licht, ergibt sich eine gute Gelegenheit.«*

Brenner stutzt, wieso soll er reden? Doch der Professor spricht selbst weiter: *»Es redet; – wo? und wer?«*

Soll er das auch notieren? Brenner kommt es fast so vor, als hätte Nietzsche sich selbst oder eine fremde Stimme sprechen gehört. Hat dem Professor die Sonne zu sehr zugesetzt – oder wird er jetzt verrückt?

Nach einem Moment der Stille fährt Nietzsche fort: *»Bei Gott und allen Dingen, an die ich nicht glaube, mein Schatten redet; ich höre es, aber glaube es nicht.«*

Brenner kritzelt eilig die Worte nieder, obschon sie ihm unsinnig vorkommen. Jetzt fängt der Professor auch noch an, mit seinem Schatten zu sprechen! Er schaut zu Nietzsche hinüber, doch der ist ganz in sich versunken. Schon geht alles so schnell, dass Brenner nur noch Stichwörter notieren kann. Später wird der Professor wohl wieder bei klarem Verstand sein und selbst bemerken, was er für einen Unfug von sich gegeben hat. Hoffentlich ist diese elende Arbeit trotzdem nicht umsonst!

»Nehmen wir es hin und denken wir nicht weiter darüber nach«, sagt Nietzsche, *»in einer Stunde ist alles vorbei.«*

Eine Stunde! Das meint der Professor doch wohl nicht im Ernst. Brenner kommt kaum hinterher, wäre er nur im Bett geblieben. Jetzt spricht abermals der Meister, also weiter mit dem Protokollieren und nicht lange über Sinn und Unsinn nachdenken! Bliebe Nietzsche doch bloß stehen!

»Ganz so dachte ich, als ich in einem Walde bei Pisa erst zwei und dann fünf Kamele sah«, sagt Nietzsche.

Was soll das wieder heißen, fragt sich Brenner, während er eilig einzelne Satzfetzen aufs Papier wirft: … *sollten beide nachsichtig sein … nicht übereinander ärgern … nicht bei jedem unverständlichen Wort gleich dem andern die Daumenschrauben anlegen … nicht auf alles antworten … bei einem längeren Gespräch mache sich auch der Weiseste einmal zum Narren und dreimal zum Tropf.*

Brenner hebt die Hand, um sich die Schweißperlen von der Stirn zu wischen. Gerade rechtzeitig fällt ihm ein, wie tölpelhaft das aussähe, also wandelt er die Bewegung um und tut so, als habe er nur eine Fliege verscheuchen wollen.

»Was fuchteln Sie so wild in der Luft herum?«, schimpft Nietzsche. »Sie vertreiben mir noch den Schatten!«

»Den Schatten? Welchen Schatten?«

»Den, der spricht!«

»Der spricht?« Allmählich macht sich Brenner ernsthaft Sorgen um den Herrn Professor, zu dumm nur, dass das Fräulein nirgends zu sehen ist. Vermutlich wird man ihm hinterher die Schuld geben, falls Nietzsche jetzt einen Migräneanfall erleiden sollte.

Der wird langsam ungehalten. »Haben Sie nicht zugehört? Haben Sie denn gar nichts verstanden? Nun schreiben Sie schon weiter! – *Deine Genügsamkeit ist nicht schmeichelhaft für den, welchem du sie eingestehst*«, führt Nietzsche aus: *»Ich dachte, der menschliche Schatten sei seine Eitelkeit; diese würde aber nie fragen: ›soll ich denn schmeicheln?‹«*

Brenner stöhnt. Nach der durchfieberten Nacht ist er noch immer erschöpft und bräuchte dringend eine Pause.

Nietzsche beachtet ihn nicht. *»Die menschliche Eitelkeit, soweit ich sie kenne, fragt auch nicht an, wie ich schon zweimal tat, ob sie reden dürfe; sie redet immer.«*

»Halt!«, ruft Brenner, »nicht so schnell, bitte!«

Aber Nietzsche scheint ihn nicht mehr zu hören, ist ganz abgetaucht in sein Gespräch: *»Ich merke erst, wie unartig ich gegen dich bin, mein geliebter Schatten: ich habe noch mit keinem Worte gesagt, wie sehr ich mich freue, dich zu hören und nicht bloß zu sehen. Du wirst es wissen, ich liebe den Schatten, wie ich das Licht liebe.«*

»Nun warten Sie doch bitte, Professor, einen Moment wenigstens!«

»Jetzt bin ich aber gerade mittendrin! Also gut.« Nietzsche bleibt stehen, rückt seinen Hut zurecht. Warum kann der junge Mann nicht begreifen, dass man beim Spazieren die besten Einfälle hat? Wenn man überall eine Pause macht, stocken auch ständig die Gedanken. Schon wiederholt Nietzsche den letzten Satz und setzt seinen Dialog laut fort: *»Du wirst es wissen, ich liebe den Schatten, wie ich das Licht liebe. Damit es Schönheit des Gesichts, Deutlichkeit der Rede, Güte und Festigkeit des Charakters gebe, ist der Schatten so nötig wie das Licht. Es sind nicht Gegner: sie halten sich vielmehr liebevoll an den Händen, und wenn das Licht verschwindet, schlüpft ihm der Schatten nach.«*

Brenner muss sich auf eine Mauer setzen und seinen Block auf die Knie legen. Er hat Durst, ein wenig Appetit sogar. Am liebsten würde er die Vögel beobachten, die über ihnen kreisen, aber er will nicht den Unmut Nietzsches auf sich ziehen. Hätte er doch nur gelernt, ordentlich zu stenografieren!

Was soll's, es muss ja nicht alles haargenau so aufgeschrieben werden, wie es der Professor von sich gibt. Hauptsache, der ungefähre Wortlaut bleibt einigermaßen erhalten. Ach, jetzt krampft auch noch die Hand! Er schüttelt sie aus, dann geht es weiter.

»Nun können wir umkehren«, lässt Nietzsche plötzlich verlauten. »Nein, das doch nicht auch aufschreiben, Brenner! Streichen Sie den letzten Satz. Den mit dem ›umkehren‹.«

Gleichwohl ist das Diktat noch immer nicht vorbei, denn während sie sich auf den Rückweg machen und den Hügel wieder hinuntersteigen, fährt Nietzsche unbeirrt fort: *»Ich glaube dich zu verstehen, ob du dich gleich etwas schattenhaft ausgedrückt hast.«* Für einen Moment hält der Professor inne, um Luft zu holen. *»Aber du hattest recht: gute Freunde geben einander hier und da ein dunkles Wort als Zeichen des Einverständnisses, welches für jeden dritten ein Rätsel sein soll. Und wir sind gute Freunde. Deshalb genug des Vorredens!«*

Brenner stockt der Atem. Er hatte gehofft, dieser Wortschwall würde bald ein Ende finden. Und nun soll das alles nur die Vorrede gewesen sein?

»Wie wir zusammen gesprochen haben? Der Himmel behüte mich vor langgesponnenen schriftlichen Gesprächen!«, diktiert Nietzsche.

»Halt«, ruft Brenner verzweifelt. Er könne wirklich nicht mehr, immerhin gehe die Sonne bald unter, die Schatten würden schon länger und deshalb sowieso gleich verschwinden.

»Noch ein paar letzte Sätze«, beruhigt ihn Nietzsche. Er spüre deutlich, wie die Gedanken allmählich zur Ruhe kämen. »*Wenn Plato weniger Lust am Spinnen gehabt hätte, würden seine Leser mehr Lust an Plato haben. Ein Gespräch, das in der Wirklichkeit ergötzt, ist, in Schrift verwandelt und gelesen, ein Gemälde mit lauter falschen Perspektiven.*«

Jetzt reicht es aber – Brenner ist erschöpft, müde, hat einen trockenen Mund. Viel zu lang dauert schon dieses seltsame Diktat!

»*Alles ist zu lang oder zu kurz*«, wirft Nietzsche ein. – »*Doch werde ich vielleicht mitteilen dürfen,* worüber *wir übereingekommen sind?*«

»Wir sind über gar nichts übereingekommen«, unterbricht ihn Brenner, »Sie reden und reden, und meine Hand krampft. Nennen Sie das eine Übereinkunft?«

»Seien Sie endlich ruhig, Brenner«, herrscht Nietzsche ihn an, »und hören Sie, was der Schatten auf meinen Einwurf zu sagen hat: *Damit bin ich zufrieden; denn alle werden darin nur deine Ansichten wiedererkennen: des Schattens wird niemand gedenken.*«

So ein Satz, denkt Brenner, könnte von ihm stammen. Oder hat er das gerade selbst gesagt? Wie auch immer, er schmuggelt ihn einfach ins Manuskript hinein, wer weiß, ob Nietzsches Bücher nicht doch einmal gelesen werden, und dann wird man sich fragen müssen, wer hier eigentlich philosophiert hat, Nietzsche oder Brenner?

Sie steigen die Stufen hinab bis zu der Stelle, wo sie ihre Maulesel festgebunden haben. Während der Professor aufsitzt, bleibt Brenner stehen und starrt hilflos das friedlich grasende Tier an. Wie soll er nur hinaufkommen?

Nietzsche beobachtet ihn einen Moment lang, dann besinnt er sich, der Junge sieht wirklich elend aus. »Sie müssen die Zügel greifen, bevor Sie aufsitzen, und nicht erst hinterher, damit das Tier stehen bleibt«, erklärt er dem Jungen. »Ich mache es Ihnen noch einmal vor.«

Brenner versucht, es dem Professor nachzumachen, und tatsächlich, es funktioniert. Schon fühlt er sich nicht mehr hilflos, sein Selbstbewusstsein ist zurückgekehrt. Zwar musste der Professor ihn erst anleiten, doch was wäre der fast blinde und zur eigenen Niederschrift unfähige Nietzsche eigentlich ohne ihn? Zweifelsohne ein Denker, jedoch einer, von dem die Welt nie etwas erführe. Selbst wenn er, Brenner, nie eine eigene Novelle zustande bringen sollte, wird sich die Menschheit eines Tages bei ihm bedanken und sich fragen müssen, wie viel Brenner in Nietzsches Texten steckt. Das wäre jedenfalls nur gerecht.

Als sie am Gehöft die Esel abgeben wollen, müssen sie sich einen Weg zwischen unzähligen Menschen hindurch bahnen. An den Tischen, die am Vormittag aufgestellt worden sind, wird geplaudert, getrunken und gelacht. Brenner hört, wie jemand seinen Namen ruft, wendet sich um und erkennt Fräulein von Meysenbug, Trina und Rée. Jetzt winken die drei auch schon, Rée ist aufgestanden und holt Nietzsche und Brenner zu ihnen an den Tisch. Man sei eingeladen worden, berichtet der Doktor. Ob sie nicht auch ein Glas Wein trinken wollten? Da möchte Brenner nicht Nein sagen, aber Nietzsche lehnt vehement ab. Seit seiner Jugend, als er leichtsinnig einmal zu viel Bier getrunken hat, hält er nichts mehr vom Alkohol, ruft der doch arge Kopfschmerzen hervor, vernebelt die Sinne und verhindert alle Freigeisterei. Ohnehin widerstrebt es ihm, sein Glück allzu sehr herauszufordern. Lieber will er sich bei einem Glas Wasser noch einmal die Geschehnisse des Tages in Erinnerung rufen.

Da erklingen Lauten, Tamburine und Schellen. Musikanten betreten den Platz, gekleidet in grüne Hosen und blaue Westen, während junge Frauen wild im Kreis zu tanzen beginnen, als wären sie von einer Tarantel gestochen worden. Sie tragen rote Jäckchen, große runde Ohrringe und das dunkle Haar nach hinten gebunden. Mit angewinkelten Armen drehen sie sich umeinander, wiegen ihren Körper oder springen leichtfüßig umher. Manchmal reiht sich ein junger Mann in den Tanz ein.

Während Trina und von Meysenbug klatschen und Rée an einem Limoncello nippt, schaut Brenner erst versonnen, dann aber zunehmend irritiert der rauschhaften Aufführung zu. Bald kommt sie ihm gar wie ein exzessiver Gefühlsausbruch vor, als wollten die tanzenden Mädchen ein Gift oder einen Dämon loswerden. Nun wird auch noch sein Körper auf geradezu unheimliche Art vom schnellen, rhythmischen Takt ergriffen und beginnt, sich in ihm zu wiegen. Doch die Vorstellung, eines der Mädchen könnte ihn zum Tanzen auffordern, lässt jäh alle seine Glieder verspannen, geradezu versteifen. Schon sieht er sich in Gedanken hilflos wie eine Marionette inmitten der Tanzenden umherstaksen. Wie Rée sich darüber lustig machen würde!

Tarantella nenne man diesen Tanz, ruft das Fräulein beschwingt. »Brenner, wollen Sie nicht mitmachen?« Sie schaut zu ihm hinüber, doch als er so erschrocken wie erschöpft den Kopf schüttelt, mahnt Malwida von Meysenbug zum Aufbruch. Es sei spät geworden, bestimmt warte die Wirtin bereits mit dem Abendessen auf sie.

*

Es wäre eine große Freude, schreibt Malwida von Meysenbug tags darauf an Olga Monod, wenn sie ihr die Werke von Diderot schicken könnte, wenigstens die Satire *Le Neveu de Rameau* und *Jean*. Sie möge ihr die Bücher im Voraus als Weihnachtsgeschenk zusenden, dafür werde sie ihr unendlich dankbar sein.

Wie oft sie doch an Olga denkt, die sie in London erzogen und später nach Paris mitgenommen hat. Seit die junge Frau mit einem französischen Mediävisten verheiratet ist, lebt jede von ihnen ihr eigenes Leben, immerhin noch lose verbunden durch stetige Korrespondenz. Ob es der richtige Mann für das Mädchen ist, weiß Malwida nicht. Zunächst hatte sie die Verbindung befürwortet, doch die Trennung vom geliebten Töchterchen hat in ihr düsterste Gedanken geweckt, sie fast verzweifeln lassen. Waren sie bis dahin nicht unzertrennlich gewesen, gar zu einer Malwidolga verschmolzen?

Olga möge ihr die Bücher bitte schicken, damit Rée, der ein ganz reizender Mensch sei, daraus vorlesen könne. Sie, Malwida, sitze jetzt allabendlich mit drei jungen Männern zusammen und tauche in die Weltliteratur ab. Es sei eine ausgesprochen inspirierende Runde, die noch Großes vorhabe. Sie werde davon berichten, sobald Genaueres feststehe. Immerhin hülfen ihr die jungen, allesamt talentierten Männer über den Schmerz hinweg, von ihr, Olga, getrennt zu sein.

So viele Bücher liest Paul Rée vor, dass Malwida von Meysenbug sich vorkommt wie in einem Höhenrausch während einer Bergtour. Ihre Söhne saugen ein Werk nach dem anderen auf, wollen alles besprechen und verstehen. Während sich die noch ungelesenen Bücher auf einem Stuhl in der

Ecke des Salons stapeln, werden die gelesenen auf ein Tischlein am Fenster gelegt. Mit jeder Woche wächst der Stapel der erledigten Werke langsam in die Höhe, ganz unten liegt Thukydides, darauf Herodot, dann kommen Jacob Burckhardt und Leopold von Ranke. Als Nächstes werden die Werke von Iwan Turgenew, Charles de Rémusat, Alphonse Daudet und Lope de Vega folgen, später dann Texte von Pedro Calderón de la Barca, Miguel de Cervantes, Agustín Moreto, Jules Michelet, Alexander Herzen sowie Voltaire, dem Nietzsche sein nächstes Buch widmen will.

Abend für Abend hört Meysenbug aufmerksam zu, begeistert von ihrer Intellektuellenrunde, die sogar Passagen aus dem Neuen Testament diskutiert. Wie gut, dass die jungen Menschen die Bibel nicht gänzlich aus den Augen verloren haben! Ihr Leben lang hat sie sich gewünscht, einem Literatursalon vorzustehen, sich einzureihen in die Geschichte dieser Salons, die erstaunlich oft von Frauen geleitet wurden, von Henriette Herz, Marie von Kleist, Marie von Schleinitz oder Rahel Varnhagen von Ense. Ihr fallen immer mehr Namen ein. Welch ein schöner Gedanke, diese Kultur in Italien fortzusetzen.

Eines Abends nach der Lektüre, als die Runde diskutierend am hell lodernden Kamin beisammensitzt, erscheint ihr der Zeitpunkt ideal, um auf ihren und Nietzsches großen Plan zu sprechen zu kommen: eine Akademie, in der junge Männer und Frauen erzogen und gebildet werden sollen, um zu einer freien Entwicklung ihres Geistes zu gelangen. Ein solches Haus, so viel sei mittlerweile sicher, wollen sie hier an der Küste Kampaniens eröffnen, am besten in Sorrent, da der Ort so viele Annehmlichkeiten bereithalte.

»Wer möchte als Lehrer mitmachen?«, fragt Meysenbug unvermittelt in die Runde.

»Sehr gern«, antwortet Rée so schnell, als habe die Frage in der Luft gelegen, bevor Malwida sie ausgesprochen hat.

»Ich auch«, schiebt Nietzsche hinterher und ärgert sich ein wenig, dass der Freund mal wieder schneller war. Um die Hoheit über das Thema zurückzugewinnen, ergänzt er rasch: »Wir wollen unterrichten wie einst die Peripatetiker, mehr nach griechischem als modernem Vorbild.«

Brenner blickt fragend zum Herrn Professor hinüber.

»Peripatetiker, so nannte Aristoteles eine von ihm gegründete Schule«, erklärt der Professor. Ihre Mitglieder hätten sich mit Physik, Ethik, Staatstheorie, Philosophiegeschichte und mit allem befasst, was Kultur ausmacht.

»Und wer organisiert das Ganze, wer kümmert sich um die Finanzen?«, fragt Brenner. Er sei zwar zu jung und unerfahren, um zu unterrichten, räumt er ein, dazu müsse er erst sein Studium beenden, doch wäre er gern von Beginn an dabei, wenn auch nicht unbedingt als Sekretär.

»Der junge Mann hat recht! Was brauchen wir?«, überlegt Nietzsche laut und hat die Antwort selbst parat: »Mindestens einen Lehrraum, ein Dutzend Schlafräume für die jungen Leute, einige Badezimmer, einen Speisesaal und eine Küche.« Man müsse ferner daran denken, dass sich so ein Haus nicht von selbst organisiere. Ihm kommt seine Schwester in den Sinn, aber ihren Namen will er jetzt nicht nennen, weil ihn das Lama früher oder später ohnehin hier aufsuchen und ihm auf die Nerven gehen wird.

»Ein großer Garten wäre wunderbar«, wirft Meysenbug ein, »mit versteckten Lauben, sodass man in Ruhe ein Buch lesen oder ein Zwiegespräch führen kann.«

»All das wird in der Villa Rubinacci kaum möglich sein«, meint Rée und bedauert sogleich, dass er sich überhaupt eingemischt hat. Er fürchtet, es könnten sich ernsthaftere Verpflichtungen daraus ergeben, als ihm lieb ist. Dann gähnt er vernehmlich, verabschiedet sich für heute und fragt in der Tür stehend, was das Fräulein von einer Erkundungstour morgen durch Sorrent halte? Womöglich entdecke man dort ein passenderes Gebäude.

»Sehr gerne«, erwidert von Meysenbug, als sich auch Nietzsche und Brenner erheben, um ihre Zimmer aufzusuchen.

Nahezu schlaflos verbringt sie die Nacht in ihrem Bett, so ungeduldig und erfreut ist sie. Nie war sie ihrem Traum so nahe, ein neues Leben zeichnet sich vor ihr ab, ein neues, ein zweites Kapitel in dem Buch, das gerade geschrieben wird. Sie wird ihre Wohnung in Rom nicht aufgeben – so weit ist die Metropole schließlich nicht entfernt. Sie wird sich jedoch nach einer Zweitwohnung in Sorrent umschauen müssen. Jedenfalls will sie nicht mit den jungen Leuten, die ihre Akademie besuchen werden, in einem spartanischen Haus leben.

Kaum ist am Vormittag der Barbier fort, warten Malwida von Meysenbug und Friedrich Nietzsche vor der Villa auf Rée und Brenner. Nicht einmal den Studenten muss man heute zweimal rufen. Er sieht zwar wie üblich verschlafen aus, drängt aber ebenfalls zur Erkundung der Stadt. Gemeinsam laufen sie an der Kirche vorbei über die Piazza Tasso. Das Fräulein möchte ihnen eine Villa zeigen, die mitten im Zentrum am Corso Italia liegt. Sie ist ihr aufgefallen, als sie kürzlich in der Kutsche daran vorbeikamen. Das Grundstück hat sie gleich an die Großzügigkeit des Anwesens erinnert, das ihre Eltern einst in Kassel bewohnten.

Nach wenigen Dutzend Metern stehen sie vor einem prächtigen, aristokratischen Gebäude: einer dreistöckigen, frei stehenden Villa, die von einem großen Garten und einem hohen, gusseisernen Zaun umgeben ist. Niemand ist zugegen, verlassen und dennoch gepflegt liegt das Schmuckstück vor ihnen.

Nietzsche schaut verdrießlich drein. Das Gebäude erinnert ihn an Wagner, es ist ebenso pompös, protzig und monströs wie die Villa Wahnfried in Bayreuth. Er würde etwas Schlichteres bevorzugen, wendet er ein. Was brauche man mehr zum Philosophieren als ein Zimmer, ein paar Wanderschuhe und Notizbücher für seine Gedanken?

Rée pflichtet ihm bei. Diese Villa sei etwas zu vornehm, aber er habe eine andere Idee. Kürzlich habe er zufällig ein unscheinbares, aber perfekt gelegenes und vor allem verlassenes Kloster erkunden können. Es sei gar nicht weit von hier. Ob die anderen Interesse hätten, es anzusehen? Er würde es ihnen gerne zeigen.

Von Meysenbug stimmt rasch zu, sie will nicht über die Unterkunft disputieren, ihr geht es um die Akademie. So folgen sie alle dem Doktor durch eine enge, dunkle Gasse, biegen einmal links, einmal rechts ab und laufen ein paar Dutzend Meter weit durch eine schmale Passage geradeaus, ehe sie einen kleinen Platz nahe der Steilküste erreichen und das Meer vor sich sehen. Sie schauen sich um, als Rée eine unauffällige hölzerne Tür an der unverputzten Seitenwand eines Gebäudes öffnet und sie hineinbittet. Nietzsche schlüpft als Erster ins Innere, gefolgt von Brenner. Fräulein von Meysenbug muss Luft holen, so unscheinbar hat sie sich das nicht vorgestellt. Widerwillig überschreitet sie die Schwelle. Als sie aufschaut, erblickt sie einen quadratischen Innenhof mit einem Brunnen und einem Baum in der Mitte, der von Säulen, Rundbögen und einem überdachten Wandelgang begrenzt wird. Etwas Derartiges hat sie hier nicht erwartet.

»Einst soll dies ein heidnischer Tempel gewesen sein«, berichtet Rée. Solch ein Ort wäre daher doch recht passend. Wer würde Häretiker, wie sie es seien, in einem Kloster vermuten? Im Sommer könnten sie dort öffentliche Konzerte und Lesungen veranstalten und mit dem Erlös die Akademie finanzieren.

Rée steigt eine Steintreppe ins Obergeschoss hinauf, Nietzsche, Brenner und Meysenbug folgen ihm, dann geht es im ersten Stock einen Gang entlang und eine weitere, kurze Treppe hinauf durch eine Art Atelier voller schwarz-weißer Fotografien und am Ende durch eine Türe auf eine große Terrasse. Sogar ein Baum wächst hier, an dem jemand eine Schaukel befestigt hat. Von der Brüstung der Terrasse aus können sie weit über die lichtüberflutete Küste schauen.

»Dort liegt Ischia«, sprudelt das Fräulein hervor und zeigt begeistert zum nordwestlichen Horizont.

»Und da hinten befindet sich Neapel«, fügt Rée an Nietzsche gewandt hinzu, der ihn am liebsten umarmen würde und sich begeistert in alle Richtungen dreht, um die Weite um sich herum zu erfassen. So etwas haben sie sich nicht einmal erträumt: ein altes, verlassenes Kloster am Meer gelegen – genau hier sollten sie ihre Akademie eröffnen.

Brenner schaut auf, legt den Kopf leicht zur Seite und guckt gebannt durch das Fenster. Kann das sein? Er sitzt am Schreibtisch, während Nietzsche hinter ihm im Zimmer umherläuft und unentwegt diktiert. Doch die Worte des Professors klingen nur mehr wie fernes Wasserrauschen. Im Vorgarten hat Brenner eine junge Frau ausgemacht, die sich allmählich der Villa nähert, jetzt verharrt sie unter einem Zitronenbaum. Steht da wirklich die Fee, die er seit der Begegnung auf der Piazza Tasso nicht vergessen kann? Sofort hat er ihren blauen Rock erkannt, auch das weiße Tuch trägt sie um die Schultern, die langen schwarzen Haare sind im Nacken zu einem Knoten verschlungen. Wie hat ihn Laura hier nur finden können?

»Brenner! Was ist mit Ihnen los?«, ruft Nietzsche empört. Dieser Junge hängt ständig seinen Gedanken nach. »Also, ich wiederhole, und bitte wörtlich mitschreiben: *Frauen können recht gut mit einem Manne Freundschaft schließen; aber um diese aufrechtzuerhalten – dazu muß wohl eine kleine physische Antipathie mithelfen.* – Brenner! Sie schreiben ja gar nicht, hören Sie überhaupt zu? Was ist denn da draußen los, warum starren Sie in den Garten?«

Nietzsche tritt selbst ans Fenster, sieht die Umrisse einer verschwommenen Gestalt, schaut genauer hin und hält erschrocken inne. Wie hat sie ihn hier finden können? Hatte er ihr verraten, wo er untergebracht ist? Er legt die Stirn in Falten und versucht sich daran zu erinnern, was er ihr erzählt hat. Aber weil sie ihn auf keinen Fall sehen soll, tritt er rasch zur Seite, stößt dabei seinen Fuß ungeschickt an der Kommode und würde am liebsten laut aufjaulen, doch damit zöge er womöglich ihre Aufmerksamkeit auf sich. Schnell humpelt er hinüber zum Bett und bemerkt, wie ihn der Student mit großen, überraschten Augen mustert. Der junge Mann kann schließlich nicht wissen, was ihm kürzlich bei einem seiner Spaziergänge durch Sorrent widerfahren ist. Die Bilder tauchen jetzt wieder vor ihm auf. Er hat ein Klavierspiel gehört und ist den Klängen bis zu einem offenen Fenster gefolgt, dessen Vorhänge sich in einer Windböe bauschten. Eine junge Frau ist an das Fenster getreten, blickte von dort aus auf die Straße hinab und ertappte ihn dabei, wie er unten auf dem Pflaster stand und verlegen von einem Fuß auf den anderen trat. Am liebsten wäre er im Erdboden versunken. Doch die junge Frau fragte ihn lachend, ob ihm ihr Klavierspiel gefallen habe, zunächst auf Italienisch, aber weil er sprachlos blieb, auf Französisch und letztlich in gebrochenem Deutsch. Sie habe die Mondscheinsonate sehr schön gespielt, antwortete er, er verehre Beethovens Kompositionen und spiele ebenfalls Klavier, doch leider biete ihm die Villa Rubinacci keine Gelegenheit dazu. Warum nur hat er den Namen der Unterkunft erwähnt? Unendlich tollpatschig kam er sich vor und wollte Reißaus nehmen, nur fort aus der peinlichen Situation. Die Frau, die von oben auf ihn herabblickte, rief unangenehme Erinnerungen an seine Kindheitstage in ihm wach, als er als kleiner Junge allen Tanten ausgeliefert war. Ob er sich nicht vorstellen wolle, fragte sie ihn, wenn er schon unter ihrem Fenster stehe? Sie möge bitte entschuldigen, stammelte er verlegen, er sei Professor Nietzsche und weile seit einigen Wochen hier in Sorrent. Dann grüßte er noch einmal, drehte sich um und ging eilig davon.

Während sich Nietzsche die Decke über den Kopf zieht, beobachtet Albert Brenner, wie nun auch noch Rée im Garten auftaucht und auf die junge Dame zugeht. Die tut so, als betrachte sie die Zitronen. Was die beiden genau miteinander besprechen, ist vom Zimmer im ersten Stock aus kaum zu verstehen, aber der Student bekommt mit, dass sie sich nach dem Herrn Professor erkundigt. Was will sie denn von dem?

Nietzsche tritt derweil doch ans Fenster. Und Brenner kann nicht begreifen, warum das Mädchen ausgerechnet den Professor zu sprechen wünscht.

Dann sind Rée und die junge Frau nicht mehr zu sehen. Brenner hört Schritte im Haus, einige Sekunden später klopft jemand an die Zimmertür.

Nietzsche würde zwar gern Brenner vorschicken, aber bei dem muss er befürchten, dass er die Tür gleich sperrangelweit öffnet. Zögernd sperrt Nietzsche sie selbst auf, nur einen kleinen Spaltbreit – von draußen grinst ihn Rée an.

Noch bevor der sagen kann, worum es geht, legt Nietzsche flüsternd los, der Freund möge der Signora bitte ausrichten, er sei spazieren, jedenfalls nicht im Hause und niemand wisse, wann er wiederkomme. Übrigens kenne er die Dame nicht, er habe sie nie getroffen, habe keine Zeit, sei gar nicht existent. Ein Irrtum müsse sie hierhergeführt haben. Dann lässt er die Zimmertür wieder ins Schloss fallen.

Zurück im Garten, richtet Rée aus, er habe den Herrn Professor nicht gefunden, offenbar sei er mal wieder auf einem Spaziergang unterwegs, jedenfalls gerade nicht im Hause. Niemand wisse, wo er sei oder wann er in die Villa zurückkehre, höchstwahrscheinlich erst gegen Abend, aber selbst das sei ungewiss. Manchmal, wenn er sehr weit wandere, komme es vor, dass er sich unterwegs spontan eine Unterkunft suche. Er werde ihm aber gerne ausrichten, dass das Fräulein – wie war doch gleich der Name?, Noves? – da gewesen sei. Rée geleitet die junge Dame zur Straße und verabschiedet sich freundlich.

Inzwischen ist Nietzsche die Lust am Diktat vergangen, er wisse auch nicht mehr, um was es zuletzt gegangen sei, und überhaupt verspüre er Kopfschmerzen, Brenner dürfe für heute gehen.

Der Student begibt sich ohne Umschweife in den Garten, wo es sich Rée auf einer Liege bequem gemacht hat. Gern würde der Junge seiner Laura folgen, womöglich wartet sie auf der Piazza Tasso auf ihn, aber wenn er jetzt zu offensichtlich den Garten verließe, würde Rée aufmerksam und vor allem dem Professor davon erzählen. Statt zu fragen, was das Fräulein hierhergeführt hat, unterdrückt er seine Neugier, um Rée keinen Anlass für Spötteleien zu bieten.

Und Rée tut so, als hätte er die Verlegenheit des Studenten nicht bemerkt, wenngleich ihm dessen sehnsüchtiger Blick nicht entgangen ist. Also gibt er preis, die junge Dame stamme aus Sorrent und habe sich als Francesca Maria de Noves vorgestellt.

Brenner schwirrt der Kopf. Francesca Maria de Noves heißt sie also und nicht, wie er es sich zusammengesponnen hatte, Laura. Was sie wohl bei Nietzsche wollte? Der hat sie nie erwähnt. Hat sie vielleicht ihn, Brenner, für den Professor Nietzsche gehalten? Dass in der Villa Rubinacci drei deutsche Autoren leben, dürfte sich in Sorrent herumgesprochen haben. Schon steigt ihm die Röte ins Gesicht, dann muss er sich umgehend selber schelten – wie kann er sich in solchen Fantastereien ergehen?

Nietzsche liegt derweil wieder auf seinem Bett, hat sich abermals die Tagesdecke über den Körper gezogen und prüft mit geschlossenen Augen, ob irgendetwas in seinem Kopf auf eine Migräneattacke hindeutet. Nein, ihn interessiert die Signora nicht im Geringsten, ist er doch nur wegen der Mondscheinsonate unter ihr Fenster getreten. Warum gehen Frauen so oft mit Kopfschmerzen einher? Oder zumindest mit der Angst davor? Er sollte sich besser von diesen Geschöpfen fernhalten. Ihm fällt die heftige Attacke in Genua wieder ein. Dass er deshalb die aparte Isabelle von der Pahlen versetzen musste, bedauert er noch immer. Wenigstens hat er sie noch in Pisa getroffen, aber auch diese Begegnung hat er verpatzt. Er hätte mit ihr nicht den Schiefen Turm besteigen sollen, wenngleich dies eine günstige Gelegenheit bot, die alte Anstandsdame abzuschütteln. Ach, wenn er an die lange, schiefe Treppe zurückdenkt, wird ihm direkt wieder schwindelig. Wo sich Isabelle jetzt wohl aufhalten mag? Heimlich hat er gehofft, sie könnte in Sorrent auftauchen, ist hier und dort stehen geblieben, weil er meinte, ihre Stimme zu hören. »Ganz allein, Professor?«, diese Worte haben sich ihm tief eingeprägt, hat ihn Isabelle in Pisa doch gleich wiedererkannt und würde es sicher auch hier tun. Er hätte sie auf dem Schiefen Turm nach ihren weiteren Reiseplänen fragen sollen oder wenigstens beiläufig erwähnen können, wo er sich aufhalten würde. Sie hätte bestimmt Mittel und Wege gefunden, ihn aufzusuchen. Wäre er doch nicht so schüchtern! Diese Schüchternheit ist keineswegs so peinvoll wie die immer wiederkehrenden Kopfschmerzen, gleichwohl ist auch sie ein großes Ärgernis. Nicht einmal nach ihrer Heimatadresse hat er gefragt, sonst hätte er ihr längst geschrieben. Oder Rée hätte ihr in seinem Namen geschrieben. Immerhin sind die Attacken seit seiner Ankunft in Sorrent merklich abgeklungen. Welch ein Glück, dass ihn Fräulein von Meysenbug auf die Idee gebracht hat, hierherzukommen. Ja, es gibt doch ein paar gute Frauen! Er sieht sich bestens versorgt, Trina macht ihm regelmäßig heiße Fußbäder und kümmert sich überhaupt um alles, was seiner Genesung förderlich sein soll.

★

Mittlerweile unterzieht sich Nietzsche regelmäßigen Nasenduschen, die ihm, so hofft er, zusätzlich Erleichterung verschaffen werden. Womöglich war ein Kopfkatarrh bei seinem Leiden im Spiel. Er schnäuzt sich jetzt häufig, er will die Krankheit unbedingt bezwingen, sie gänzlich und für immer loswerden, das hat er sich vorgenommen. Er muss seinen Willen auf dieses höchste Ziel hin bündeln und die Pein durch die Nase aus dem Kopfe treiben, damit er wieder klar bei Verstand ist und seine Sinne frei sind für den Süden.

Es dauert nicht lange, und Nietzsche hat die Szene im Garten wieder vergessen. Vergnügt spaziert er stundenlang durch die hügelige Landschaft, ihn beruhigt dieses Auf und

Ab auf felsigen Pfaden und steilen Treppen in Richtung Himmel, die weiten Ausblicke auf das Mittelmeer, die angenehm laue Luft, die sich mit der des Gebirges und des Meeres vermischt. Kann es eine bessere Arznei geben als diese natürliche Medizin?

Von den Höhen aus blickt er auf das Blau des Meeres und den fernen Vesuv, aus dem unablässig eine leichte Rauchsäule aufsteigt. Wie eine Schlangengestalt muss im Innern des Berges eine ewige, höchst lebendige Flamme züngeln, immer höher giert ihr heißer, aschiger Atem empor. Manchmal, zu später Stunde, glaubt er, feurige Zungen leckten in der Ferne über den Himmel.

Zum Schwimmen ist es dem Professor längst zu kalt. Einzig Rée lässt sich nicht von der Kälte abhalten, er härtet von Tag zu Tag mehr ab und legt sich eine zweite, unempfindliche Haut zu. Unsichtbar ist sie, aber doch robust. Nicht einmal die Blicke der Fischer kümmern ihn, die so etwas noch nie gesehen haben: einen Menschen, der sich im Spätherbst zum Baden in die Fluten wirft. Rée weiß sehr wohl, wozu er die kalten, prickelnden Wellen aufsucht. Um ein wenig Abstand zu gewinnen, um zu sich zu kommen und einen klaren, kühlen Kopf zu bewahren, wenn sich andere in eine Euphorie reden. Erst kürzlich hat er eilfertig eingewilligt, als Lehrer die Akademie zu unterstützen, sich an der Sache, die Fräulein von Meysenbug und Nietzsche aushecken, zu beteiligen. Die Idee gefällt ihm, und es macht ihm Spaß, sie gemeinsam mit den anderen weiter auszumalen, auch will er ihnen hilfreich zur Seite stehen. Doch sie erscheint ihm unrealistisch. Ihn drücken Geldsorgen, wovon soll er in Zukunft leben? Gäbe es in Sorrent ein Casino, würde er ein paar Spiele wagen, zu verlockend ist der Gedanke, er könnte an einem einzigen Abend so viel Geld gewinnen, dass er ein ganzes Jahr lang davon leben könnte.

Sobald er seine Kleidung und sein Handtuch auf einem sonnigen Felsen abgelegt hat, geht Rée geradewegs ins Meer hinein, ohne sich ein einziges Mal umzusehen. Er fühlt, wie das kalte Wasser seine Füße umspült, wie es mit jedem Schritt weiter an seinen Beinen emporsteigt, erst die Knie, dann auch die Oberschenkel erreicht. Als der Bauch nicht mehr fern ist, hält er für einen kaum merklichen Moment inne, ballt die Fäuste, macht einen weiteren Schritt, lässt seinen Körper vornüberkippen, taucht unter, schüttelt sich kurz und beginnt beim Auftauchen sofort, hinaus in die weite Bucht zu kraulen. Im Wasser rückt Rée seine Gedanken zurecht. Er täte besser daran, seine Philosophie auszuarbeiten, um sich in Deutschland einen Namen zu machen und eine Professur an einer Universität zu erhalten. Seinen Eltern könnte er so beweisen, dass er nicht auf ihr Geld, sondern einzig auf seinen Kopf angewiesen ist. In Zukunft wird er sich aus dem Pläneschmieden des Fräuleins und des Professors heraushalten, das Risiko, dass die Akademie scheitern wird, erscheint ihm zu hoch, er müsste zu viel auf eine Karte setzen. Allenfalls um zu lehren, würde er zwischen den Semestern vorbeischauen.

Mit kräftigen Zügen schwimmt er in die Bucht hinaus, taucht durch Wellen hindurch, krault und krault und krault, bis unter ihm kein Grund mehr zu erahnen ist und er sich frei fühlt, bis er nur mehr das Nichts des Himmels und die Tiefe des Meeres unter sich weiß. Ja, die Vorstellung von einer freien Akademie gefällt ihm, entspricht sie doch ganz dem idealen Denken des Fräuleins und der Begeisterung Nietzsches für das Griechentum. Aber Nietzsche ist krank und wird es bleiben, wenngleich er zurzeit wenige Symptome zu beklagen hat, doch Kurzsichtigkeit und Kopfschmerzen begleiten ihn seit seiner Jugend. Auch die südlich milde Luft, sosehr man sie genießen kann, wird keine dauerhafte Heilung bewirken. Und Brenner? Man kann ihm nur aufrichtig wünschen, dass seine Tuberkulose ausheilt, doch es sieht nicht danach aus, der arme Junge wird immer schmaler. Und er scheint die Krankheit nicht ernst zu nehmen, schiebt sie zur Seite, als könnte er die Augen vor ihr verschließen und vor der unliebsamen Realität davonlaufen, sich vor ihr verstecken in einem abgelegenen Winkel, ohne dass sie ihn fände.

Mit einem Mal spürt Rée, wie die Strömung an seinem Körper zieht, hinaus aus dem Golf von Neapel in Richtung offenes Meer. Er hört auf zu kraulen, lässt sich für einen Moment treiben und schaut sich das erste Mal um. In der Ferne ist Neapel zu erkennen, eine Ansammlung kleiner Gebäude; dann dreht er sich im Wasser und erschrickt: Winzig klein erscheinen ihm auch die Klippen von Sorrent, die aus der Nähe betrachtet höher als zwei aufeinandergestapelte Grandhotels sind. Ihn überfällt die Angst, er könnte das Spiel mit den Urkräften des Meeres zu weit getrieben haben. Er merkt, wie ihn eine leichte Panik überkommt, wie er jede einzelne Nervenfaser spürt, als wäre sie in Alarm versetzt. Er muss jetzt ruhig und diszipliniert bleiben, darf nicht daran denken, wie tief es unter ihm sein könnte, welche gewaltigen Strömungen dort herrschen. Alle Gedanken, alle Ängste müssen verdrängt werden. Jetzt ist nicht die Zeit für Analysen. Er dreht sich auf den Rücken, legt sich so flach wie möglich auf das Meer, um alle Widerstände zu vermindern, führt ruhig und regelmäßig seine Fußschläge aus, immer dem Land entgegen. So kämpft er beharrlich gegen die Strömung an, so geduldig, wie er es auch sonst aus seinem Leben kennt, nichts erreicht man ohne Anstrengung, Mut und Ausdauer. Allmählich weicht die Panik, und er gewinnt seine Gelassenheit zurück.

Erschöpft, aber mit sich zufrieden, nähert er sich langsam der Felsenküste, dreht sich auf den letzten hundert Metern wieder auf die Brust und schwimmt fast bis zum Ufer, ehe seine Füße endlich steinigen Grund berühren. Zurück an Land, trocknet er sich rasch ab, wickelt das Handtuch um den Körper, setzt sich ermattet auf einen sonnigen Felsen und wartet, bis sich sein Pulsschlag beruhigt hat.

⋆

Abends im Bett spürt Nietzsche jetzt immer häufiger, wie die Temperaturen sinken, die sommerliche Wärme weicht aus den Wänden der Villa. Wenn er an den fürchterlichen Spätherbst in Basel denkt, graut es ihm vor den engen, bevölkerten Gassen, dem Novembernebel und der Aussicht auf einen klirrenden Winter. Im Nu bangt er um seine Gesundheit und verkriecht sich tiefer unter seine Bettdecke. Ein wohlig warmes Gefühl umhüllt seinen Körper, vermittelt ihm Schutz und Geborgenheit. Vor allem seine Augen müsste er im dunklen Norden viel zu sehr anstrengen. Wie gut, dass er Basel entkommen ist! Warum sollte er jemals dorthin zurückkehren? In Sorrent geht es ihm besser, der Küstenort ist zu Recht ein Augenkurort, wenngleich seine Augen bislang nicht wieder geheilt sind.

Zuversicht keimt auf, doch eine Prognose darüber, wie alles verlaufen wird, getraut er sich nicht abzugeben. Er will fest an seine Gesundung glauben, schon deshalb, weil er die Einbildungskraft für eine wichtige Arznei gegen körperliche Übel hält. Doch musste er in seinem Leben zu viele Schmerzen erdulden, hat zu oft gehofft, endlich ein erlösendes Mittel gegen sein Leiden gefunden zu haben, ehe es sich als unwirksam erwies. Noch wage er nicht zu hoffen, schreibt er daher einem Freund. Anfangs sei es ihm besser gegangen, dann wieder schlecht, ein Auf und Ab wie Ebbe und Flut. Jedoch seien die Bedingungen vorhanden, um gesund zu werden. Es müsse etwas dabei herauskommen, nicht wahr? Geduld sei eben nötig.

Wenn er die Erinnerungen an Basel vor dem Einschlafen abgeschüttelt hat, träumt Nietzsche von seiner Großmutter und von seinem alten Lehrer Ritschel, dem er die Anstellung in Basel zu verdanken hat. Aus einem Telegramm hat er erfahren, dass beide Anfang November gestorben sind. Es stimmt ihn traurig und überrascht ihn, denn er hat mehr an die Gesundheit und Ausdauer dieser älteren Menschen geglaubt als an die eigene. Wie man sich doch täuschen kann!

Manchmal denkt er an seine liebe Mutter, die den Tod der Großmutter aus der Nähe miterlebt hat. Sie wird sich wohl sehr verlassen fühlen in diesen Tagen. Wenigstens weiß er seine Schwester an ihrer Seite, gemeinsam mit ihr trauernd. Er will versuchen, der Mutter mit einem Brief aus der Ferne ein wenig Freude zu bereiten. Sie soll wissen, dass sich seine Gesundheit bessert.

In seinen Träumen tauchen längst vergessene Menschen auf, darunter viele Tote. Kindheit und Schulzeit sind gegenwärtig wie lange nicht mehr. Die Jahre im Naumburger Frauenhaushalt mit der Mutter, der Schwester, der Großmutter, den Tanten und Dienstmädchen, seine ersten Kompositionen auf dem Klavier, die Treffen mit Schulfreunden in einer Burgruine, wo sie mit Rotwein ihre literarische Vereinigung Germania gründeten und einander Gedichte vortrugen, später diese dämliche Burschenschaft in Bonn mit ihrem wichtigtuerischen Gehabe.

Manchmal träumt er auch von einem alten Mann mit Geheimratsecken, vom Kopf abstehenden Haaren und Backenbart, der ihn von oben wortlos und mit traurigen, pessimistischen Augen anschaut. Wie er ihn bewundert hat, seine Ideen über eine Welt, die nichts als reiner Wille sei, in sich aufgesogen hat. Doch je länger und genauer er nun diesen Mann betrachtet, desto mehr verblasst dessen Bild und verschwindet spurlos im Nichts.

Spricht nicht auch die Tatsache, dass er, Nietzsche, sich so lebendig an alles zurückerinnern kann, für seine Gesundung? Dass kein quälendes Kopfweh ihn daran hindert, in die Vergangenheit abzutauchen oder der Zukunft entgegenzusehen?

Wenn ihn eine Attacke überfällt, ist er ganz im Hier und Jetzt gefangen und kann keinen einzigen Gedanken verfolgen. Dann besteht sein gesamtes Dasein aus nichts als Schmerz, sein Wesen ist Schmerz. Was steht ihm noch bevor?

Ja, er ist trotz allem weit über die Wünsche und Hoffnungen seiner Jugend hinausgekommen. Und doch hat er, was er sich für sein Leben vorgenommen hat, bislang nur zu einem kleinen Teil zu erreichen vermocht. Wenn die Krankheit ihn weiterhin fesseln, wenn sie ihn zwingen sollte, nur mit halber Kraft vorauszufahren, dürfte er nichts wahrhaft Großes hinterlassen. Wäre er gesund, wer könnte dann schon wissen, wie sein Leben verlaufen würde, ob er seine

Aufgaben nicht längst abenteuerlich weit gesteckt hätte und viel weiter vorangeschritten wäre? Womöglich wagte er sich weit über das hinaus, was sich jemals ein Mensch zu denken getraut hat. Er muss die Segel ein wenig einholen und sich schonen. Sollte er nach Basel zurückkehren – sosehr ihm der Gedanke auch widerstrebt –, wird er letzte philologische Arbeiten vollenden und sich danach für immer verabschieden, einen Aufbruch in die steilsten Berghöhen wagen, dorthin, wo für die meisten Menschen kaum Luft zum Atmen bleibt. Sein Freund Köselitz, mit dem er so lange auf einer Stube zusammengelebt hat, würde ihm als Sekretär vorlesend und mitschreibend zur Seite stehen, das hat er brieflich zugesagt. Wer weiß, wie lange man auf den kranken Brenner zählen kann? Wenn er denn wirklich aufbräche, würde ihn gleich zu Beginn ausgesprochen Schweres erwarten: der Abschied von seinem alten Vorbild, dem Philosophen Schopenhauer. Längst ist ihm aufgefallen, wie sehr er mit dessen metaphysischen Spekulationen hadert. Sie erweitern nicht den Geist, bringen keine Erkenntnis, sondern sind schlicht wabernde Wolken, die sich in der südlichen Sonne in nichts auflösen. Er teilt kaum mehr eine Überlegung des Philosophen, über dessen dogmatische Aussagen ist er hinweg. Ihm liegt alles am Menschen, nichts mehr an Ideen, Hirngespinsten oder den Dingen an sich.

⋆

Albert Brenner hat bisher keinen einzigen Tag die Fenster geschlossen, aber auch er bemerkt, wie die Wände des Hauses auskühlen. Wie kalt wird es erst im Winter werden, ohne einen eigenen Ofen im Zimmer? Selbst bei schlechtem Wetter wandert er durch die Landschaft oder unternimmt Streifzüge durch Sorrent. Regen hält ihn nicht davon ab, auch wenn er keinen eigenen Schirm hat, weshalb ihm Fräulein von Meysenbug jedes Mal den ihren aufdrängt, ob er will oder nicht. Um ihr den Gefallen zu tun und nicht weiter groß diskutieren zu müssen, steckt er ihn in seinen Rucksack.

Einmal nimmt er gar an einem Kirchenfest im nächsten Dorfe teil, das für alle schwangeren Frauen ausgerichtet wird. Die Menschen reisen selbst aus Neapel an. Er hält die Augen weit offen nach der Signora, seiner Laura, auch wenn sie nicht so heißt, aber Laura erinnert ihn an die Gedichte Petrarcas, die er wieder und wieder liest. Den ganzen Tag lang tönt Kirchenmusik und Gesang durch das Dorf. Sogar in den Seitengängen der Kirche wird gepredigt, die Menschen strömen ein und aus, aber er fühlt sich nicht wohl, versteht kaum, was sie zu ihm sagen. Alles wirkt so fremd auf ihn, dass er sich misstrauisch von der Kirche zurückzieht. *Hier ist alles Bettler und Dieb*, notiert er auf einem Zettel. Dann wieder lässt er sich mit den Besuchern durch die Gassen treiben, zwischen all den Menschen in ihrer Festkleidung und mit erhitzten Gesichtern; nur Laura begegnet er nicht.

Wenn er von einem Spaziergang zur Villa Rubinacci zurückkommt, sich an seinen Schreibtisch setzt, mit einem Stift in der Hand und einem unbeschriebenen Blatt Papier vor sich durch das Fenster hinausblickt, grübelt er darüber nach, wie er den Anfang seiner Liebesnovelle gestalten könnte. Ließe sich nicht eine Szene vom Kirchenfest verwenden, wo ein Verliebter nach einem Mädchen sucht, dem er erst ein einziges Mal begegnet ist und das er seither nicht mehr vergessen hat? Aber wie soll er dann fortfahren, wenn er sie dort nicht findet? Brenner verwirft seine Idee, erscheint sie ihm doch zu schwierig. Er überlegt einen Moment, dann vertagt er den Beginn seiner Geschichte. Auf jeden Fall wird die Heldin die Züge Lauras tragen.

Wenn er wenigstens mehr Zeit hätte! Kaum sitzt er am Schreibtisch, muss er fürchten, dass ihn der Herr Professor gleich zu einem Spaziergang auffordern oder zum Diktat zu sich rufen wird. Unruhig rutscht er auf seinem Stuhl hin und her. Ungeduld überkommt ihn. Ihm fallen seine Freunde in der Heimat ein. Die wissen immer ganz genau, wie viel Zeit sie haben. Er beneidet sie um ihre präzisen Uhren. In Sorrent geht keine einzige korrekt, und die Sorrentiner wirken auf ihn zu träge, um ihre Taschenuhren aufzuziehen. Wenn sie endlich einmal ihre Uhr nach einer Zeit gerichtet haben, zeigt sie schon am nächsten Tag wieder wenigstens zehn Minuten Unterschied von den anderen. Und welcher Uhr soll man dann trauen?

Wie er doch immerfort von einem Gedanken auf den nächsten kommt! Was hat das Kirchfest mit den Uhren zu tun? Er muss sich besser konzentrieren, sonst wird ihm keine einzige Zeile gelingen. Und er will nicht sein ganzes Leben lang Novellen schreiben. Eines Tages möchte er einen Roman von vielen Hundert Seiten zu Papier bringen, doch dazu braucht es mehr Lebenserfahrung und vor allem Übung. Er muss mehr lesen, öfter hinausgehen, die Menschen und die Welt um sich herum beobachten, Notizen machen und Skizzen anfertigen.

Kürzlich hat Brenner gesehen, wie die Pifferari, die Hirten, mit ihren Pfeifen durch die Stadt zogen. Sie wurden in jedes Haus gebeten, um vor dem Marienbildnis eine Messe zu spielen, wofür sie Geld und Speisen erhielten. Tief in der Nacht traten sie noch einmal vor das öffentliche Muttergottesbild an der Piazza und pfiffen ihr gratis die Dankmesse. Gab ihnen einer der Umstehenden etwas, nahmen sie es als eine besondere Gnade des Himmels an. Könnte er eine solche Szene für seine Liebesgeschichte verwenden? Nur wie? Er greift wieder einmal zu Petrarca, seine Gedanken und Fantasien kreisen um Laura und seine Novelle, nicht um die elende Schwindsucht. Husten und nächtlicher Schweiß sind ihm vertraut geworden wie Bett und Brot, er bemerkt sie gar nicht mehr.

Wie Nietzsche und von Meysenbug freut sich Brenner auf die Akademie. Weniger, weil er an Philosophie und Kulturgeschichte interessiert ist. Aber ein bisschen mehr Abwechslung könnte er gebrauchen und ein paar Menschen seines Alters um sich herum. Sicher, er ist Fräulein von Meysenbug dankbar, schätzt den Professor und inzwischen auch Doktor Rée, doch vermisst er an ihnen das Ungestüme und die Unbeschwertheit der Jugend.

Er blickt wieder auf das leere Blatt Papier, das jungfräulich weiß darauf wartet, von ihm beschrieben zu werden. Kann das Ding ihm nicht einen Wink geben, wie er beginnen soll? Er starrt es an, darauf wartend, was passieren wird. Dann greift er entschlossen zur Feder und fängt an, statt der Novelle einen Brief an seine Großeltern zu verfassen. Jetzt, im Dezember, sei es kühler geworden, so berichtet er, tagsüber gerade mal vier Grad über null. Sie gingen weniger spazieren, dafür esse man mehr. Morgens um acht nehme er mit Rée und Nietzsche das Frühstück zu sich, Kaffee und Milch, ein weiches Ei, Brot und Butter. Mittags um eins speise man in großer Runde mit Fräulein von Meysenbug erst Suppe, dann eine Zwischenplatte aus Klößen oder Koteletts oder Fisch oder Makkaroni oder Hirn und Leber mit Salat. Danach folge, drittens, ein Rinder- oder Kalbsbraten oder Gans, Huhn, Truthahn mit Kartoffeln und Rüben oder Blumenkohl.

Wie selbstverständlich und flüssig er mit einem Brief über die täglichen Abläufe vorankommt, denkt Brenner beim Schreiben. Wenn man etwas erlebt hat, ist es ganz leicht, es aufs Papier zu bringen. Der vierte Gang bestehe aus Feigen und Äpfeln. Jeden Donnerstag und Sonntag gebe es noch einen Kuchen. Abends um sieben Uhr werde Fleischbrühe mit Ei oder Schinken gereicht, gefolgt von Risotto oder Polenta mit Fleisch, schließlich gezuckerte Pfannkuchen aus Reis oder Grieß oder Mehl, oder es gebe Gelatine oder Orangensalat an Malagasauce. Zum Abschluss einen Tee und zu besonderen Anlässen ein Glas Punsch.

Brenner hebt zufrieden seinen Blick. Das eben noch leere Blatt Papier ist mit lauter Zeichen beschrieben, der Beginn seiner Liebesgeschichte muss halt warten. Dafür hat er seiner Familie einen Speiseplan aufgetischt, der ihre ewige Sorge um sein Körpergewicht beruhigen dürfte. Dass er trotz der üppigen Mahlzeiten nicht zugenommen hat, hat er ihnen verschwiegen. Er muss nicht alles ausplaudern, sich weder über seine Magerkeit noch den Husten und die Fieberschübe verbreiten.

Entschlossen holt er ein neues Blatt Papier aus seiner Schreibtischschublade. Womöglich muss man sich auch in der Fremde woandershin träumen, nach Spanien etwa, und besser mit einem allgemeinen Tusch beginnen, vor allem wenn es um eine flammende Herzensangelegenheit geht, ehe man dann einzelne Szenen konkret ausmalt. Er tunkt seine Feder ins Tintenfass und setzt sie aufs Papier, wartet, schaut zu, wie sich ein blauer Fleck um die Spitze bildet – und legt los: *In den spanischen Städtechroniken des 17. Jahrhunderts findet der liebevolle Leser eine Fülle anmuthiger Geschichten, in welchen der Zufall und das menschliche Wollen sich zu sonderbaren Figuren verschlingen, wie sie beinahe nur in Spanien möglich sind. Eine dieser Arabesken will ich hier hinzeichnen. In der Stadt Sevilla, am Flusse Guadalquivir gibt es viele stille, kleine Plätze …* Er schaut auf, denkt an die Piazza Tasso. Immerhin, ein Anfang ist geschafft. Seine Fee wird Donna Maria Querarcos heißen, so beschließt er, und die einzige Tochter des Grafen Alonzo sein. Sie wird einen jungen Mann mit einem totenblassen Gesicht hastig auf einem Markt umherrennen sehen und dabei erröten. Aber das wird Brenner morgen niederschreiben und jetzt erst einmal während eines Spazierganges weiter ausarbeiten.

★

Tags darauf, gleich nach dem Frühstück, zieht sich Nietzsche in sein Zimmer zurück, er ruft nicht nach Brenner, weder zum Diktat noch zum Spaziergang, erscheint nicht einmal zum Abendbrot und auch nicht zu seiner geliebten Lesestunde. Wochenlang hatte er Zuversicht und Hoffnung verspürt. Nun branden die Kopfschmerzen wieder auf, als hätten sie nur darauf gelauert, ihn hier in Sorrent aufzuspüren und zu überfallen, als wollten sie sich dafür rächen, dass er sich so gut versteckt hält. So viele Schmerzen hat Nietzsche in seinem Leben überstanden, dass er genau weiß, wie wichtig es ist, die ersten Warnsignale zu beachten. Alle Energien sind im Nu zu vermindern. Dass man sich der Urgewalt der Schmerzen mit aller Kraft entgegenstemmen kann, daran glaubt er nicht mehr.

Trina macht ein besorgtes Gesicht, als sie Nietzsche im Zimmer aufsucht. Sie holt Salbe, legt ihm kühle Kompressen auf die Stirn, zieht die Vorhänge zu, läuft auf leisen Sohlen umher. Sie versteht nicht viel von dem Gerede der gelehrten Herren, aber ihre Mimik weiß sie zu deuten. Hier liegt der Herr Professor vor ihr, bleich, die Hände gegen die Schläfen gepresst, gemartert vom Schmerz. Wenn sie könnte, würde sie sich unsichtbar machen, auch unhörbar, um keinesfalls weitere Schmerzen auszulösen.

Mit einer Kompresse auf der Stirn spürt Nietzsche, wie sich der Schmerz auftürmt, wie sich in seinem Kopf ein Unwetter zu nähern scheint. Einmal meint er von ferne den Kommandoruf eines Schiffskapitäns zu hören. Schon fürchtet er die nächste große Attacke. Oft hat er schon versucht, sich in einem solchen Sturm kühn als Seefahrer zu behaupten. Längst kann er die Segel auf tausend Arten stellen, aber noch immer fürchtet er, eines Tages auf hoher See zu kentern. Der erbarmungslose Ozean, argwöhnt er, wird ihn hinunter in die Tiefe ziehen. Mehrmals hat er sich fast in dieser grausamen Vorstellung verloren, die ihm, je mehr er sie sich ausmalte, seltsam tröstlich vorkam. Doch in dieser Nacht bleibt das Unwetter fern, es ist nur ein Grollen am Horizont. Müde sinkt er in den Schlaf.

Am nächsten Morgen fühlt er sich zwar matt, doch merkt er zugleich, wie seine Kraft in den Körper zurückfließt. Beschwörend redet sich Nietzsche ein, die großen Gewitter erreichten ihn hier im Süden nicht, sie blieben irgendwo nördlich der Alpen hängen. *Vorwärts*, flüstert er sich im Geiste zu, *eines Tages wirst du gesund sein, heute genügt es, sich gesund zu stellen!*

Trotzdem gönnt er sich an diesem Vormittag vorsichtshalber Ruhe, streift im Garten der Villa umher, streckt sich auf einer Liege aus und lässt sich später vom Fräulein mit Kaffee und Kuchen verwöhnen.

Am Nachmittag jedoch bricht er mit Brenner zu einem Spaziergang in die Berge auf. Wo, wenn nicht dort, kommt man wahrhaft wieder zur Vernunft, kann frei denken, philosophieren und Erkenntnisse formulieren?

Sie laufen schmale, von Mauern begrenzte Hohlwege bergan, danach Hunderte Stufen und Treppchen in die Höhe, kreuz und quer über Grundstücke und durch Gärten bis in den nächsten Ort mit dem schönen Namen Sant' Agata sui Due Golfi. Als sie eine Kirche passieren, erklingt Orgelmusik aus dem Innern. Unwillkürlich muss Nietzsche an Wagner denken. Er ist inzwischen wieder milder gestimmt. Sollten die Bayreuther Festspiele im nächsten Jahr ausfallen und Wagner sich wieder auf die wahre Kunst besinnen, dann, aber nur dann, werden sie sich wiedersehen.

Von einer luftigen Anhöhe aus erblicken Nietzsche und Brenner den Golf von Salerno, der sich südlich der Halbinsel von Sorrent erstreckt. Schweigend nehmen sie im frühen Abendlicht die Unterschiede zur Nordküste wahr. Hier scheint das Meer blauer zu sein, die Luft milder, die Häuser röter. Sie sehen keinen einzigen Menschen, dafür fliegen Falter in den Strahlen der bald untergehenden Sonne. Nietzsches Blick folgt einer steil abfallenden Küste, die für ihn nur in hellen und dunklen Flächen zu erkennen ist. Eines Tages, wenn er vollends gesund ist, will er an dieser Küste entlangwandern, bis nach Amalfi und weiter. Brenner wird ihn wohl nicht begleiten, der Junge wird von Tag zu Tag schmaler und schwächer, oft geht ihm beim Wandern die Luft aus.

Auch auf Rée kann er nicht zählen. Der Freund sitzt lieber am Schreibtisch über Bücher gebeugt, als sich wandernd die Natur und die Philosophie zu erschließen.

Damit sich der Student nicht in gedankenlosen Träumereien verliert, diktiert ihm Nietzsche ein paar Gedanken, die ihm beim Aufstieg in den Sinn gekommen sind: Wer nur ein wenig zur Freiheit der Vernunft gekommen sei, könne sich auf Erden nicht anders fühlen als ein Wanderer, wenn auch nicht als Reisender nach einem letzten Ziele, weil es ein solches nicht gebe. Fortan wolle er sehen und die Augen dafür offen halten, was alles in der Welt vor sich gehe, schon deshalb dürfe man sein Herz nicht zu fest an Einzelheiten hängen, man müsse selbst immerzu ein Wanderer bleiben und sich am Wechsel und der Vergänglichkeit erfreuen. Er sehe schon die Morgensonne vor sich, einen Pfad durch eine Wüste, den Schmutz am Wegesrand, trügerische Gesichter, er spüre bereits die eigene aufregende Unsicherheit am Ende des Tages, sehe die Nacht anbrechen, die ersten Sterne aufgehen und den Mond über das Firmament ziehen, ehe eines fernen Tages in einer fremden Gegend ein neuer wonnevoller Morgen mit großen Verheißungen beginne.

Als sie wieder zurück in der Villa Rubinacci sind, spürt Nietzsche jeden Schritt in seinen Gliedern und ist überrascht, welch übermenschliche Kraft dennoch in ihm schlummert. Noch gestern im Bett hätte er die lange Wanderung nicht für möglich gehalten. Ist die Welt nicht eine ungeheuerliche Kraft – und er ein höchst lebendiger Teil davon? Sie wird nicht größer, nicht kleiner. Statt sich zu verbrauchen, verwandelt sie sich immerfort und bleibt dabei unveränderlich, verliert nichts, gewinnt aber auch nichts hinzu, verschwimmt nicht, verschwendet nicht, eine Kraft überall in einem Raum verteilt. Man sollte sich ihr nicht entziehen, sondern sie nutzen.

★

Brenner verliert sich im Gleichklang der Tage. Jeden Mittag bei Tisch muss er das Datum verkünden. Immer wieder nennt er Tag, Monat und Jahr. So sagt er diesmal: »Heute ist der 21. Dezember 1876« – und denkt schon gar nicht mehr darüber nach, fürchtet sich nur vor dem Kalbsbraten mit Kartoffeln und Blumenkohl, gefolgt von einer Nachspeise aus Feigen und Äpfeln.

Plötzlich schließt Fräulein von Meysenbug die Fensterläden, sodass es vollkommen dunkel wird. Jemand klopft an die Tür zum Salon. Während sich Brenner verwundert fragt, was los ist, öffnet sich die Türe, und ein Lichtstrahl fällt auf ihn. Trina trägt eine von brennenden Kerzen geschmückte Torte herein.

Sie zählen die Kerzen: Es sind genau zwanzig. Erst jetzt begreift der Junge, dass er Geburtstag hat. Wie er sich freut, als einer nach dem anderen ihm gratuliert, zuletzt auch Trina!

Hoffentlich schmeckt ihm die Torte, denkt Fräulein von Meysenbug, damit er bloß ordentlich isst. Auch ihr ist nicht entgangen, dass er trotz ihres guten Zuredens immer schmaler wird, als wollte er sich ihren Bemühungen entziehen. Eines Tages wird man ihn an ein Seil binden müssen, damit er nicht auf einem seiner Spaziergänge von einer Windböe erfasst und davongetragen wird.

Auch Rée sind die hervorstehenden Schlüsselbeine des jungen Mannes längst aufgefallen. Als sich alle wieder gesetzt haben, fragt er, ob Brenner ihm erlaube, sich nach seinen Plänen zu erkundigen. Er zieht einen Sessel heran, nimmt neben dem Studenten Platz und blickt ihn fragend an, während von Meysenbug sich Nietzsche zuwendet.

Brenner zögert. Seit wann interessiert es den Doktor, was er vorhat, außer für Nietzsche zu notieren? Er werde sein Jurastudium beenden, antwortet er leise, damit es das Fräulein und der Professor nicht hören. Eigentlich wolle er lieber Schriftsteller werden, aber er sei es den Großeltern schuldig, zum gemeinsamen Lebensunterhalt beizutragen, sie zu unterstützen, nachdem sie ihn nach dem frühen Tod der Eltern bei sich aufgenommen und sich um ihn gekümmert haben. Wie Rée sicher bekannt sei, stehe es mit den finanziellen Verhältnissen nicht zum Besten. Aber hier, in Sorrent, sei er dabei, seine Zeit zu nutzen und einige Novellen zu verfassen. Zurzeit arbeite er an einer Liebesgeschichte, tue sich aber schwer damit, auch wenn er ein paar erste Sätze formuliert habe. Es mangele ihm an Erfahrung, flüstert Brenner, vielleicht sei er noch zu jung für ein solches Unterfangen. Kaum hat er dies ausgesprochen, bereut er auch schon, sein Vorhaben ausgeplaudert zu haben. Er rechnet mit einer sarkastischen Bemerkung, aber Rée blickt nicht spöttisch drein, sondern ernst, wenn nicht gar wohlwollend.

»Ach, warum sollten Sie denn zu jung sein?«, wendet der Doktor mit so ruhiger Stimme ein, dass Nietzsche und von Meysenbug weiterhin nicht von ihrem Gespräch aufhorchen und der Student sein Vertrauen nicht bereut. Schreiben könne manch einer auch schon mit zwanzig. Ob er Büchner gelesen habe? Voltaire und Diderot seien lehrreich, zweifelsfrei, dürften für ihn, Brenner, aber nicht allzu inspirierend sein. Ein bemerkenswerter Mann sei dieser Büchner: Arzt,

Naturwissenschaftler, Revolutionär und Schriftsteller, der in sehr jungen Jahren ein paar ausgezeichnete Werke verfasst habe.

»Tatsächlich?«, fragt Brenner interessiert.

»Sie sollten den *Lenz* lesen«, rät Rée. »Leider habe ich ihn nicht dabei, sonst würde ich Ihnen das Büchlein leihen.« Es sei zwar keine Liebesgeschichte, sondern die eines Zeitgenossen Goethes, der Stimmen hört und irre wird. Feinfühlig schildere Büchner den Kranken und beschreibe die Natur auf gänzlich neue Weise – weder symbolisch-pantheistisch wie Goethe noch als romantische Chiffre, man spüre während der Lektüre geradezu eine materialistische Seite, die Gefahr, die von der Natur ausgeht.

»Wagen Sie sich ruhig an Ihre Novelle«, ermuntert ihn Rée. »Das, was Ihnen an Erfahrung mangelt, wird Ihre jugendliche Fantasie mehr als ausgleichen.«

So hat Brenner das noch nicht gesehen. Fantasie hat er mehr als genug.

*

Weihnachten ist das große Fest für Malwida von Meysenbug, ist es doch das Fest der Familie. Noch immer schmerzt es sie, dass sie sich als junge Frau gedrängt fühlte, sich von den Eltern und Geschwistern zu trennen. Aber die Weihnachtsfeiern hat sie in guter Erinnerung behalten mit all dem Lichterglanz, dem Geruch nach süßem Gebäck, den Weihnachtsliedern und dem Glockenklang in der Kirche, der kindlichen Geborgenheit. Nun, da sie sich eine eigene Familie geschaffen hat, will sie die schöne Erfahrung weitergeben an ihre drei Söhne, ist schon ganz aufgeregt und voller

Vorfreude. Drei Orangenbäume hat sie mit farbigen Schleifen geschmückt.

Am Morgen des Heiligen Abends nehmen Brenner, Rée und Nietzsche wie üblich ein kleines Frühstück zu sich: Kaffee und Milch, ein weiches Ei, Brot und Butter. Aber am Mittag erwartet sie ein festlich gedeckter Tisch, man verspeist eine Suppe, dann Fisch mit Salat, zum Hauptgang werden Kalbsbraten, Kartoffeln und Blumenkohl serviert, zum Abschluss noch Feigen und Äpfel.

Brenner hat das Gefühl, ihm müsse der Magen platzen, und freut sich auf die Siesta. Doch als sich Nietzsche und Rée vom Tisch erheben wollen, um ihr Zimmer aufzusuchen, schlägt von Meysenbug einen Spaziergang durch Sorrent vor. Das können sie ihr unmöglich abschlagen. So geht es statt ins warme Bett hinaus in die kühle Winterluft.

Sorrent liegt friedlich da in der blassen Dezembersonne, in den Gassen läuft kaum ein Mensch umher, eine wohltuende, feierliche Stille hat sich über die Stadt gelegt. Aus einer Kirche erklingt Orgelmusik, und aus einer der Gassen dringt Klavierspiel an ihre Ohren.

Als sie am Nachmittag wieder die Villa Rubinacci betreten, duftet es nach Braten. Brenner fragt sich, wie er diesen Tag überstehen soll. Das Fräulein ist noch schlimmer als seine Familie, wenn es darum geht, ihn zu mästen. Ihn erwarten Polenta mit Rinderbraten, danach gezuckerte Grießpfannkuchen und Orangensalat, und zur Feier des Tages gibt es obendrein Punsch.

Nachdem die Söhne alles tapfer bewältigt haben, verkündet Fräulein von Meysenbug, sie dürften nun Siesta halten. Kaum sind Nietzsche, Rée und Brenner in ihren Zimmern verschwunden, schmückt sie mit Trina den Salon mit Pflanzen und Bäumchen, die sie mit Girlanden aus Efeu verbinden. Auf den runden Tisch vor dem Sofa platzieren sie einen wundervollen Strauß aus Kamelien und Rosen, den die Wirtin geschickt hat. Sie hängen Lampions auf, stellen Lampen neben die Kübel, sodass die Pflanzen fantastische Schatten an die Decke werfen und der Salon in eine festliche Atmosphäre getaucht ist. Im Kamin lodert das Feuer, dann und wann knistert ein Holzscheit und versprüht feine Funken.

Schließlich ruft von Meysenbug nach den jungen Männern, sie mögen doch bitte wieder hinaufkommen. Sie selbst verschwindet hinter der Türe ihres Zimmers und lauscht gespannt, wie sie reagieren werden.

In der Annahme, es folge die übliche Lesestunde, steigen Brenner, Rée und Nietzsche in den zweiten Stock hinauf. Als sie in den Salon treten, erblicken sie einen festlich geschmückten Garten, in dem Licht und Schatten spielen. Auf einem langen Tisch liegen in farbiges Papier eingepackte Geschenke.

Von ihrem Zimmer aus vernimmt das Fräulein, wie überrascht Rée, wie gerührt Nietzsche und wie glücklich Brenner ist. Es ist eine wahre Freude! Das ist das Beste im Leben, anderen eine Freude machen zu können. Lächelnd betritt auch sie den Salon.

Für Nietzsche hat Malwida eine rotseidene Zipfelmütze mit roter Quaste ausgesucht, wie sie hier in Sorrent gewebt werden, eine wunderhübsche Mode, ferner einen immens großen Fächer aus Leinen, der seine Augen schützen soll. Daneben liegt ein veilchenblaues Couvert, darin ein Brief, auf den sie in sauberen Zeilen einen Vers geschrieben hat: *Schütze dem Freunde das Haupt, den Sitz so edler Gedanken. Dass sie zum Heile der Welt oft noch künde sein Mund.*

Paul Rée bekommt einen kleinen, mit hiesigem Holzmosaik verzierten Handspiegel, den er sogleich ausprobiert. Behauptet er doch immer, der Grund aller menschlichen Handlungen sei Eitelkeit. *Eitel sahst du die Welt, sieh nun im Spiegel sie besser. Oft das Wirkliche Trug, wahr nur der spiegelnde Wahn*, überfliegt Rée die Notiz und fühlt sich unangenehm ertappt.

Und Brenner liest auf seinem Päckchen: *Sehet, wer schleichet gebückt durch Nässe des strömenden Regens. Dass ihm der krempige Hut schirme die lustige Schar wachsender Kindlein im Kopf? Wandle nun aufrecht, o Brenner! Unter dem mächtigen Dach wohne gesichert die Brut!* Was meint sie mit »Kindlein«? Ihn oder seine Dichtkunst? Hat Rée geplaudert, oder woher weiß sie von seinen Novellen? Mit diesen Fragen im Kopf packt Brenner einen Regenschirm aus.

Auch an Trina hat das Fräulein gedacht. Sie wird mit einem schönen braunen Wollkleid beschenkt, das Malwida in Neapel besorgt hat – nebst den Worten: *Trina, der Sorgenden, die wie Sturmwind hin und her durch das Haus fährt. Sage dies Kleid nun den Dank, den treue Sorge verdient!*

Malwida von Meysenbug ist stolz darauf, wie sie das so alles arrangiert hat. Und ihre Söhne danken es ihr überschwänglich. Ja, es ist wahr geworden, sie sind nun eine wirkliche Familie: Sie fühlt sich von Albert geliebt, von Nietzsche geschätzt und von Rée, den sie fortan Paolo nennen darf, anerkannt.

Ihre drei Buben seien sehr nett zu ihr, schreibt sie freudig einer Freundin. Sie seien voller Aufmerksamkeit und Höflichkeit. Freilich, sie hätten es auch gut bei ihr. Nietzsche habe neulich erst gesagt, es sei ihm nie so gut gegangen im

Leben und werde ihm nie wieder so gut werden. Er fange endlich wieder an zu begreifen, was Gesundheit sei. Sie, Malwida, ahne schon jetzt die Freude, die sie verspüren werde, wenn sie einem so ausgezeichneten Menschen wieder zur Gesundheit verholfen haben wird. Zugleich habe er sie reichlich für jedes kleine Opfer entschädigt durch den geistigen Genuss, den er ihr während ihrer Gespräche verschaffe.

Am Neujahrsmorgen weht ein lauer Wind, als wäre der Winter vorbei und der Frühling mit seiner Blütenpracht nur Tage entfernt. Nietzsche atmet befreit auf, nie war er so froh über den Beginn eines neuen Jahres. Es kann nur besser werden, wenngleich das alte Jahr glücklicher geendet hat, als es begann. An solch einem herrlichen Tag verspürt er wieder den Wunsch, viele Kilometer weit am Meer entlangzuwandern oder auf rauem Pfade einer Höhe zuzustreben. Nicht Sorrent mit seinen schmalen Gassen zieht ihn heute an, sondern die Natur, die weiten Felder mit den Olivenhainen und Orangenbäumen, an denen letzte Früchte hängen. Mit Malwida von Meysenbug folgt er einem schmalen Weg, von dem aus sie das Meer zwischen den Bäumen aufleuchten sehen. Schließlich gelangen sie zur Steilküste, die vor ihnen schwindelerregend tief abfällt. Von Meysenbug wagt nicht, nah an die Klippe heranzutreten, und Nietzsche erkennt lediglich eine verschwommene blaue Fläche. Das Fräulein macht ihn auf die gegenüberliegende Küste aufmerksam. Aber wo Landschaft, Meer und Himmel aufeinandertreffen, kann Nietzsche kaum ausmachen, alles verläuft ineinander wie auf einem Aquarell.

An einem breiten Felsvorsprung setzen sie sich auf eine Bank, nachdem Meysenbug sie mit einem Taschentuch sorgfältig vom Schmutz befreit hat. Ein Tag zum Träumen, aber danach ist ihr nicht zumute. Deutlich spürt sie, wie ihr die Zeit entrinnt. Schon wieder ist ein Jahr vorbei. Sie wird nicht ewig leben, obwohl es sich in Jugendtagen manchmal so angefühlt hat. Nun beabsichtigt sie, mit Nietzsche über ihr gemeinsames Vorhaben zu sprechen. Nichts wäre ihr lieber, als ihm nicht nur ein paar Ideen, sondern gleich ein Versprechen, eine Zusage zu entlocken.

»Wonach strebt der Mensch, wenn nicht nach Weisheit?«, beginnt sie das Gespräch und wartet gespannt darauf, was Nietzsche dazu sagen wird.

Der lässt sich Zeit und fragt sich, worauf Meysenbug hinauswill. »Bei der Suche nach Weisheit darf man das Leiden nicht verachten«, antwortet er. So gesehen segne er auch das letzte furchtbare Jahr.

Das freut sie außerordentlich. Allein – wie soll sie das Gespräch auf ihr Anliegen lenken? Wie so oft, wenn sie in solchen Momenten nicht weiterweiß, greift sie auf einen Spruch aus der Bibel zurück: Wer Gott liebe, heiße es dort, dem dienten alle Dinge zum Besten. Aber sie will nicht zu ausführlich von der Heiligen Schrift und von göttlichen Angelegenheiten sprechen. Kaum jemand kennt die Bibel so gut und lästert dabei so leidenschaftlich über das Christentum wie der junge Freund. Einmal bei diesem Thema stecken geblieben, würden sie sich stundenlang über Sinn und Unsinn der christlichen Moral verbreiten. Nietzsche würde ihre Überfälligkeit betonen, sie würde sie verteidigen und versuchen, ihm das Zugeständnis abzuringen, wenigstens die pantheistische Vorstellung Goethes zu teilen, bei all der Schönheit der Natur, von der sie hier umgeben sind. War er, Nietzsche, beim Anblick des zauberhaften Sonnenuntergangs kurz nach seiner Ankunft in Neapel doch in einen Enthusiasmus ausgebrochen, der den ihren noch übertraf. Sie darf sich nicht von ihrem Gesprächsziel abbringen lassen, lieber schweigt sie kurz, aber andächtig. Statt sich jetzt in Erörterungen über die Existenz Gottes zu verlieren, will sie die Idee, ein Missionshaus zu gründen, in die Tat umsetzen. In der letzten Zeit habe sie viele bewundernde Briefe junger Frauen erhalten, erzählt sie, die wie er ihre *Memoiren einer Idealistin* gelesen hätten. Sie wollten ihr nacheifern und frei nach ihren eigenen Vorstellungen leben. Es gäbe viele, die sie als Schülerinnen nach Sorrent holen könnte, um sie zu unterrichten. So gerne wolle sie die Sache der Frauen, die Emanzipation, vor Missverständnissen bewahren – und Lehrer finden, die sie weiterentwickelten.

Wenn es darum gehe, sagt Nietzsche nach einer Weile, zwischen einer leiblichen und einer geistigen Nachkommenschaft zu wählen, müsse man sich für Letztere entscheiden. Man sei dann Vater und Mutter in einer Person.

Wie rührend! Nietzsche weiß zu gut, wie er eine Frau, die nie eigene Kinder gehabt hat, aufmuntern kann.

Er wolle aber nicht von einem Missionshaus sprechen, führt Nietzsche aus, wie sie es gerne täte, sondern von einer Schule der Erzieher. Damit kein Missverständnis aufkomme, müsse einiges berücksichtigt werden. Ein Kind bedürfe keiner Erziehung, sondern nur einer Einführung in die Welt. Ein junger Mensch staune und idealisiere, müsse aber selbst lernen, diejenigen, die er vergöttert, auch mit Abstand zu betrachten. Auch ein guter Erzieher könne einem Zögling schaden, wenn er ihn allein schon deshalb unterbräche, damit der kein dummes Zeug von sich gäbe. Sonst getraue sich ein Schüler nicht mehr, überhaupt noch etwas zu äußern. Gerade deshalb brauche es eine Schule für Erzieher, weil die

Erzieher selber nicht erzogen seien. Das Bedürfnis nach ihnen nehme zu, ihre Qualität leider ab. Somit sei die neue Erziehung der Menschen kein einfaches Unterfangen, denn sie mute dem Einzelnen eine gewaltige Gehirntätigkeit zu. Aus diesem Grund müsse die Menschheit viel energischer als bisher um Gesundheit ringen. Ansonsten setzte sie eine nervös überreizte, ja verrückte Nachkommenschaft in die Welt, sehr wohl möglich sei eine Nachwelt von Verrückten und Überspannten. Man bedenke nur, wie die überreifen Individuen des späteren Athens ins Irrsinnige abgeglitten seien: Es müssten sich also gesunde Eltern paaren, es bedürfe der Kräftigung der Weiber und gymnastischer Übungen zur Vorbeugung von Krankheiten, vernünftiger Ernährung, Wohnung und anatomischer Kenntnisse. All das dürfe man nicht übersehen. Aber die Zeit sei günstig.

»Man muss die Sache nur angehen«, räsoniert Nietzsche ungebremst weiter und will sich jetzt nicht in seinen Ausführungen unterbrechen lassen. Es reichte schon, wenn sich auf dem Kontinent fünf oder sechs freie Geister fänden, davon hänge es ab, ob eine Verdunkelung des Lebens drohe oder nicht. Noch allerdings verhinderten besonders die vielen unterschiedlichen Sprachen, zu sehen, was im Grunde vor sich gehe: Das Nationale verschwinde, und ein europäischer Mensch entstehe.

Zufrieden lächelnd erhebt sich Malwida von Meysenbug von der Bank. Sie musste gar nicht viel sagen, Nietzsche hat von sich aus all das ausgesprochen, was sie hören wollte, auch wenn sie nie mit einem solchen Vortrag gerechnet hätte. Schön, wie er sich alles schon ausgemalt hat! An Leibesübungen hat sie zwar nicht gedacht, aber gegen Gesundheit hat sie nichts einzuwenden. Während die jungen Herren ihre Turnstunden abhalten, wird sie mit ihren Schülerinnen spazieren gehen. Auf keinen Fall will sie, dass die Geschlechter – bei aller Emanzipation der Frauen – gemeinsam im Meer planschen. Das wäre gar zu unschicklich und brächte sie selbst und ihr Missionshaus in Verruf. Sie kann sich jetzt schon die üble Nachrede der Sorrentiner und vor allem der deutschen Hotelgäste vorstellen. Schlimm wäre auch, wenn sich der junge Brenner Hals über Kopf verliebte, so unerfahren, wie er ist. Der muss erst einmal genesen, zudem blieben seine Novellen auf der Strecke, und sie, Malwida, hätte größte Mühe, sein Talent zu entfalten.

Mit all diesen Ideen im Kopf erkunden sie den Weg hinunter zum Fuß der Steilküste, zu den Fischern. Zunächst verschwindet der Weg im Fels wie in einem Tunnel. Auf der anderen Seite biegt er abrupt nach links, um direkt an den Klippen entlangzuführen und dann erneut im Fels zu verschwinden. Nietzsche und von Meysenbug passieren eine in den Tuffstein gehauene Grotte, die zum Meer hin offen ist. Offenbar wird sie zuweilen als Lagerraum genutzt. Weil sie jetzt leer ist, steigen sie hinein, finden eine kleine Empore, von der aus es sich hervorragend unterrichten ließe. Man könnte im Halbkreis sitzen mit Blick auf den Golf von Neapel, meint das Fräulein, das erleichtere auch das Disputieren. Im Geiste rücken sie bereits Stühle und Tische zurecht.

An heißen Sommertagen wäre dies der perfekte Ort, fantasiert Nietzsche und hebt beschwörend die Arme. Eine Höhle, führt er aus, auf deren Wänden ihre Schatten spielten, was er aber jetzt nicht weiter philosophisch ausdeuten wolle. Sonst lande er noch bei Plato, und der schöne Tag sei verdorben.

Auf dem Rückweg besprechen sie, welche Rollen Brenner

und Rée zukommen sollen. Rée ist ein glänzender Vorleser, er soll auf jeden Fall mit von der Partie sein und muss nur dazu überredet werden, in Sorrent zu bleiben. Von Meysenbug will ihm bald vom Fortschritt der gemeinsamen Pläne vorschwärmen und auch ihm eine verbindliche Zusage entlocken. Und Brenner? Zweifelsfrei leistet der gute Dienste als Sekretär, und einen solchen brauchen sie. Eines Tages, wenn er sein Studium abgeschlossen und erste Bücher veröffentlicht hat, könnte auch er Kurse leiten. Vorausgesetzt, er magert nicht noch weiter ab und bleibt der Welt erhalten.

Vielleicht ließe sich sogar seine Schwester Elisabeth einspannen, meint Nietzsche, als sie die Villa Rubinacci erreichen. Sie sei praktisch veranlagt und kümmere sich sicher gern um alle Besorgungen. Zuweilen sei sie allerdings unangenehm aufdringlich, gar bemutternd, doch werde er sie in seinem Leben ohnehin nicht mehr los.

Während von Meysenbug sich mit Rée zu einem Gespräch im Salon trifft, um ihn in den Fortschritt der Überlegungen einzuweihen, setzt sich Nietzsche sogleich an seinen Schreibtisch, um seiner Schwester von seinen neuen Plänen zu berichten. *Eine ›Schule der Erzieher‹ (auch modernes Kloster, Idealkolonie, université libre genannt) schwebt in der Luft*, schreibt er, wer wisse schon, was noch geschehen werde! Man habe sie, Elisabeth, im Geiste schon zum Vorstand aller wirtschaftlichen Angelegenheiten ihrer Anstalt ernannt, die für vierzig Personen gedacht sei. Sie solle sich um die Finanzen kümmern und müsse deshalb rasch Italienisch lernen.

Dann ruft er nach Brenner, denn auf dem Weg von der Grotte zurück zur Villa hat er sich zehn Gebote für das Leben eines Freigeistes ausgedacht, die er dem Studenten nun diktiert: *Du sollst Völker weder lieben noch hassen, Du sollst keine Politik treiben, Du sollst nicht reich und kein Bettler sein, Du sollst dem Berühmten und Einflussreichen aus dem Wege gehen, Du sollst dein Weib aus einem anderen Volke als dem eigenen nehmen* – Brenner horcht auf, denkt an Laura, ist erfreut und irritiert zugleich. Ob der Herr Professor dabei an ihn gedacht hat? Aber ihm bleibt keine Zeit, um nachzusinnen, geschweige denn zu träumen, weil Nietzsche unverdrossen weiterdiktiert: *Du sollst deine Kinder durch deine Freunde erziehen lassen, Du sollst dich keiner Ceremonie der Kirche unterwerfen, Du sollst ein Vergehen nicht bereuen, sondern seinetwegen eine Gutthat mehr thun. Du sollst, um die Wahrheit sagen zu können, das Exil vorziehen, Du sollst die Welt gegen dich und dich gegen die Welt gewähren lassen.*

Jetzt, nach dem Diktat, dem anstrengenden Spaziergang und der langen Unterredung mit dem Fräulein, braucht der Professor seine Ruhe. Er entlässt Brenner mit den Worten, er solle heute tun, wonach ihm der Sinn stehe.

Für den Studenten ist es noch zu früh am Tag, um wieder ins Bett zu gehen, aber auch zu spät, um wieder am Schreibtisch an der Liebesnovelle zu feilen. Und so bricht Albert Brenner allein zu einer Tour in die Umgebung auf. In Gedanken bei Nietzsches fünftem Gebot, folgt er den von hohen Mauern gesäumten Mauleselwegen aus Sorrent hinaus, steigt auf Treppen den Hang hinauf, läuft um Häuser und Gärten herum, gelangt auf einen abschüssigen Pfad, der sich hinab in ein einsames Tal schlängelt. Zu beiden Seiten ragen schroffe Felsen empor, zwischen denen ein Bach über die Steinbrocken rauscht. An den Hängen wachsen Olivenbäume, die im Nachmittagslicht aufglänzen. Wölkchen jagen über den blauen Himmel, dürre Blätter fliegen wie Vögel zwischen den Felswänden hin und her, immer wieder aufgewirbelt von einer Böe.

Plötzlich landet ein weißes Halstuch vor seinen Füßen, vom Winde sicher über den Bach getragen. Es ist mit zarten blauen Blüten bestickt. Hat Laura dieses Tuch nicht getragen, als er ihr das erste Mal begegnete? Er schaut sich um und hoch zum Ende der Felsen, doch niemand ist zu sehen, weder Laura noch sonst irgendwer. Er ruft, niemand antwortet. Am liebsten würde er das Tuch an sich nehmen, es immer wieder betrachten, jede gestickte Blüte einzeln. Doch er faltet es sorgsam zusammen und legt es sachte auf ein Mäuerchen, beschwert es mit einem Stein, damit es nicht im Bach landet. Soll er in Sorrent bleiben, das Heimweh nach Basel und den Großeltern unterdrücken, auf sein Jurastudium verzichten? Wie viel Mut bräuchte er dazu?

Als ungewöhnlich warme Januartage anbrechen, beschließt die kleine Gruppe, eine Segeltour zu unternehmen. Nur Rée hält sich zurück, er wolle lieber an seinem philosophischen Manuskript weiterschreiben, da er sich kurz vor einem Durchbruch sehe. Aber schließlich lässt er sich breitschlagen, gibt dem Drängen nach, weil es auf einen Tag nicht ankomme, er ohnehin den Freunden etwas mitteilen wolle und es nichts Schöneres gebe, als sich in Geduld zu üben.

Kaum haben sie im Hafen ein Segelschiff bestiegen, auf dem schon andere Ausflügler weilen, lässt der Kapitän die Brücke einholen. Kurz darauf gleitet das Schiff hinaus in den Golf von Neapel, westwärts zur Meerenge zwischen der Halbinsel von Sorrent und Capri. Das Schiff segelt um ein

Kap herum in den weiten Golf von Salerno, bis zu den drei winzigen Sireneninseln, einsamen Felsbrocken im Meer.

Als er sie erkennt, denkt Nietzsche an Odysseus und erklärt sogleich, dass dies der Ort gewesen sein muss, an dem sich der Held an den Mastbaum binden ließ und seinen Männern auftrug, sich Wachs in die Ohren zu stopfen. Schon wenig später habe Odysseus den Gesang der Sirenen gehört und nichts sehnlicher gewünscht, als sich diesen Wesen zu nähern. Nietzsche lauscht für einen Moment, dreht den Kopf nach links und nach rechts, hört aber nichts außer dem Wind und den Wellen und erzählt weiter. Verzaubert und willenlos wie so viele andere Männer habe sich Odysseus in die Fluten werfen wollen. All seine Muskeln spannte er an, um sich vom Mastbaum zu befreien, versuchte mit aller Kraft, die Fesseln loszuwerden, die ihm ins Fleisch schnitten. Er schrie seine Männer an, ihn gefälligst loszubinden, aber da sie nichts hörten und keiner Verführung erlagen, ignorierten sie ihn achselzuckend und hielten sich strikt an seinen zuvor erteilten Befehl, ihn unter keinen Umständen loszubinden – wie hatte er so töricht sein können, ihnen eine solche Weisung zu erteilen? So süß, so gewinnend sangen die Sirenen, dass er rasend wurde, den Wahnsinn und die Raserei in sich aufsteigen spürte. Er versuchte sich zu drehen, den Seilen zu entwinden, drückte sich an den Mastbaum, wollte ihn umstürzen, aus der Verankerung reißen, notfalls das Schiff zerstören, doch jedes Mal, wenn sich die Seile auch nur ein wenig lösten, sprangen seine Männer herbei und zurrten sie wieder fest, während er verzweifelt erlebte, wie das Kap mit den Sirenen allmählich in der Ferne verschwand und die himmlischen Stimmen verhallten, bis sie kaum noch zu vernehmen waren, bis sie von Wind und Wellen übertönt wurden und das Schiff vor anderen Küsten kreuzte. Ermattet hing er am Mastbaum, die Haut zerschunden und zerschnitten von den Seilen. Seine Männer hatten sich das Wachs aus ihren Ohren entfernt, erst einer, dann die gesamte Mannschaft, aber niemand wagte es, Odysseus vom Mast zu befreien, weil alle fürchteten, die Stimmen könnten sich in seinem Kopf festgesetzt haben und nur auf eine günstige Gelegenheit warten, das Kommando zu übernehmen und das Schiff zur Umkehr zu zwingen.

In welchem Gedicht sei je so viel geweint worden wie in der *Odyssee*?, fragt Nietzsche seinen Bericht abschließend in die Runde – aber erwartet keine Antwort.

Höchstwahrscheinlich hätten schon die Griechen unter Tränen die Erinnerung an alles Erlittene und Verlorene genossen, sinniert Malwida von Meysenbug und hängt den von Nietzsche beschworenen Sirenen noch eine Weile in Gedanken nach.

Nachdem das Segelschiff die drei Sireneninseln umrundet, das Kap wieder passiert und Kurs auf Sorrent genommen hat, wendet sich Rée, der bisher nur still zugehört hat, den anderen zu. Er habe nachgedacht, sagt er mit ruhiger Stimme, über das Missionshaus, ihren Aufenthalt und seine beruflichen Ziele. Sie lebten nun seit drei Monaten zusammen, es gehe harmonisch zu, aber realistisch betrachtet sehe er nicht, dass sich die Gesundheit seiner beiden Mitreisenden in irgendeiner Weise gebessert habe, und das sei doch das Ziel des Aufenthaltes und sicher auch Voraussetzung für das Gelingen ihrer Pläne für die Akademie. Jede Nacht höre er den jungen Brenner husten, dazu die glasigen Augen, die magere Statur. Und Nietzsche sehe noch schlechter als zuvor.

Er frage sich schon länger, was sich da noch ausrichten ließe, was er zur Gesundung der beiden Freunde beitragen könne. Ja, er lese vor, sicher, er könne gut analysieren und formulieren, aber wirklich helfen könnte er nicht. Wäre er Arzt, dann könnte er womöglich etwas Sinnvolles unternehmen und wenn schon nicht heilen, so doch wenigstens die Leiden lindern. Aber er sei nun einmal Philosoph, und seine Philosophie neige zum Realismus und bleibe hier leider auf der Strecke. Das Fräulein sei rührend mit ihrem Idealismus. Aber ein Missionshaus werde weder Brenner noch Nietzsche genesen lassen. Er habe deshalb beschlossen, nach Deutschland zurückzukehren, nicht erst in einem Dreivierteljahr, wie ursprünglich erwogen, sondern in absehbarer Zeit. Er strebe seine Habilitation in Jena an. Wann genau er abreisen werde, stehe bislang nicht fest. Beim Karneval in Neapel, so viel wolle er allen versichern, sei er noch dabei.

Nietzsche und Brenner sind erschrocken angesichts dieser nüchternen Betrachtungen, Malwida von Meysenbug verschlägt es Atem und Sprache. Nervös fingert sie an ihrem Taschentuch herum. Sie ist enttäuscht von ihrem Paolo, aber zu stolz, um es offen zu zeigen. Hat sie ihn zu sehr bedrängt mit ihren Plänen? Dann besinnt sie sich und versucht noch an Bord, ihn wieder einzufangen, ihn zu besänftigen und zum Bleiben zu bewegen – mit Zuneigung, Verständnis und dem Argument, es brauche mehr Geduld. Das habe sie das Leben gelehrt.

Auch Nietzsche ist enttäuscht, will den Freund aber nicht überreden und schon gar nicht von seiner Habilitation abhalten. Er jedenfalls wird in Sorrent bleiben. Notfalls muss es ohne Rée gehen.

Niedergeschlagen verbringt Nietzsche den Abend in seinem Zimmer. Er fühlt sich kränklich und hilflos. In den folgenden Tagen verschlechtert sich sein Sehvermögen noch einmal gravierend. *Ein Wort zu meinem Befinden,* schreibt er einer Bekannten, *denken Sie dass meine Augen in fast plötzlicher Weise so abgenommen haben, dass ich fast gar nicht lesen kann!* Und seiner Schwester teilt er mit, er könne nun überhaupt nicht mehr lesen, *Worte werden zu Klumpen.* Wer wird nur vorlesen, wenn Rée fort ist? Auch Nietzsche ist aufgefallen, dass Brenner kränker statt gesünder wird. Oft lehnt der Student sogar die nachmittäglichen Spaziergänge ab, mit der Begründung, er friere entsetzlich. In der Tat schlottert er am ganzen Leibe und sieht erbarmungswürdig aus. Wer kann für seinen Sekretär einspringen, wenn er ganz ausfällt? Schon jetzt ist es eine Zumutung, dem bedauernswerten jungen Mann diese Last aufzubürden. Hat etwa auch er, Nietzsche, sich fälschlicherweise vom Gesang der Sirenen verlocken lassen, von der verheißungsvollen Aussicht, im Süden würde alles besser, gesünder, heiterer? Hat ihm der Wunsch zu gesunden ein Trugbild vorgegaukelt, dem er blind unterlegen ist? Rée scheint das so zu deuten und wird bald seine Zelte abbrechen, denkt an seine Habilitation, seine Zukunft. Wer sollte ihm das verübeln?

An einem Februarmorgen trifft Nietzsche im Vorgarten auf die Wirtin des Hauses. Ein wenig zögerlich spricht sie ihn an. Sie wolle ihm keineswegs zu nahetreten, habe sich aber gefragt, ob sie ihm vielleicht mit einem hilfreichen Hinweis zur Seite stehen könne. Ob es wahr sei, dass sich sein Augenlicht seit der Ankunft noch verschlechtert habe? An der medizinischen Fakultät der Universität von Neapel gebe es nämlich einen deutschen Augenarzt, der einen exzellenten Ruf genieße und auf ungewöhnliche, aber erfolgreiche Therapien setze. Dies wisse sie von früheren Gästen. Und als Wirtin wolle sie ihm dieses Wissen nicht vorenthalten und hoffe, er, Nietzsche, behalte den Aufenthalt in der Villa in bester Erinnerung.

Ein paar Tage später sitzen Nietzsche, von Meysenbug, Trina, Rée und Brenner in einer Kutsche nach Neapel. Gemeinsam wollen sie ein Kunstmuseum besichtigen und den Karneval besuchen, Nietzsche möchte zudem den Augenarzt konsultieren. Trina hat sich für den Karneval extra eine Maske besorgt, die sie freudig herumzeigt: ein zurückhaltend lächelndes Gesicht einer Prinzessin.

»Die beste Maske ist immer noch unser eigenes Gesicht«, gibt Nietzsche daraufhin zum Besten.

Trina schmollt und lässt missmutig den Kopf hängen. Sie hat auf ein paar anerkennende Worte gehofft, schließlich hat sie sich Gedanken gemacht, womit sie die gelehrten Leute einmal beeindrucken könnte.

Da hat Nietzsche einen Fauxpas gelandet, das merkt er selbst. Dabei wollte er die gutmütige Trina keineswegs kränken, das hat sie nicht verdient, so oft, wie sie ihm Senfpflaster hinter die Ohren klebt und sich überhaupt unermüdlich um sein Wohlergehen kümmert, ohne sich je zu beklagen. Die Lust am Fabulieren ist mal wieder mit ihm durchgegangen – jetzt muss er zusehen, wie er die Sache geradebiegt. Diese Maske aber, beeilt er sich hinzuzufügen, sei außerordentlich schön. Man könne sich fast in sie verlieben, Trina habe einen ausgezeichneten Geschmack bewiesen. Wo sie die nur erstanden habe? Er betrachtet die Jungfer aus den Augenwinkeln, überprüft, ob seine Worte die erhoffte Wirkung erzielen. Ja, das tun sie.

Trina bedankt sich artig für das Kompliment und lächelt versöhnt.

Als die Droschke Neapel erreicht, machen sie sich auf den Weg durch die Straßen der Stadt, um dem Treiben der Menschen in ihren Kostümen und Masken beizuwohnen. So eine laute, vergnügte Versammlung wäre Nietzsche an gewöhnlichen Tagen zuwider, aber heute ist kein gewöhnlicher Tag. Und so lässt er sich mitreißen vom Strom der Masse und vertraut sich seinen Freunden an. Auf einem Marktplatz beobachtet er einen sich wütend und verzweifelt gebärdenden Mann mit einem riesigen Hut auf dem Kopf und einer leuchtenden Laterne in der Hand. Der läuft wie ein wildes Tier hin und her, breitet grotesk die Arme aus, so, als wollte er jemanden einfangen oder erschrecken, wobei er die Laterne wild flackernd durch die Luft tanzen lässt. Mit seiner unheimlich klingenden Stimme schreit er unaufhörlich und gibt sich so theatralisch, dass Nietzsche an Wagner denken muss: »Ich suche den Kardinal! Ich suche den Kardinal!« Gelächter ertönt aus der Menge.

»Ja, wo ist er denn? Hat er sich in Luft aufgelöst wie der Heilige Geist?«, fragt einer der Umstehenden.

»Hat er sich verlaufen?«, will ein anderer wissen.

»Hält er sich im Beichtstuhl versteckt?«, mutmaßt ein Dritter. Immer mehr Menschen schalten sich mit Zwischenrufen ein, lachend, johlend, pfeifend. Während von Meysenbug und Trina zurückhaltend lächeln, verfolgen die drei Männer gebannt das Spektakel. Nietzsche lacht wie lange nicht mehr, ist gänzlich konzentriert und scheint die laute Masse um sich herum vergessen zu haben.

»Fürchtet sich der Kardinal etwa vor uns?«, spottet lauthals ein großer Mann und verzieht sein Gesicht zu einer Grimasse.

»Ist er mit einem Schiff fortgesegelt?«

»Ausgewandert in die ewigen Jagdgründe?«

So brüllt und kreischt die Meute durcheinander, bis der Laternenmann mitten unter das Volk springt und die maskierten Menschen mit seinen Blicken durchbohrt. Nietzsche folgt ihm wie elektrisiert – so etwas hat er noch nie erlebt. Die Karnevalszeit erlaubt den Menschen seit jeher viele Freiheiten, er weiß das sehr wohl, hier aber wird ein Mann der Kirche, ein Kardinal sogar, dem Spott der Menge preisgegeben.

»Wohin ist der Kardinal?«, ruft der Laternenmann unverdrossen, »ich will es euch sagen! Wir haben ihn verscheucht – ihr und ich! Weil ihn niemand mehr sehen will.«

Dass muss sich Nietzsche unbedingt merken, das ist ein neues Buch wert, schon jenseits von Aphorismen über das

Allzumenschliche. Herrlich, diese unbekümmerte Gotteslästerei! Darüber wird er ausgiebig nachdenken müssen. Die Frage müsste radikaler lauten, überlegt er in diesem Moment: Nicht, wo ist der Kardinal, sondern: Wo ist Gott?

Noch immer johlt und lacht die Menge um ihn herum. Das Stimmengewirr überschlägt sich vor Vergnügen und reißt Nietzsche und seine Freunde mit durch die tanzenden Straßenschluchten. Er kommt sich vor wie in einem strudelnden Fluss voller Stromschnellen. Wohin geht es mit der Menschheit, fragt er sich, wissen wir überhaupt noch, wo oben und unten ist, oder irren wir rückwärts, seitwärts, vorwärts durch ein unendliches Nichts, durch einen leeren Raum?

Wenn er den Laternenmann für einen Moment aus den Augen verliert, scheinen sich die Straßenschluchten zu verdunkeln, und die taghellen Gedanken strahlen noch leuchtender. Nietzsche tapst mit Brenner, Rée, Trina und dem Fräulein vorwärts, während seine Überlegungen unaufhörlich um Gott und die Welt rotieren: *Kommt nicht immerfort die Nacht und mehr Nacht? Müssen nicht Laternen am Vormittag angezündet werden? Hören wir noch nichts von dem Lärm der Totengräber, welche Gott begraben? Riechen wir noch nichts von der göttlichen Verwesung?*

Welch ein denkwürdiger Tag in Neapel, welch ein Glück, dem Karneval beizuwohnen! So viele Philosophen hat er gar nicht erwartet unter all den Narren.

Wie alte Zeremonien als abergläubische Prozeduren übrig bleiben, überlegt Nietzsche, so wird die Geschichte, wenn sie nur noch gewohnheitsmäßig fortlebt, dem magischen Unsinn oder der karnevalistischen Verkleidung ähnlich. Hat der Neapolitaner dies bereits erkannt, wenn er ungeniert alle religiösen Werte zu Grabe trägt? Ist er vielleicht der klügste Mensch auf Erden? Ein neuer Mensch gar?

In einer Seitengasse kommt ihnen ein prunkvoller Leichenwagen mit schwarz gekleidetem Gefolge entgegen, die Menschen um sie herum verstummen. Ist dies etwa schon das Begräbnis des Kardinals, während nebenan der Karneval tobt und mit all den bunten Wagen, den Kostümen und dem Pomp frühere Kulturen nachahmt? Man müsste die Leute hier besser verstehen, man müsste Neapolitanisch sprechen. Sobald er, Nietzsche, sich endgültig in Sorrent niederlässt, wird er Zeit genug finden, um sein Italienisch zu verbessern. Vielleicht wird er dann bemerken, was er sich bislang nur vorstellt: dass auch jener Leichenzug irgendwann ein historischer Karnevalszug sein wird. »Brenner, schreiben Sie das auf, schnell, bevor es weitergeht und ich es vergesse: *Die bunte Schale bleibt zurück und ergötzt, der Kern ist entflohen oder es hat sich wie in den Kunstgriffen der Priester zur Erweckung des Glaubens die trügerische Absicht hinein versteckt.*«

Während der Karnevalszug weiterzieht, biegen die Freunde ab ins Hafenviertel Santa Lucia. Inzwischen sind sie geschafft und suchen ein Restaurant auf, um unter freiem Himmel zu sitzen und frische Austern und Asti Spumante zu schlürfen. Noch einmal lassen sie das bunte Treiben Revue passieren und begeben sich zeitig in die deutsche Pension in der Via Chiatamone. Als Nietzsche sich zu Bett begibt, ist er bester Stimmung – welche Eindrücke hat er heute für seine Philosophie erhalten!

Am Aschermittwoch gehen Fräulein von Meysenbug, Trina und Rée ins Museum, während sich Nietzsche zur medizinischen Fakultät der Universität begibt, um den Augenarzt aufzusuchen. Brenner hilft ihm dabei, in den dunklen Gängen des Gebäudes den Weg zu Professor Schrön zu finden. Dem berichtet Nietzsche detailliert von seinen Schmerzattacken, die sich anfühlten, als würde er langsam von grünem Holz verbrannt. Das erscheint dem Arzt zwar etwas literarisch ausgedrückt, aber er ahnt schon, woher das Übel rührt. Er schaut dem Patienten tief in die Augen – und diagnostiziert eine Anisokorie.

»Ungleich weite Pupillen«, setzt er erklärend hinzu, es handle sich um ein neuralgisches Leiden.

»Keine Hirngeschwulst?«, fragt Nietzsche ängstlich. Entweder, doziert der Augenarzt unbeirrt weiter, komme das Übel plötzlich zum Erliegen, oder es trete eine beinahe völlige Schwächung der Gehirntätigkeit ein. Letztlich bleibe dem Herrn nichts anderes übrig, als sich an besseren Tagen so gut wie möglich zu schonen.

Das sitzt. Nietzsche schluckt und schaut betreten auf die Fliesen. Was wäre er ohne seine Gehirntätigkeit, was hielte ihn außer seinen Gedanken und seiner Philosophie noch am Leben?

Professor Schrön rät ihm, den Kopf mit Narcein einzusalben, dann eine Mischung aus Brom und Natrium zu verwenden und natürlich die diätischen Vorschriften zu beachten. »Die beste Kur wäre«, so legt er Nietzsche beim Abschied nahe, »eine Heirat.«

Das sitzt noch mehr. Solch eine unkonventionelle Therapie hat er nicht erwartet und erst recht nicht erhofft. Schon wähnt er seinen freien Geist in Gefahr.

Doch der Arzt macht keine Anstalten, seine Empfehlung zu revidieren. In drei Monaten solle sich der Herr Professor Nietzsche wieder vorstellen, wenn bis dahin keine neuen Symptome aufgetreten seien. Alle Mittel wirkten bei solch fortgeschrittenem Zustande seines Kopfleidens nur langsam. Es gälte also, Geduld walten zu lassen!

Endlich weiß Nietzsche, woran er ist. Die erste sorgfältige Untersuchung und Besprechung! Dass er Salben verwenden und Diät halten soll, das hat er erwartet, aber heiraten? Wen denn? Prompt wird ihm übel. Sollte ein Freigeist wie er überhaupt mit einer Frau zusammenleben? Nein, das kann nicht sein, eher meint er, alle Freigeister müssten, wie die wahrsagenden Vögel des Altertums, besser allein umherfliegen.

Nach diesem Schock zieht es ihn in vertrautere Gefilde, und so schlägt er Brenner vor, den anderen ins Museum zu folgen, denn nirgends auf der Welt könne man das griechische Altertum besser studieren als dort. Allein der Gedanke an die alten Griechen lässt die Übelkeit fast verschwinden. Süditalien sei voll von griechischen Kolonien, beginnt er unterwegs einen längeren Vortrag, darum nenne man es auch Groß-Griechenland. Sowohl Pompeji als auch Herculaneum seien voller Spuren der griechischen Kultur. Je mehr er vom alten Griechenland spricht und dabei die Heiratsempfehlungen verdrängt, desto mehr beruhigt sich sein Magen.

Im Museum wird Nietzsche so erwartungsvoll wie ängstlich von Malwida von Meysenbug erwartet. Sie hat schlimmste Befürchtungen gehegt und betrachtet ihn skeptisch von der Seite. Aber Nietzsche äußert sich nicht über seine Visitation beim Augenarzt, erwähnt nur nebenbei eine Salbe, wirkt ansonsten geradezu heiter. Wenn das kein hoffnungsvolles Zeichen ist!

Erfreut lädt von Meysenbug alle zu einer Fahrt auf den Posillipo ein, wo die untergehende Sonne den Golf, die Berge und die Stadt aufs Schönste beleuchtet, ein Sonnenuntergang wie an ihrem ersten Abend. Ein Kreis scheint sich zu schließen und die Geschichte von Neuem zu beginnen.

Von der im Meer versinkenden Sonne ist Nietzsche verzaubert, kann die Augen nicht vom Himmel lassen und verliert sich in Gedanken. Dieses Mal bieten sich ihm keine grandiosen Farbspiele in dramatisch zerfetzten Wolkengebilden; die Orangetöne verlaufen sanft ineinander. Die edelste Art der Schönheit führt ohnehin keine hinreißenden, stürmischen, berauschenden Angriffe aus, so überlegt er, solche erwecken eher Ekel. Vielmehr ist die edelste Schönheit doch jene, die einen nahezu unbemerkt mit sich fortträgt und der man noch im Traum wiederbegegnet. Sie ist es auch, die von einem Besitz ergreift, das Auge zu Tränen rührt, das Herz sehnsüchtig werden lässt.

»Wonach sehnen wir uns, wenn wir etwas Schönes erblicken?«, fragt Nietzsche, um die Runde an seinen Gedanken teilhaben zu lassen – und hat gleich selbst die Antwort parat: »Danach, schön zu sein; wir versprechen uns davon selbst viel Glück.« Aber das sei ein Irrtum.

Für einen Moment besinnt er sich, dann fährt er fort. Jetzt, im Abendlicht, würde er gerne das Benedictus aus der großen Messe von Beethoven hören, es sei die einzig passende Komposition zu einem solchen Anblick. Der bunte Karneval sei schön anzusehen gewesen mit all den farbenprächtigen Kostümen, sogar philosophisch inspirierend, aber dies hier sei eine Schönheit ganz anderer Art, sie wühle nicht auf, reize nicht zum Gelächter, sie stimme friedlich und dankbar, vermittele ein kleines Stück Ewigkeit.

Nach dem Abendessen in einem Restaurant auf dem Posillipo suchen sie ihre Pension in Neapel auf und begeben sich in Fräulein von Meysenbugs Zimmer. Ein wenig tauschen sie sich über die Eindrücke des Tages aus, dann beschließen sie, am nächsten Morgen nach Pompeji zu fahren.

Kaum ist Nietzsche allein in seinem Zimmer, ist er nicht mehr dazu in der Lage, seine Gedanken auf die alten Griechen oder Fragen der Schönheit zu lenken, sie kehren zu den Empfehlungen des Arztes zurück. Der hat ihm nichts allzu Tröstliches mitgeteilt, und Nietzsche möchte den Freunden gegenüber nichts davon verlauten lassen. *Oder es tritt eine beinahe völlige Schwächung der Gehirntätigkeit ein*, diese Worte, klar und nüchtern formuliert, waren ein Schlag mitten ins Gesicht.

Wütend schleudert er seine Schuhe in die Ecke, wirft sich auf das Bett, wälzt sich lange unruhig hin und her, zermartert sich den Kopf. Angstschweiß überströmt seinen Körper, während die Gedanken zu kreisen beginnen. Und wenn er doch heiratete? Unwillkürlich muss er an Isabelle denken, an ihre angenehme Stimme und die hübsche Schmetterlingsspange in ihrem Haar. Er kennt sie zwar kaum, doch sie hat ihm durchaus gefallen mit ihrer Stupsnase. Und sie hat sich nicht von ihm abgewendet, als sie von seinen Ansichten über das Freidenkertum erfuhr. Schon möglich, dass die scheußliche Institution der Ehe mit dieser Frau erträglich wäre. Aber die Sache hat er nun einmal verpatzt, er weiß nicht einmal, wo er sie finden könnte.

In der Dunkelheit der Nacht überfallen Nietzsche heftige Kopfschmerzen, auch der Magen rebelliert wieder, die Übelkeit, die sich tags zuvor bei Professor Schrön angekündigt hat, bricht sich gewaltsam Bahn und zwingt ihn, sich mehrmals zu übergeben. Jedes Mal, wenn der Würgereiz die Kehle erreicht, steigt der Druck im Kopf. Es ist nicht auszuhalten. Ob der Asti Spumante schuld ist? Er hätte keinen Alkohol trinken sollen, auch kein kleines Glas. Oder liegt es am lauten Treiben des Karnevals? Hat der Arzt nicht von äußerster Schonung gesprochen? Wenn der Schmerz erbarmungslos in ihm wütet und ihn niederstreckt, kann ihm niemand helfen, weder das Fräulein noch Rée noch Brenner, nicht einmal die liebe Trina.

Als Fräulein von Meysenbug am nächsten Morgen von der Schmerzattacke erfährt, ist sie untröstlich über das Leid Nietzsches. Dass einem Mann von so schöner, edler Intelligenz, von enormem Wissen und tiefem schöpferischen Geist so etwas widerfahren muss! Ausgerechnet einem so zarten und fühlenden Gemüt, so jung noch und eine solche Zukunft vor sich! Sie hofft weiterhin, dass Nietzsche in Süditalien genesen wird. Doch seine Augen sind so schlecht geworden, dass seine Zukunft als Philologe unmöglich erscheint. Ja, der Glaube kann Berge versetzen, aber offenbar handelt es sich bei dieser Krankheit um ein ganzes Gebirge.

So verschieben sie den Ausflug nach Pompeji. Während Trina bei Nietzsche in der Pension bleibt, fahren Rée, Brenner und das Fräulein zu einem ausgebrannten Krater am Fuße des Vesuvs und erkunden die Grotte von Posillipo. Doch die Stimmung bleibt heute verhalten.

Da Nietzsche am Nachmittag noch immer nicht wiederhergestellt ist, brechen sie den Aufenthalt in Neapel ab und fahren zurück nach Sorrent. Dort verlässt der Professor sein Bett tagelang nicht mehr und fühlt sich an sein Leiden in Genua erinnert. Sein Kopf schmerzt, Lärm und Licht sind ihm unerträglich, immerzu ist ihm übel, ständig muss er sich erbrechen. Es will kein Ende nehmen. In seinem Schädel rollt wieder dieses gewaltige Donnern hin und her, als fände es ein fortwährendes Echo.

*

Kaum geht es Nietzsche besser, bittet er Fräulein von Meysenbug zu einem Spaziergang entlang der Klippen, er müsse mit ihr allein sprechen. Eine Weile druckst er herum, dann vertraut er ihr mit leiser Stimme den Rat des Arztes an, sich eine Frau zu suchen und zu heiraten. Aber so einfach könnte man das schließlich nicht verordnen und schon gar nicht befolgen, er kenne jedenfalls keine Frau, die ihn heiraten wolle. Er habe deshalb mit seiner Mutter korrespondiert, die ihm bereits zurückgeschrieben habe und dem Arzt beipflichte. Er holt den Brief aus seiner Manteltasche und hält ihn Fräulein von Meysenbug unter die Nase. *Ich kann aber nicht von dem Gedanken loskommen, dass wenn Du Dich verheiratest, Dein Leiden gehoben wäre,* liest Malwida. Und weiter: Er sei ja nach dem Vater geraten, und der habe ebenso gelitten wie Friedrich. *Sidönchen sagte, seine Augenpupillen wären oft von einer Größe gewesen, die das Schlimmste befürchten ließen und Kopfschmerzen und Verstimmtheit, sodass er durchaus aus seinem Amte wollte usw., und jetzt ist er der gesündeste Mann … er war gerade wie Du, auch eine so vollblutige Natur. Gieb etwas mehr, Herzenssohn, auf den Rath Deiner Mutter welche leider auch hierin den Vater vertreten muss. Komm zu mir ich wüsste ein köstliches Frauchen für Dich, höchst liebenswürdig, gescheidt, hübsch, wohlhabend und dabei höchst einfach und sauber.*

Das Fräulein blickt Nietzsche neugierig an.

»Vielleicht wäre eine Verheiratung wünschenswert«, murmelt der Professor schließlich, er halte sie aber für sehr unwahrscheinlich. Und würde sich gar ein schönes Weib in ihn verlieben, ja, dann müsste es schon sehr viele gute Eigenschaften besitzen, damit er über ihre Schönheit hinwegsehen könnte.

Fräulein von Meysenbug stutzt, doch dann besinnt sie sich auf ihren Pragmatismus und geht mit Nietzsche die ihr bekannten Damen der Reihe nach durch.

»Natalie Herzen?«

»Die ist bereits dreißig Jahre alt, es wäre besser, dass sie zwölf Jahre jünger wäre«, wendet Nietzsche ein. Doch ihre Art und ihr Geist erschienen ihm recht passend.

Auch schweizerische Bekanntschaften werden erörtert, Berta Rohr in Basel und die kleine Klöckert, die Tochter eines Genfer Bankiers. Aber ach, so recht behagen ihm auch diese beiden nicht. Schließlich überwindet er sich und erzählt von Meysenbug von seiner Begegnung mit Isabelle von der Pahlen und wie ungeschickt er sich verhalten habe. Es sei ihm peinlich, aber er bedürfe der Hilfe! Er wollte nicht behaupten, in Liebesangelegenheiten einfach nur vom Pech verfolgt zu sein, er sei vielmehr unfähig, sich einer Frau zu nähern, ohne gleichzeitig daran denken zu müssen, dass es dann aus und vorbei sei mit seiner Freiheit. Allein der Gedanke verursache Angst, Kopfweh und Übelkeit, er wisse dann nichts Gescheites herauszubringen, geschweige denn etwas Galantes. Er sei ein ausgemachter Tölpel, doch das Fräulein Isabelle habe nicht den Eindruck erweckt, ihm das zu verübeln, und er trauere ihr nach.

Malwida ist geschmeichelt von dem Vertrauen, das Nietzsche ihr inzwischen entgegenbringt. Ob aber ausgerechnet diese flüchtige Reisebekanntschaft zu seiner Ehefrau taugen könnte, bezweifelt sie. Ob er denn gar nicht wisse, wo sich die Dame jetzt aufhalte? Er müsse sie erst einmal näher kennenlernen, nicht wahr? Diese Bekanntschaft sei zu flüchtig, um so mir nichts, dir nichts in einer so ernsten Angelegenheit wie einer Heirat zu enden.

»Sie sollten sich zunächst auch andere Frauen anschauen, bevor Sie wählen«, sagt von Meysenbug. Falls er im Sommer in die Schweiz zurückkehre, wolle sie in dieser Angelegenheit gerne behilflich sein und die ihr passend erscheinenden Frauen dorthin einladen, um seine Heirat zu fördern. Schon malt sie sich aus, als Trauzeugin das junge Glück zu besiegeln.

Aber Nietzsche hat Einwände, trotz der ärztlichen Verordnung. Erst vor Kurzem hat er Brenner eine Erkenntnis diktiert, die ihm so unumstößlich vorkommt, dass sie ihm nicht aus dem Kopf gehen will: *Wenn Männer mit starken geistigen Bedürfnissen an die Verbindung mit Frauen denken, so überkommt sie das Gefühl als ob sie sich einem Netz näherten, welches sich immer mehr zusammenzieht, und sie argwöhnen einen immer währenden Zwang, ja zuletzt, wenn es sich um Erziehung der Kinder handelt, einen immer neu auflodernden Kampf.* Oft werde Monogamie für eine freiwillige Beschränkung auf ein Weib gehalten, während man doch eigentlich unter vielen Weibern auswählen könne. Aber das stimme letztlich nicht. Vielmehr sei die Monogamie ausgesprochen nützlich, um in weiberarmen Verhältnissen seinen Besitz zu wahren. Jedenfalls werde ihn sein Gewissen mehr belasten, wenn er seine Ehe mit kirchlichen Zeremonien begänne, als wenn er ein Mädchen verführte, selbst wenn Letzteres strafenswert sei und Ersteres nicht.

Dem Fräulein stockt der Atem, was soll sie dazu sagen? Verheddert sich der junge Mann nicht in abstrakten, diffusen Ängsten? Bei aller Bewunderung für Nietzsche und seinen Geist, auch den freien, ist es ihr ein Rätsel, wie sie eine ordentliche Vermählung ohne kirchlichen Segen arrangieren soll. Gerade erst hat er sich ihr anvertraut und ihr zu verstehen gegeben, er würde auf ihren Rat hören, da erhebt er schon wieder Einwände. Bangt er wirklich um seine Freiheit? Oder hat er schlichtweg Angst vor den Frauen? So oder so: Es ist nicht immer ganz einfach mit ihm.

Unaufhörlich prasselt der Regen gegen die Fenster der Villa Rubinacci, starker Wind rüttelt an den Türen und zerrt an den Olivenbäumen im Vorgarten. In der Ferne ist der Vesuv eingeschneit. Zuletzt hat Brenner nicht nur nachts gefiebert, auch tagsüber wechseln sich Schüttelfrost und Schweißausbrüche ab. Er kann kaum noch arbeiten, weder für Nietzsche noch an seinen Novellen. Wenn ihn der Husten überkommt, dann so heftig, dass sein ganzer Oberkörper bebt. Versucht er ihn zu unterdrücken, malträtiert ihn der Hustenreiz so lange, bis sein Brustkorb zu bersten droht, so als wollte er sein Innerstes nach außen kehren. Zitternd vor Anstrengung hält sich Brenner die Hand vor den Mund. Oft genug ist sie anschließend blutig. Wenn der erbarmungslose Anfall endlich vorbei ist, lässt er sich erschöpft in die Kissen zurückfallen. Doch die Pause währt nicht lange.

Auch Rée schläft wenig, hört im Nebenzimmer den Studenten Nacht für Nacht husten. Er fragt sich, was Brenner hier noch macht. Der gehört in die Obhut seiner Großeltern. In diesem Zustand kann er freilich nicht reisen, schon gar nicht allein. Bevor Rée nach Deutschland zurückkehrt, wird er Brenner anbieten, ihn mitzunehmen und zu seiner Familie nach Basel zu bringen.

Manchmal verlässt Rée nachts das Zimmer, um sich die Beine zu vertreten. Dann trifft er im Gang auf Nietzsche, der zur Toilette wankt. Den plagen Kopfschmerzen und Erbrechen, auch er arbeitet kaum noch. Rée will fort, will die Freunde aber nicht allein ihrem Schicksal überlassen.

Tagsüber ist Trina damit beschäftigt, zwischen Nietzsches und Brenners Zimmern hin- und herzueilen. Kühle Stirnkompressen für den Professor, kalte Wadenwickel für den Studenten, Senfsalbe hier, blutige Schnupftücher einsammeln dort. Fenster schließen in dem einen, Fenster öffnen in dem anderen Zimmer. Kamillensud für den Magenleidenden, Thymiantee für den Hustenden. Sie ist schon ganz wirr und verwechselt manchmal beide Gebräue. Dann stöhnt Nietzsche auf, und Brenner sagt kein Wort. So geht das den ganzen Tag. Unzählige kleine Handreichungen, fast immer schweigend gegenüber Nietzsche, der keinen Lärm ertragen kann, und mit aufmunternden Worten für Brenner, der sie wegen des Hustens ohnehin kaum versteht. Trina sieht selbst schon elend aus vor Sorge und Erschöpfung.

Und das Gesicht des Fräuleins hat einen bekümmerten Zug bekommen. Sie bespricht sich mit der Wirtin, ob die nicht eine junge Frau kenne, die eine Anstellung sucht und Trina mit zur Hand gehen könnte. Kurz überlegt die Wirtin, dann sichert sie zu, sich in Sorrent umzuhören. Da gäbe es nämlich eine junge Frau aus ordentlichem Hause, der sie einmal ein wenig Deutsch beigebracht habe, vielleicht könne man sie für diese Aufgabe gewinnen.

Nach zwei Tagen stellt sich das Mädchen bei Fräulein von Meysenbug vor, Francesca Maria de Noves heiße sie. Welch schöner Name! Von Meysenbug bittet sie in den Salon und bietet ihr einen Tee an. Als das Mädchen eine zweite Tasse bescheiden ablehnt, ist das Fräulein ganz eingenommen von dessen guten Manieren. Wer weiß, womöglich gewinnt sie noch eine Tochter dazu? Sie schildert ihr die Situation im Hause und ihre zukünftigen Aufgaben. Sie soll vormittags die Pflege des jungen Brenner übernehmen. Dann führt sie das Mädchen zum Zimmer von Rée und klopft leise an die Tür.

»Herein« ist von drinnen zu vernehmen.

Fräulein von Meysenbug öffnet sacht die Tür und schiebt die Signora vor sich her. »Ich bedauere, Sie stören zu müssen. – Dies ist Signora de Noves, die Trina bei der Pflege Brenners unterstützen soll. Ich würde sie ihm gern gleich vorstellen, und Nietzsche möchte ich wegen seiner Kopfschmerzen nicht belästigen. Leider verfügt das Zimmer Brenners ja über keine eigene Tür zum Flur.«

Paul Rée blickt vom Schreibtisch auf und will die Stirn runzeln. Ist das nicht die junge Dame, die Nietzsche zu sprechen wünschte und die er, Rée, abwimmeln sollte? Aber er beherrscht sich, steht auf und deutet eine leichte Verbeugung an.

»Keine Ursache, Fräulein von Meysenbug«, versichert er und weist mit einer einladenden Handbewegung auf die Zwischentür zu Brenners Zimmer.

Malwida von Meysenbug geht voran, klopft erneut und öffnet nach einer kurzen Pause die Tür, dieses Mal noch sachter. Dann winkt sie die Signora zu sich und betritt mit ihr im Gefolge das Zimmer des kranken Studenten.

Da steht sie vor ihm. Wie sehr hat sich Brenner gewünscht, ihr noch einmal zu begegnen, dem Mädchen, dessen Züge die Heldin einer seiner Novellen tragen soll. Aber doch nicht so! Verschwitzt, abgemagert, mit fiebrigen Augen und wirrem Haar. Er stemmt sich aus den Kissen hoch, um wenigstens aufrecht zu sitzen. Sofort macht sich der Hustenreiz bemerkbar, aber Brenner unterdrückt ihn mit aller Gewalt.

»Buongiorno«, krächzt er, »buongiorno, Laura. Haben Sie Ihr Halstuch gefunden? Ich habe es eigens mit einem Stein beschwert, damit es nicht wegfliegen kann.«

Francesca Maria de Noves blickt fragend zu Fräulein von Meysenbug hinüber. Die ist bestürzt, jetzt leidet der arme Junge auch noch an Fieberwahn und redet merkwürdiges Zeug!

»Das Fieber«, erklärt sie knapp der jungen Frau und stellt sie dem Studenten vor.

»Dies ist Signora Francesca Maria de Noves. Sie wird Trina bei Ihrer Pflege unterstützen.«

Brenner reißt die Augen auf. So hat er sich das nicht vorgestellt. Laura soll nicht sehen, was er für ein Schwächling geworden ist. Er kann den Husten nicht mehr zurückhalten, sein eben noch aufrechter Oberkörper krümmt sich nach vorn. Er hustet und hustet und hält sich die Hand vor den Mund, doch das Blut spritzt zwischen den Fingern hervor.

Trina stürzt aus dem Nachbarzimmer herein, um Brenner die frisch gewaschenen und gestärkten Taschentücher zu reichen, während die Signora schockiert die Szene beobachtet. Doch es ist zu spät. Die eben noch blütenweiße Bettdecke ist blutig rot besprenkelt.

»No«, ruft die junge Frau, der bis jetzt nicht klar war, wie ernst es um Brenner bestellt ist, und die es mit der Angst zu tun bekommt. Kreidebleich macht sie auf dem Absatz kehrt und stürzt aus dem Zimmer, an Rée vorbei und sucht das Weite.

»Schlimm, schlimm, schlimm!« Malwida von Meysenbug möchte sich am liebsten die Haare raufen, so unangenehm ist ihr die Situation, aber ihre Frisur und die stets würdevolle Haltung verbietet eine solche Geste. Es werde sicher kein gutes Ende nehmen mit dieser Signora – ihren Namen habe sie schon vergessen –, mit dieser ungezogenen Person! Das hätte sie sich gleich denken können, so wenig zupackend, wie die aussieht. Was hat sich die Wirtin nur dabei gedacht, ihr so ein unerfahrenes Ding zu empfehlen? Nein, man werde besser unter sich bleiben, damit die familiäre Idylle keinen Schaden nehme.

Sie schaut erst zu Trina, dann zu Brenner hinüber. Der liegt bleich und sprachlos unter der blutbesudelten Decke. Malwida kann es trotzdem nicht lassen, ihn zu fragen, was er mit seiner Bemerkung über das Halstuch gemeint habe. Noch ehe sich Brenner eine Antwort zurechtlegen kann, kommt Trina ihm zuvor. Der Junge habe doch neue Taschentücher gebraucht, weil der Husten ihn wieder überfallen habe. Deshalb sei sie ja überhaupt ins Zimmer gekommen, sonst hätte sie es nie und nimmer gewagt zu stören.

Malwida beruhigt sich. »Und ich fürchtete schon, Sie litten unter Fieberwahn, mein lieber Junge!«

Rée wartet, bis Brenner wieder allein ist. Dann geht er zu ihm, um ihm sein Angebot zu unterbreiten. Als er die blutbefleckte Decke sieht, hält er erschrocken inne. Dass die Krankheit weit fortgeschritten ist, hat er geahnt, aber die Gewissheit verschlägt ihm beinahe die Sprache. Es werde Zeit, etwas zu unternehmen, sagt der Doktor nach einem Moment des Schweigens, und sei es, die Rückreise zu organisieren. Brenner kauert auf einem Stuhl und stammelt, er warte auf Trina, die ihm das Bett neu beziehen werde.

Ob er bereits darüber nachgedacht habe, wieder nach Basel zu reisen?, will Rée wissen. Er plane jedenfalls seine Rückkehr an die Universität Jena und wolle ihm anbieten, ihn wieder zu seinen Verwandten zu bringen. Man müsse natürlich warten, bis er sich etwas erholt habe. In diesem Zustand die weite Strecke nach Hause anzutreten, sei unverantwortlich, aber es mache wohl auch keinen Sinn, noch länger als nötig in Sorrent zu bleiben.

Niedergeschlagen schaut Brenner zu dem Doktor auf, noch immer ist er peinlich berührt von der unrühmlichen Begegnung mit Signora de Noves, doch das Angebot Rées will er nicht zurückweisen. Am liebsten würde er sofort von hier fliehen und schlägt Anfang April für ihre Abreise vor. Ob Rée so freundlich wäre, dies Fräulein von Meysenbug mitzuteilen? Er selber bringe es nicht über das Herz, sie so zu enttäuschen.

Zu Recht, wie sich herausstellt – denn als ihr Rée die Entscheidung Brenners mitteilt, ist von Meysenbug untröstlich. Doch Rées Argument, der Junge gehöre in diesem Zustand in die Obhut seiner Verwandten, leuchtet ihr ein. Sie dürfe den Jungen nicht so stark an sich binden und nicht den Seinen vorenthalten. Ihrer großen Enttäuschung zum Trotz überlegt von Meysenbug sofort, was sie den beiden Herren bieten kann, bevor sie abreisen, und schlägt einen Ausflug nach Pompeji vor. Vielleicht bessere sich Brenners Zustand doch noch, womöglich brauche es mehr Zeit. So oder so sollen ihre Söhne den gemeinsamen Aufenthalt als schön und ihre Person als liebenswürdig in Erinnerung behalten. Sie will sie nicht verlieren, wer weiß, ob die Zukunft erneut eine solch erfüllende Zeit mit vertrauten Menschen für sie bereithält.

Tage später fühlt sich Brenner wirklich etwas besser, er muss kaum mehr husten und kann wieder freier atmen. Der Regen hat aufgehört, die Sonne bricht durch die grauen Wolken, und so wagen sie die Fahrt nach Pompeji. Dort wandeln sie durch die Ruinen, ein jeder für sich. Wie sonst sollte man einen Eindruck von der Einsamkeit und Verzweiflung der letzten Menschen erlangen? Bedauerlich nur, dass die Häuser nicht mehr mit so hübschen Säulen ausgestattet sind wie einstmals. Gleichwohl sind die Malereien noch ungewöhnlich schön. Sie erinnern den Studenten an die düsteren Pinselstriche Böcklins. Trotz allem findet er vieles gut erhalten und die Atmosphäre dieses Ortes nicht so schaurig wie die in einer deutschen Ruine, sie erscheint ihm vielmehr elegisch. Er fühlt sich seltsam wohl, so, als gehörte er hierher, zwischen all die Asche und die Toten. In einem dunklen Gemäuer bestaunt er ein erstarrtes Gerippe. Wie lange das Skelett noch überdauern wird, bevor es zu Staub zerfällt? Nie zuvor ist er dem Tod so nahe gekommen, nie wurde er so fassbar wie hier. Irgendwann wird er auch ihn holen. Wie viel Zeit bleibt ihm wohl noch? Wird er je einen Roman vollenden oder wenigstens die begonnene Novelle veröffentlichen?

Er bestaunt die Gewandstatue einer Priesterin, die melancholisch über die Trümmerstadt auf das Meer schaut, das immer da war und auch ihn überleben wird. Überhaupt wirkt die lebendige Landschaft mit ihren Büschen und Bäumen wie in Bilderrahmen eingefasst, stets eingerahmt von zwei alten Säulen oder durch irgendeine Öffnung des antiken Hauses. Brenner ist versucht, der Statue tröstend über den Kopf zu streichen. So viel Tod überall, da kann er den traurigen Ausdruck in ihrem Gesicht nur allzu gut nachempfinden. Alle Menschen, die einst hier lebten, wurden mitten aus dem Leben gerissen, so plötzlich erstarrten sie, als hätte der Tod das Sterben ausgelassen. Wovor muss sich ein Mensch mehr fürchten, vor dem Tod oder dem Sterben?

Graue Wolken ziehen über das Meer, vom Wind landeinwärts getrieben. In der Ferne bedecken sie Neapel und die Hänge des Vesuvs. Man beschließt, umgehend den Heimweg anzutreten.

Böen toben durch die Bucht, auf der Küstenstraße sammelt sich der Regen in weiten Pfützen. Mit einem Ruck hält ihr Gefährt und bleibt im Schlamm stecken. Sie müssen es herausschieben, als wären sie auf der Flucht wie einst die Menschen vor der Urgewalt des Vulkans. Entschlossen stemmt sich zuerst nur Rée mit aller Kraft gegen den Wagen, während der Kutscher die scheuenden Pferde im Zaum zu halten versucht. Doch die Droschke bewegt sich nicht vorwärts, und so müssen auch Nietzsche und Brenner mit anpacken. Im Nu ist ihre Kleidung klitschnass, der Regen prasselt erbarmungslos auf sie nieder, der eiskalte Wind fährt in die Ärmel und Hosenbeine. Brenner zittert am ganzen Körper, hustet und flucht. Nietzsche fliegt fast der Hut weg, er muss ihn abnehmen und bei den Damen in der Droschke in Sicherheit bringen. Aus seinem Haar und dem Schnäuzer trieft Wasser auf seinen Körper hinunter.

Endlich bewegen sich die Räder vorwärts, und sie können einer nach dem anderen in die Droschke steigen, sich in die Sitze sacken lassen und vom lodernden Feuer im Kamin der Villa Rubinacci träumen. Noch nie hat sich Brenner so sehr nach einer heißen Suppe gesehnt. Das Fräulein schickt ein Stoßgebet zum Himmel, damit es aufhören möge zu regnen, sie heil ankommen und die Wirtin das Feuer im Kamin bereits entfacht hat.

»*Wie die toten Pompeianer*«, bringt Brenner mit klappernden Zähnen in der Droschke hervor, »sind wir *in unsere graue Schale wie in Lava eingehüllt*.« Er hält inne, würde den Satz am liebsten sogleich aufschreiben, aber sein Notizbuch liegt daheim in der Villa. Nur kurz fürchtet er, die Formulierung bis dahin vergessen zu haben. Dann merkt er, wie nahe sie ihm geht, wie sie sich in seinem Kopf einnistet, als enthielte sie eine tiefere Wahrheit, die er erst dunkel begreift.

Mit dem verregneten Ausflug hat sich der Frühling ein weiteres Mal verzogen. Schnee, Sturm und Eis bringen erneut eine winterliche Kälte in die Räume der Villa. Im Salon flackert der Kamin, alle anderen Räume sind ausgekühlt und die Vorhänge an den Fenstern wie erstarrt. Mit klammen Fingern und kühler Nase sitzt Brenner in mehrere Decken gehüllt an seinem Schreibtisch. *Das Wetter ändert sich rasch*, teilt er den Großeltern in einem Brief mit. *Ihr solltet die Sorrentiner sehen! Ich versichere Euch, wir Nordländer werden uns nie so einen vollen Begriff von dem Bild eines frierenden Menschen machen können, ohne einen Italiener im Winter gesehen zu haben.* Ihr Gesicht zittere so, dass man keine Details mehr erkennen könne und ein bärtiges Gesicht ganz Bart werde, ebenso wie ein Kreisel mit roten Pünktchen ganz rot erscheine, wenn man ihn nur rasch genug drehe. Anständige Menschen ließen sich in diesem Winter nicht von Bettlern unterscheiden. Alle stünden gleich da, zitternd und mitleiderregend, und murmelten vor sich hin, als versuchten sie, zumindest ihre Zähne zu wärmen.

Abends liest Paul Rée weiterhin so vertieft vor, dass man meinen könnte, er wolle gar nicht von hier fort. Immer höher stapeln sich die gelesenen Bücher auf dem Tischchen am

Fenster, während der Stapel der ungelesenen Werke merklich geschrumpft ist. Malwida von Meysenbug saugt alles auf, was sie von der verbleibenden Zeit mitnehmen kann. Trotz der Kälte draußen spürt sie, wie einer der schönsten Winter ihres Lebens vorübergeht. So hätte ihr Leben immer aussehen können: Spaziergänge am Meer, Abende voller Gespräche, gemeinsames Lesen, Diskutieren und Nachdenken. Paolo erscheint ihr als wahrer Wohltäter, seine dunkle, wohlklingende Stimme beruhigt sie. Manchmal verliert sie sich in Gedanken, erinnert sich an die vielen traurigen Winter, in denen sie allein war und sich nicht beschäftigen konnte. Nun erlebt sie jeden Abend auf die gemütlichste Weise, ohne jegliches Unbehagen in ihrem Lehnstuhl am Kamin. Sie fürchtet sich vor dem nahen Ende der Lektüren, der letzten geistvollen Bemerkung, dem letzten herzlichen Lachen der Freunde. Schon jetzt ist es für sie ein seltsames, nie da gewesenes Zusammenleben. Es ist ihr gelungen, eine einträchtige Familie zu schaffen, die bedauerlicherweise bald wieder auseinandergehen wird. Sie versteht nicht, warum eigentlich. Sollte sich nicht doch noch eine Möglichkeit finden, all dies zu retten und fortzuführen?

Wenn sie gemeinsam am Kamin sitzen, muss Rée mit einem großen Fächer die Rauchwolken zurückdrängen, sobald sich wieder ein Windstoß in den Kaminabzug verirrt und die Glut aufwirbelt. Er hat zuletzt aus dem Matthäusevangelium vorgelesen, jetzt befassen sie sich mit neuerer Literatur. Rée liebt die französischen Moralisten und bemerkt zufrieden, dass sich auch Nietzsche von seiner streng nüchternen, realistischen Betrachtungsweise inspirieren lässt.

Malwida von Meysenbug hingegen beobachtet diesen Wandel argwöhnisch. Um Nietzsche den Spiegel vorzuhalten, und auch, um ihn zu warnen, nennt sie ihren Paolo eine chemische Kombination von Atomen, was dieser lächelnd hinnimmt, da er es zumindest zum Teil als Scherz auffasst.

Doch die Angelegenheit ist ihr durchaus ernst, und so fechten von Meysenbug und Nietzsche einen philosophischen Streit darüber aus, ob es eine tiefere, zeitlose Wirklichkeit gibt, die sich mit den menschlichen Sinnen erfassen lässt. Nietzsche behauptet tatsächlich, es gäbe keine Kausalität, sondern nur ein zufälliges Nacheinander von Dingen und Zuständen. Butter etwa möge in der Sonne schmelzen, aber was wir Menschen als Ursache und Wirkung empfänden, bleibe letztlich unbewiesen. Er glaube, dass die Welt in einem steten Werden, einem unablässigen Wandel sei. Nichts bleibe, wie es ist.

Mit solch einer Auffassung kann Fräulein von Meysenbug nichts anfangen. Er lasse sich vom naiven Schein blenden und glaube an seine beschränkten Sinne, entgegnet sie ihm trotzig. Fest stehe, dass das Sein seit Ewigkeiten existiere und so unveränderlich wie Gottes Existenz ist. Alles andere seien oberflächliche Erscheinungen.

Nein, nein, nein, darin irrten sich alle Religionen, hält Nietzsche dagegen. Wer meine, es gebe eine transzendente Einheit des Seins hinter den Erscheinungen, könne lange danach suchen. Da gebe es nichts, keine ewigen Ideen, auch keinen lieben Gott. Plato habe die Philosophie auf den falschen Weg geführt, wovon sie sich bis heute nicht erholt habe. Selbst Schopenhauer habe sich geirrt, als er von einer Einheit des Willens zum Leben schrieb. Er, Nietzsche, erkenne immer klarer, wie sehr Philosophen und Theologen gleichermaßen unwahre Dinge behaupteten. Nur die Wissenschaft könne alles, Stein für Stein, zu einem sicheren Gebäude zusammenfügen. Religion und Philosophie, jedenfalls die derzeitige, führten nicht zur Wahrheit.

Jetzt ist von Meysenbug sichtlich düpiert. Wer nur auf Tatsachen vertraue – auf Dinge, die man sehen, riechen, schmecken und anfassen könne – und sonst auf nichts in der Welt, nicht einmal auf Logik, der beweise seinen menschlichen Hochmut.

Damit hat sie sich in Rage geredet und will sich jetzt nicht mehr unterbrechen lassen. Erst liefen alle der Theorie von der Abstammung des Menschen vom Affen hinterher, schimpft sie, sodass niemand mehr an den göttlichen Odem glaube, durch den der Mensch zum Leben erweckt werde. Und nun, ja, nun heiße es sogar, man könne die Wirklichkeit mithilfe von Experimenten erfassen. Als ob die Metaphysik dadurch überflüssig werde! Wie armselig!

Später, auf ihrem Zimmer, fühlt sich von Meysenbug ganz betrübt. Noch an Weihnachten hat sie geglaubt, die ideale Familie gefunden zu haben. Und jetzt wollen zwei ihrer Söhne abreisen, und der dritte greift ihren Idealismus an – der heutige Abend ist verpatzt.

Kaum wird das Wetter besser, nehmen Nietzsche und Brenner ihre gemeinsamen Spaziergänge wieder auf, ziehen sich lange Mäntel und warme Strümpfe an und für alle Fälle auch ihre Fäustlinge und Wollmützen. Die Luft ist klar, und wenn Wind aufkommt, wird es schneidend kalt.

»Ödes graues Auge«, stöhnt Nietzsche eines frühen Morgens, als es hinausgeht, »welch furchtbar nasse, scharfe Luft.« Aber er lässt sich von ihr nicht von seinen Streifzügen abhalten. Brenner begleitet ihn weiterhin tapfer und schleppt sich mühsam durch die Kälte, er weiß, dass sie ihm zusetzt, ahnt aber auch, dass nicht mehr viele Wanderungen vor ihm liegen.

Während ihrer Spaziergänge sehen sie Schnee auf den Bergen, es ist ein nordischer Winter, der Frost verfolgt sie so hartnäckig wie ihre Krankheiten. Inständig hofft Nietzsche auf mildes Wetter. Es geht ihm nicht gut, dennoch will er nicht zurück in die Schweiz, jedenfalls noch nicht, nein, im Grunde nie mehr. Er käme sich wie ein Gescheiterter vor. Und was würde ihn anderes erwarten als die Universität?

Sie suchen nach versteckten Gängen zwischen den Orangengärten und blicken durch ihr Geäst auf die graue Bergwelt mit dem blauen, ruhigen Himmel darüber.

»Nie sieht man, wie die Welt an sich ist, immer legt sich eine zarte Seelenmembran über sie, vererbte Empfindungen, eigene Stimmungen erwachen, wenn man die Natur betrachtet«, erläutert Nietzsche dem Studenten und diktiert: *»Wir sehen etwas von uns selber, insofern ist auch diese Welt unsere Vorstellung. Wald, Gebirge, ja das ist nicht nur ein Begriff, es ist unsere Erfahrung und Geschichte, ein Stück von uns.«*

Nietzsche fühlt sich, als bewege er sich auf lange nicht betretenen Pfaden, und wünscht sich eine Kraft, die einem Feuer gleich wächst, je weiter er wandert, eine Kraft, die sich selbst entflammt. Er wünscht sie auch Brenner, den er mit sich zieht. Zum ersten Mal bewundert er den jungen Freund, der trotz seiner entsetzlichen Schwäche tapfer neben ihm in der Kälte ausharrt. Ihm ist nicht entgangen, dass Brenner während der Wanderungen kaum mehr ein Wort hervorbringt.

Doch Brenner will nicht aufgeben, auf keinen Fall allein in der Villa zurückbleiben und die Welt verschlafen – er will sie aufsaugen, solange es eben geht, solange es für ihn noch nicht vorbei ist.

Erschöpft kehren sie in die Villa Rubinacci zurück, setzen sich durchgefroren sofort vor den Kamin, reiben sich die Hände und lassen sich von Trina heißen Tee bringen. Der Professor schaut den jungen Freund prüfend an, ihn plagt das schlechte Gewissen, weil er ihn noch immer auffordert, ihn auf seinen Spaziergängen zu begleiten.

»Ich hoffe, Sie sind nicht allzu strapaziert von unserer Wanderung?«, fragt er.

»Ach, ich glaube, die frische Luft tut mir gut; die im Hause kommt mir so stickig vor.« Nachts reiße er oft das Fenster auf, trotz der Eiseskälte, weil er glaube, dann besser Luft zu bekommen. Er frage sich, wie viele Reisen er noch unternehmen werde, vermutlich sei dies seine letzte, da wolle er nichts verpassen.

»Reisende lassen sich nach fünf Graden unterscheiden«, erläutert Nietzsche nach einem Moment der Stille dem Studenten. »Jene des niedrigsten Grades reisen, um gesehen zu werden – eigentlich werden sie gereist und sind blind; die Gruppe darüber sieht immerhin selber die Welt; die dritte erlebt gar etwas aufgrund ihres Sehens; die vierte saugt das Erlebte in sich auf und trägt es mit sich fort. Und dann gibt es einige wenige Menschen, die sich alles Gesehene und Erlebte nicht nur einverleiben, sondern es auch weitergeben, sobald sie nach Hause zurückgekehrt sind. Überall kann man Reisende dieser fünf Gattungen beobachten: Die einen lassen sich durch ihr Leben treiben, die anderen geben die ganze Wanderschaft des Lebens weiter.«

Nietzsche macht eine Pause, blickt Brenner lange an und sagt: »Sie, mein lieber Freund, gehören zu den seltenen Menschen der letzten Kategorie. Sie werden ihren Verwandten viel zu erzählen haben.«

Albert Brenner senkt seinen Blick auf die Teetasse und hofft, dass Nietzsche recht hat.

Ende März wird es angenehm, die Gärten beginnen zu erblühen, und an den Bäumen zeigt sich das erste zarte Grün. Alles lebt auf, nur Albert Brenner fühlt sich weiterhin so müde, als wollte der Winter nicht aus seinem Gemüt weichen. Immerhin braucht er bei seinen kurzen Spaziergängen keinen Mantel mehr, sondern nur mehr einen dicken Wollpullover. Die Streifzüge durch die Gassen von Sorrent hat er aufgegeben, für die Berge fühlt er sich zu kraftlos, er bevorzugt den einsamen Gang durch die Obstplantagen, wo er seinen Gedanken nachhängt.

Eines Abends, als Rée gerade auf seine Abreise zu sprechen kommen will, schlägt Fräulein von Meysenbug einen letzten Ausflug vor, den niemand ausschlagen könne. Einmal im Leben müsse man Capri gesehen haben, davon hätten schon so viele ihrer Bekannten geschwärmt, weil Capri als Insel der Liebe und des Glücks gelte. Gerade im Frühling, wenn die ersten Blumen blühten, müsse das Eiland besonders reizvoll sein, und ein Besuch des Palastes des römischen Kaisers Tiberius würde für sie alle unvergesslich bleiben. Der Palast liege auf einem hohen Felsvorsprung, von dem aus man bis auf die Halbinsel von Sorrent hinüberblicken könne.

Während Nietzsche sofort zusagt, antwortet Rée zunächst nicht, denn für ihn wird es Zeit, gemeinsam mit Brenner Richtung Heimat aufzubrechen, was er den anderen nach kurzem Zögern auch auseinandersetzt. Wochenlang habe der Student nicht mehr so gesund ausgesehen wie derzeit. Selbst leichte Spaziergänge unternehme er wieder. Man sollte nicht zu lange auf eine bessere Gelegenheit zur Abreise warten, zumal ein Abstecher nach Capri den Studenten überanstrengen könnte. Doch als er in lauter betretene Gesichter blickt, lenkt er ein, man müsse dann aber besonders rücksichtsvoll mit Brenner sein, auf ein paar Tage käme es wohl nicht an. Und er erklärt sich bereit, unten am Hafen in Erfahrung zu bringen, wann sie am besten nach Capri übersetzen könnten.

Nietzsche wiederum ist von der Aussicht auf eine kleine Seereise so begeistert, dass sich sofort die Kopfschmerzen melden. Wie vor jedem Ausflug muss er einen Tag lang das Bett hüten. Wenn er nur daran glauben könnte, dass sich die Erkrankung abschwächt! Immer stärker zweifelt er an seiner Genesung, da ihm nicht einmal der Frühling mit seinen milden Temperaturen Linderung verschafft. Wie konnten sich die Ärzte, die ihm zu dieser Reise rieten, nur so täuschen? So manch einer ist geheilt aus dem Süden zurückgekehrt – und das, ohne sich dort verheiratet zu haben. Aber er will nicht hadern, ein jeder Mensch ist einzigartig, es gibt keine allgemeine Gleichheit, auch nicht, was Krankheit und Gesundheit angeht. So muss er die Kopfschmerzen und den zunehmend bedenklichen Zustand seiner Augen eben aushalten. Mittlerweile sieht er so schlecht, dass er sich in der Dämmerung kaum mehr alleine vor die Tür wagt.

Kaum sind seine Kopfschmerzen wieder abgeklungen, begibt sich die Gruppe zum Hafen. Auf Brenner müssen sie allerdings warten, da er auf der langen Tuffsteintreppe nur langsam vorankommt und so schwer atmet, dass er sich vorsichtshalber bei Trina einhakt. Am Kai besteigen sie ein

Dampfschiff, der blaue Himmel und der sanfte Wellengang versprechen einen angenehmen Tag.

Nietzsche und Rée stehen zusammen vorne am Bug. Wenige Kilometer vor ihnen ragt eine steile Felsenküste aus dem Meer. Allmählich taucht sie auch vor Nietzsches Augen auf, zunächst wie ein gräuliches Phantom, dann von Minute zu Minute deutlicher und konturierter. Und dieser Landschaft will Rée den Rücken kehren?

»Bedauerlich, dass Sie abreisen wollen, Rée.«

»Ja, Sie sagen es, sehr bedauerlich, dass diese Zeit nun ein Ende hat. Doch ich will die Philosophie nicht aufgeben und muss endlich meine Habilitation angehen. Wenn ich noch eine Chance haben will, darf ich nicht mehr allzu lange warten.«

»Sie könnten die Arbeit in Sorrent schreiben.«

»Das wäre möglich, aber es ist doch besser, wenn man den Prüfern hin und wieder unter die Augen tritt und eine gute Bibliothek nicht fern ist.«

»Hatten Sie denn von vornherein geplant, nicht dauerhaft zu bleiben?«

»Nun, so klar umrissen waren meine Pläne bei unserer Ankunft nicht. Vor allem benötigte ich eine Auszeit, um Abstand von den Kollegen zu gewinnen und mir meiner Ziele bewusst zu werden.«

Hatte Nietzsche den Freund also völlig falsch verstanden? Sie haben nie darüber gesprochen, aber er ist bislang davon ausgegangen, dass auch Rée ein Freigeist sei, ist doch auch er ein Ausgegrenzter! Wozu will er sich an eine Universität ketten? Wahrscheinlich hat ihn diese Institution noch nicht genug abgeschreckt mit ihrem stupiden Unterricht und der arg begrenzten Freiheit des Denkens.

Die Sonne steht hoch am Himmel, als sie den großen Hafen an der Nordküste Capris erreichen. Fischerboote schaukeln an der Mole, Kinder laufen kreischend vor den Ankömmlingen davon. Kaum an Land, stolpert Nietzsche über ein Tau, während Fräulein von Meysenbug überlegt, gleich hier in einer Hafenbar einen Kaffee zu trinken und ein wenig zu Mittag zu speisen, ihr Albert sehe wieder so blass aus. Doch da hat Rée bereits eine Kutsche angehalten, die sie den Berg hinauf in den Ort fahren soll.

Während es in vielen Kurven rasch bergan geht, sagt Brenner kein einziges Wort, ihm schwindelt, er ist benommen und heilfroh, dass er den steilen Anstieg nicht zu Fuß bewältigen muss. Schon die Kutschfahrt strengt ihn merklich an, er spürt jeden Höhenmeter. Wagt er doch einmal einen Blick in die Landschaft, sieht er schroffe Kalkfelsen, Palmen, Kakteen und Büsche, terrassenartige Gärten mit Weinreben, Zitronenhainen und knorrigen Ölbäumen. Gern würde er diese karge Landschaft durchwandern, doch allein die Vorstellung zieht ihm die letzte Kraft aus dem ermatteten Körper. Noch nie hat er sich so schwach gefühlt.

Oben, auf der Piazetta im Örtchen Capri, suchen sie ein Café auf und setzen sich in den Halbschatten einer Palme. An den anderen Tischen wird Deutsch, Russisch und Französisch gesprochen. Während Brenner sich stumm in Gedanken verliert, möchte Nietzsche nur schnell etwas trinken und alsbald zur Besichtigung der Villa Jovis aufbrechen, des Landhauses Kaisers Tiberius', das als Ruine erhalten sein soll.

Fräulein von Meysenbug und Trina bleiben mit Brenner im Café zurück und wollen dort warten, bis Nietzsche und Rée zurückgekehrt sind.

Sehnsuchtsvoll schaut Malwida den beiden Männern nach, als sie in den Gassen verschwinden. Gern würde auch sie den Palast besichtigen, aber jetzt ist es Albert, der sie von allen am meisten braucht. Unter keinen Umständen darf ihm während der letzten Tage noch etwas zustoßen. Was dächten sonst seine Großeltern von ihr? Was für eine Mutter wäre sie, ließe sie ihn in so einem Moment der Schwäche allein?

Nietzsche und Rée schlendern nebeneinanderher durch die engen Gassen, kommt ihnen jemand entgegen, weicht einer von ihnen aus. Hin und wieder gestatten ihnen die gusseisernen Tore eines Grundstücks einen Blick in die großen Gärten mit den beneidenswerten Ausblicken der römischen Villen. Vielleicht wäre Capri der richtige Ort für die Akademie, doch Rée will keine Sentimentalität aufkommen lassen, die Zeit für Träumereien ist vorüber.

Überall duftet es nach Pinien und Rosmarin. Wenn Nietzsche sich für einen Moment umdreht und nach Westen schaut, liegt das Örtchen bereits unter ihm. So hoch sind sie gestiegen, dass er einen großen Teil der Insel überblicken kann, auch wenn er sie nur verschwommen erkennt. Sie ist klein und verwinkelt, voller tiefer Schluchten und abschüssiger Hänge. Wäre er einsam, könnte er hier ein glückliches Leben führen. Wo, wenn nicht auf solch einer glückseligen Insel, sollte man sich einen einsamen Denker sonst vorstellen?

An der Seite des Freundes folgt er einem sandigen Pfad durch einen Wald aus Steineichen. Kurz vor dem höchsten Punkt des Berges erheben sich die Umrisse einer Ruine. Sie steigen über Mauern, durchschreiten Tore und erklimmen das erste, dann das zweite Stockwerk des Gebäudes. Nur wenige Meter weiter fallen imposante Klippen Hunderte Meter steil ab – ein Platz, der Nietzsche kaum weniger gefährlich vorkommt als die Welt der Gedanken. Könnte er fliegen, würde er sich hinabstürzen und an den Felsen entlanggleiten.

»Kaum zu glauben, dass dies einst das Zentrum des römischen Weltreiches war«, ruft Nietzsche vergnügt. »Wo, wenn nicht an diesem antiken Ort, sollten wir unsere Akademie begründen?«

»Ich dachte, Sie zögen eine einfache Unterkunft vor?«

»Rée, überlegen Sie doch, dieser Ort ist wie geschaffen für uns! Eine antike Ruine auf einer süditalienischen Insel!«

»Dann hätten wir ihn früher entdecken sollen.«

»Ach, schreiben Sie einfach nach Jena, Sie hätten es sich anders überlegt!«

»So gern ich auch hierbliebe, lieber Freund, ist es doch besser, dorthin zurückzukehren und vor Ort festzustellen, welche Gelegenheit ich verpasst habe. Erst dann werde ich mit voller Überzeugung wissen, dass hier mein Platz ist.« Hat er das gerade wirklich gesagt? Will er Nietzsche in der Hoffnung zurücklassen, er käme wieder? Er schämt sich – weiß er doch längst, dass es vorbei ist, seine Entscheidung steht fest. Auch wenn sie diesen Ort früher entdeckt hätten, hätte dies nichts an seiner Hoffnung auf eine Habilitation und an Brenners bedauerlichem Zustand geändert. Und Nietzsche wird seine Krankheit stets mit im Gepäck haben, wo auch immer er sich aufhalten wird. Es bleibt dabei: Es ist besser, die Pläne für eine Akademie dem Freund und Fräulein von Meysenbug zu überlassen.

Nietzsche reißt ihn aus seinen Gedanken, er will unbedingt weiter die Umgebung erkunden. So voller Tatendrang hat Rée den Freund seit Wochen nicht erlebt, der Frühling, die Wärme und all die Düfte bekommen ihm offenbar gut.

Gefährlich nahe läuft Nietzsche an der Felskante entlang. Nicht für einen Moment lässt Rée den Halbblinden aus den Augen. Als sie an eine lange, steile Treppe gelangen, hakt sich Nietzsche vorsichtshalber bei seinem Freund ein.

Dann geht es auf einem schmalen Pfad kreuz und quer durch einen Pinienwald, wo die Bäume so nahe beieinanderstehen, dass sie dichte Schatten spenden und die Sonne nicht so erbarmungslos auf sie niederbrennt. Die wenigen lichten Stellen bilden mit den beschatteten starke Kontraste.

Als Nietzsche einen Felsvorsprung erspäht, der ein Stück weit unter ihnen ins Meer hinausragt, will er sogleich dort seine Akademie gründen. Diese Stelle wäre am leichtesten vom Meer aus zu erreichen. Morgens schiene die aufgehende Sonne direkt in die Schulungsräume. Das Gebäude bräuchte ein flaches Dach, das man über eine breite Treppe betreten könnte. Unter Sonnensegeln hielte man die Vorlesungen ab. Zwar wäre es beschwerlich, die Akademie zu erreichen, aber man könnte die benötigten Lebensmittel mit einem Boot herüberschaffen lassen.

Dann wieder sieht er zwei Felsen im Meer wie Geschwister nebeneinanderstehen. Stürzten sie einst donnernd von oben herab, oder blieben sie übrig, während alles andere Gestein von den Wellen abgetragen wurde? Man müsste die Überreste der vergangenen Jahrhunderte erforschen, überlegt er, sie sollten in dieser oder jener Form erhalten sein. Entweder verstecken sie sich, dann müsste man danach suchen, oder sie liegen schön aufgeschichtet offen da, ein anderes Mal sind sie verworfen und miteinander vermengt, wie Insekten in einem Bernstein überdauern sie alles, was

Menschen je empfunden und gedacht haben. *Wenn man erst einmal zum hundertäugigen Argos geworden ist*, räsoniert Nietzsche, *wird man durch die Zeiten und Kulturen gleiten und dabei Dinge und Orte wieder entdecken, die sich längst verändert haben*. Ein schöner Gedanke, zu schade, dass Brenner nicht zugegen ist, um ihn aufzuschreiben. So bleibt Nietzsche nichts anderes übrig, als ihn sich zu merken und ihn später einmal zu notieren.

Am späten Nachmittag gelangen sie wieder ins Örtchen Capri, wo Malwida von Meysenbug, Brenner und Trina ungeduldig im Café auf sie warten. Der Dampfer, der sie zurückbringen soll, läuft gerade unten in der Bucht ein. Weil sie keine Droschke finden, begeben sie sich umgehend auf den Rückweg, Nietzsche und Rée laufen, von ihren Eindrücken angeregt, plaudernd die Serpentinen hinunter zum großen Hafen, während Fräulein von Meysenbug, Trina und Albert Brenner nur langsam folgen können. Immer wieder müssen sie Pausen einlegen, damit Brenner Luft holen kann, er keucht, hat Schüttelfrost und wird von Hustenanfällen geplagt. Traurig fragt er sich, ob er je wieder nach Italien reisen wird. Er spürt, wie ihm die Kraft ausgeht, er kann kaum die Füße heben, hört, wie sie über den Boden schlurfen – wie unangenehm. Er hakt sich wieder bei Trina unter, will sich aber nicht zu sehr auf sie stützen. Einen Rest Würde will er sich bewahren vor den anderen, vor sich selbst.

Als sie sich dem Hafen nähern, kommen ihnen Nietzsche und Rée wieder entgegen und bringen die Botschaft mit, dass das Schiff bereits abgelegt habe.

»Wir müssen die Nacht wohl auf der Insel verbringen«, stellt Rée etwas konsterniert fest.

»Fein«, entfährt es dagegen Meysenbug, die nicht verhehlen kann, wie gelegen ihr diese ungeplante Verlängerung des gemeinsamen Ausflugs kommt. Sie habe von einem netten Lokal mit einem lustigen deutschen Namen gehört, das gar nicht weit entfernt sei.

Im Lokal Zum Kater Hiddigeigei sind Gott sei Dank noch fünf Zimmer frei. Leider habe die Küche bereits geschlossen, teilt ihnen die Kellnerin mit, man könne den Herrschaften nur ein einfaches Gericht zubereiten: Tomaten mit Mozzarella, Basilikum und Öl, etwas Brot sei auch vorhanden.

Ein dicker Kater streift der stattlichen Wirtin um die Beine, während sie die erste Flasche Rotwein serviert. Nietzsche möchte nicht trinken und spielt lieber auf dem Klavier ein selbst komponiertes Lied, voller Ernst und Melancholie. Es passt allzu gut zur Stimmung des Fräuleins – ein paar Wochen noch, vielleicht auch nur noch ein paar Tage, dann wird der Traum ausgeträumt sein.

Brenner ruht sich derweil auf der Terrasse von den Strapazen des Tages aus. Ein Windzug fächelt knisternd durch die Büsche, ein uralter Wind, ein nächtliches Wehen, das vom Meer herüberströmt, fährt durch seine Haare und streift über seine Haut. Er schaut auf und sieht den Mond durch die Äste eines Feigenbaums schimmern.

Am 10. April brechen Albert Brenner, Paul Rée und Malwida von Meysenbug nach Neapel auf. Nietzsche bleibt in Trinas Obhut in der Villa Rubinacci. Wieder liegt er krank im Bett und sehnt sich, kaum dass sie fort sind, nach seinem besten Freund. *Nichts ist öder als das Zimmer ohne Rée,* denkt er.

Die Fahrt in der Droschke verläuft schweigsam, es will kein Gespräch aufkommen. Meysenbug versucht es mit ein paar Bemerkungen über das Wetter, mit guten Wünschen für die Reise und die Zukunft. Sie ist den Tränen nahe, schluckt sie jedoch hinunter. Da weder Brenner noch Rée auf ihre Gesprächsversuche eingehen, gibt sie es auf und senkt den Blick auf ihre im Schoß liegenden Hände, betet still für die Genesung Alberts. Sie war diejenige, die seine Familie brieflich dazu aufgefordert hat, ihn zu ihr nach Italien zu schicken. Sie ist es auch, die ihn kränker, magerer und bleicher denn je in die Schweiz zurückreisen lässt. Am liebsten würde sie ihn überhaupt nicht ziehen lassen.

Tief in den Sitz zurückgesunken, fühlt sich Brenner unendlich müde und kraftlos und überlässt sich mit geschlossenen Augen dem Geschaukel der Droschke. Was soll er sonst tun? Irgendwie muss er die lange Rückreise überstehen. Wäre es nicht doch möglich gewesen, zu bleiben, jetzt, da es wieder wärmer und freundlicher wird? Reist er nicht gerade zum falschen Zeitpunkt ab? Er weiß es nicht, und er ist auch nicht dazu in der Lage, gründlich darüber nachzudenken, kühl und besonnen das Für und Wider abzuwägen, so, wie es Rée täte. Er kann nicht einmal die Augen öffnen und einen letzten Blick in die Umgebung werfen, die ihm vor Monaten noch so verheißungsvoll erschienen ist, die er voll Neugier durchstreift hat.

Paul Rée hingegen schaut aus dem Fenster, fliegt in Gedanken schon über die Alpen, während er ein letztes Mal die süditalienische Landschaft mit ihren zerklüfteten, schroffen Felsen betrachtet, die Pinien und Zypressen, das Meer. Ja, auch er wird die Freunde vermissen, die Ausflüge und Lesestunden. Doch an seiner Entscheidung ist nicht zu rütteln – es wird Zeit, dass er sich seiner Habilitation widmet. Lange genug ist er fort, nun freut er sich auf seine Rückkehr und seinen Neubeginn als Philosoph. Er ist gespannt, was seine Professoren zu der Schrift sagen werden, die er im Gepäck aus Sorrent mitbringt. An jedem einzelnen seiner Argumente hat er lange gefeilt, seine Auffassung vom Ursprung der Moral sollte nun unmissverständlich sein.

Als sie den Bahnhof in Neapel erreichen, will sich von Meysenbug erst möglichst rasch von Brenner und Rée verabschieden, ihnen nur noch eine gute Reise wünschen. Aber das hält sie nicht aus und bleibt schließlich doch stehen. Während Brenner rasch im Dunkel des Zuges verschwindet, dreht sich Paolo ein letztes Mal zu ihr um. Er erscheint ihr bewegt, aber ruhig und gefasst. Still verharrt sie vor dem Bahngleis. Als der Zug abfährt, spürt sie vor allem: ein tiefes Mitleid mit Brenner.

Erst als der Zug außer Sicht ist, kein Rattern der Räder, kein Pfeifen der Lokomotive mehr zu hören ist, dreht sie sich um, verlässt das Gleis und durchquert das Bahnhofsgebäude, lässt den Blick über den großen Platz schweifen, der so weit, so leer und trist vor ihr liegt. Nichts zieht sie an, nichts lockt sie in eine bestimmte Richtung. Was soll sie nun anfangen mit sich selbst? Sie könnte durch Neapel spazieren, das eine oder andere Gebäude besichtigen oder am Hafen etwas zu sich nehmen. Doch ihr steht der Sinn nicht einmal nach frittiertem Fisch, den sie sonst nie auslässt. Sie will allein sein und begibt sich sogleich in die Pension in der Via Chiatamone.

Rée und Brenner haben es sich im Abteil bequem gemacht. Rée schweigt, das gleichmäßige Rattern des Zuges lullt ihn ein, er schließt die Augen und beginnt zu dösen. Brenner betrachtet ihn, dann hängt er seinen Gedanken nach. Immerhin wird er dieser Signora nie wieder begegnen, sie würde ihn jedes Mal an die peinliche Szene in seinem Zimmer erinnern. Wie hat er sie nur Laura nennen können? Ausgerechnet Laura, nach den Gedichten Petrarcas! Das hat sie nicht verdient, so, wie sie sich aufgeführt hat. Ist einfach davongestürzt, hat die sanften braunen Augen aufgerissen, als wäre der Teufel hinter ihr her. Keine einzige seiner Heldinnen wird je die Züge dieser Frau tragen. Er hatte sie nicht darum gebeten, ihm auf der Piazza Tasso zu begegnen, schon gar nicht, ihn auch noch anzuschauen, und erst recht nicht darum, ihn in der Villa aufzusuchen. Im Gegenteil, er wünschte, er wäre ihr nie begegnet und sie hätte ihn niemals so elend zu Gesicht bekommen. Diese Schmach hat er der Fürsorge des Fräuleins zu verdanken. Aber Malwida konnte ja nicht wissen, wie es um ihn stand. Wie nie zuvor in seinem Leben schämt er sich vor sich selbst, weil er eine beliebige junge Frau, die ihm zufällig begegnet ist, dermaßen erhöht hat. Laura! Dabei weiß niemand, ob Petrarcas Laura wirklich existierte oder ob er die Gestalt der Poesie zuliebe erfand. Der Doktor hat recht, wenn er sagt, dass die Fantasie in der Literatur viel auszurichten vermag. Ausgerechnet Rée mit seinem unbestechlichen, langweiligen Réealismus hat das erkannt. Und er, Brenner, hat womöglich zu viel Fantasie. Oder Fräulein von Meysenbug lag richtig, als sie ihm Fieberwahn unterstellte. Meinte er doch an jenem Tag, als ihm das Mädchen über den Weg lief, auch eine Nymphe im schattig-grünen Grund der Schlucht gesehen zu haben, die ihn zu rufen und zu locken schien. Gut, dass er so blass geworden ist, sonst könnte Rée jetzt beobachten, wie er rot anläuft – aber der schläft zum Glück. Dieser unglückliche Tag, an dem Laura ihn hilflos auf seinem blutbesudelten Lager gesehen hat, wird ihm jedenfalls noch lange nachhängen. Nie wieder, hofft er, wird er sich so ausgeliefert und gedemütigt fühlen müssen. Ja, der Professor macht auch viel durch, aber man muss ihn für seine Intelligenz, seine Bildung, die stets wohldurchdachten Sätze bewundern. Nur kam er ihm immer unmännlich vor, wenn er von seiner Krankheit sprach, ihm Wörter wie »Qual«, »Marter« oder »Pein« diktierte. Er selbst möchte so nicht sein oder wenigstens nicht so wirken. Wieder blickt er zu Rée hinüber und dankt ihm still, dass er ihn zurück in den Norden begleitet, rettet er ihn doch aus seiner Misere. Doch was der Doktor wirklich über ihn denkt, hat er erst kurz vor der Abreise begriffen, als er Nietzsche danach fragte, ob er die Werke Büchners kenne. Rée habe sie ihm empfohlen. Ja, hat Nietzsche ihm geantwortet, Büchner habe ein schmales, aber bedeutendes Werk hinterlassen. Leider sei er mit dreiundzwanzig Jahren verstorben.

Da hat Brenner nicht weiter nachgefragt, mehr brauchte er nicht zu erfahren. Das war es also, was der Doktor ihm sagen wollte, als er ihn auf Büchner aufmerksam machte und ihm später nahelegte, nicht so lange mit der Veröffentlichung seiner Novellen zu warten. Rée ging davon aus, dass er, Brenner, schon sehr bald sterben würde – und vermutlich hat er recht. Schließlich weiß Brenner selbst, wie es um ihn steht. Es ist nichts geworden aus der Genesung im Süden. Lange hat er geglaubt, er müsste nur genug Willen aufbringen und sich nicht ständig mit der Schwindsucht befassen, um den Verlauf der Erkrankung aufzuhalten. Er fand es unter seiner Würde, den Symptomen allzu viel Aufmerksamkeit zu schenken: Husten und Nachtschweiß, eine heisere Stimme – was machte das schon? Damit konnte er leben, sogar schreiben, wandern und im Meer baden. Die ständigen Ermahnungen, mehr zu essen, gingen ihm gehörig auf die Nerven. Er hatte eben keinen Appetit und war deshalb schlanker als die anderen. Warum hatten sie das nicht begreifen wollen? Doch als der Rücken während seiner Hustenattacken zu schmerzen begann, so stark, als drohte die Wirbelsäule zu brechen, als der Auswurf nicht mehr gelblich-grün, sondern blutig wurde – da ist es ihm selbst nicht mehr gelungen, die Schwindsucht zu ignorieren. Da wusste er, was schwindet. Er selbst schwindet dahin, von innen her bleibt immer weniger von ihm übrig. Die Tuberkulose frisst ihn auf, nagt an Muskeln, Sehnen und Knochen. Das wird sie weiterhin tun, so lange, bis er keine Kraft mehr hat zum Atmen. Wie viele Menschen sterben an Tuberkulose? Die Ärzte wissen nicht, woher sie kommt, warum ein Mensch an ihr erkrankt und ein anderer nicht, sie wissen nicht einmal, warum der eine sie überlebt und ein anderer stirbt, trotz Luftkurort und Sanatorium. Für ihn jedenfalls ist die Zeit gekommen, die trotzige Haltung aufzugeben und so bald wie möglich sein *Flammendes Herz* zu publizieren, notfalls unter einem Pseudonym. Und falls die Novelle keinen Erfolg haben sollte, so sähen doch wenigstens die Großeltern, dass er etwas zustande gebracht hat.

★

In der deutschen Pension greift Malwida von Meysenbug zu Briefpapier und Feder und schreibt ihrem Paolo: *Eben hier in Chiatamone angekommen, setze ich mich hin und schreibe diesen Gruß, damit er Ihnen morgen früh in Rom sage, wie bitter mir das Scheiden war, wie unaussprechlich ich Sie vermissen werde und wie Sie ganz eingehüllt sind in eine Atmosphäre von Liebe und Zuneigung, die Sie umgeben wird, wie weit Sie auch ziehen. Wie es eben in einem altdeutschen Liede heißt: Soll ich Dich denn nimmer sehen? Ach das kann ich nicht verstehen. Oh du bittrer Scheidenschluss! Ja ich kann Ihnen das Alles sagen, denn ich sage es wie von einem anderen Planeten herüber, von da wo es metaphysisch jung ist. Niemanden mehr sprechen, übermorgen werde ich wieder unegoistisch sein und freundlich und ruhig für die anderen. Ich segne Sie tausendmal.*

Sie faltet das Papier, legt es in ein Kuvert, steht auf und schaut in einen Spiegel. Äußerlich ist sie gefasst, stellt sie fest, doch innerlich leidet sie allzu sehr unter der Trennung. Es ist längst nicht das erste Mal, dass sich all ihre Zukunftspläne und Hoffnungen in nichts auflösen. Aber wie immer, wenn eine hoffnungsvolle Geschichte scheitert, kommen all die Erinnerungen wieder hoch. Schon damals, als sich ihr der demokratisch gesinnte Theologiestudent Theodor Althaus genähert hatte, war eine Heirat mit ihm ausgeschlossen. Im kleinstadtischen Detmold und in den Augen ihrer Eltern, vor allem der Mutter, war die Verbindung der adeligen Tochter mit einem Bürgerlichen undenkbar. Und sie selbst hatte es nicht gewagt, die Treue eines sechs Jahre jüngeren Mannes zu verlangen, so hingerissen sie auch von ihm war. Überhaupt war ihr alles zu eng in der Residenzstadt, sie strebte nach Freiheit. Bereits als junger Frau war ihr bewusst geworden, dass die Loslösung vom Elternhaus ein notwendiger Schritt und unabdingbar war, wenn sie als Frau über das Recht verfügen wollte, ein selbstbestimmtes Leben zu führen, ihre Bildung voranzutreiben, ihre Gedanken frei zu äußern. Dafür musste sie finanziell auf eigenen Füßen stehen, unabhängig werden von den Zuwendungen der Eltern. Die »Hochschule für das weibliche Geschlecht« in Hamburg bot ihr die Gelegenheit, eine Ausbildung als Erzieherin zu beginnen. Mit Eifer hatte sie sich dem Lehrstoff gewidmet, aber weil die Schule bereits nach zwei Jahren wieder geschlossen wurde, konnte sie die Ausbildung nicht abschließen. Wie damals wird sie auch nun wieder nach neuen Wegen suchen müssen.

Noch einen Tag lang bleibt Malwida von Meysenbug in der Pension und überlässt sich ihrer Trauer, dann erst reist sie nach Sorrent zurück. Ein Sohn ist ihr immerhin geblieben. Und um den will sie sich nun besonders kümmern, damit wenigstens er ihr bleibt.

⋆

In den kommenden Tagen sprechen von Meysenbug und Nietzsche nicht viel miteinander, erwähnen vor allem die Abwesenden kaum. Ein jeder trauert für sich der Zeit mit Rée und Brenner hinterher, ein jeder auf seine Weise. Niemand ist mehr da, der vorliest und für Zerstreuung sorgt. Nietzsche überlegt, ob er nicht besser nach Castellammare ziehen sollte, der Ort liegt näher an Pompeji und seinem geliebten Museum in Neapel; für von Meysenbug aber ist ein Umzug unvorstellbar, sie will sich nicht schon wieder auf die Suche begeben und eine neue Bleibe einrichten müssen.

Eine Weile lang unternehmen sie den Versuch, die Lesestunden durch Gespräche über Goethe, *Don Quichotte*, indische Sagen oder das antike Griechenland zu ersetzen. Manchmal, wenn das Licht günstig durchs Fenster fällt, spielen sie Mühle. Doch ihrer beider Stimmung bleibt gedrückt. Die schöne Zeit ist vorbei und schwebt nur noch wie ein fernes Bild in der Erinnerung.

Nietzsches Gesundheit bleibt so unbeständig und wechselhaft wie das Frühlingswetter.

In den Wochen, die auf Brenners und Rées Abreise folgen, hat er nicht weniger als sechs Migräneanfälle, die sich jeweils über Tage hinziehen. Längst ahnt er, dass er sich seinen Süden anderswo suchen muss, überlegt, wohin sonst es gehen könnte. Wenn schon das Meer ihn nicht retten kann, dann vielleicht die Berge?

Kaum hat er sich von der Migräne erholt, leidet Fräulein von Meysenbug unter Rheuma. Geht es beiden einmal gleichzeitig gut, finden sie trotz allem die Kraft zu scherzen. Dabei ist Nietzsche nicht nach Lachen zumute. Er rechnet damit, dass es mit seiner Universitätsexistenz bald ein Ende haben wird, und vertraut sich Malwida an. Vielleicht könne er noch einen Winter lang in Basel unterrichten, aber dann sei es mit seiner Lehrtätigkeit vorbei.

»Das Beste wäre doch«, meint Nietzsche an das Fräulein gewandt, »ich fände eine Frau.«

»Gut, aber auch reich«, ergänzt von Meysenbug.

»Sehr reich, bitte!«, stimmt Nietzsche ihr zu und nickt bestärkend, »mit einer solchen Frau könnte ich sogar nach Rom ziehen.«

In Malwida keimt für einen kurzen Moment neue Hoffnung auf. Könnte Nietzsche dauerhaft in Rom leben, würde sie ihn wenigstens nicht ganz verlieren. »Das wäre vielleicht für Ihre Gesundheit und auch für Ihre Studien das Beste«, pflichtet sie ihm bei.

*

In ruhigen Momenten, wenn sie allein im Salon ist, denkt Malwida von Meysenbug an Paul Rée. Hört sie Schritte auf dem Flur, dann meint sie, er beträte im nächsten Augenblick den Raum, um wieder aus einem Buch vorzulesen. Doch immer ist es nur Trina, die sich nach ihr erkundigt. Jeden Tag hofft sie vergeblich auf einen Brief von Rée, aber er meldet sich einfach nicht. Ist ihm etwas zugestoßen? Je länger er fort ist, desto weniger versteht sie seine philosophischen Argumente. Seine Art, die Welt nüchtern als eine ausschließlich materielle Angelegenheit zu betrachten, war ihr allerdings nie geheuer. Er scheut nicht einmal davor zurück, das Verhalten der Menschen auf biologische Gegebenheiten zurückzuführen. *Oh Dio santo*, denkt sie im Stillen über diesen Doktor Rée, *welche Sandwüste des Raisonnements, ohne auch nur die kleinste Oasis!* Selbst der Tugend und den guten Taten unterstellt er, auf purer Eitelkeit zu beruhen. Sollte es denn wirklich Eigennutz sein, wenn man etwas für andere tut? Hat sie, Malwida, aus Eitelkeit den jungen Brenner zum Aufenthalt in Sorrent eingeladen? Am Ende auch Nietzsche? Ein bisschen Eigennutz war schon dabei, denn sie umgibt sich gern mit gebildeten Menschen, ihr ist der geistige Austausch Bedürfnis und Befriedigung zugleich. Und die Natur? Wie wenig bliebe übrig von ihrem Reiz, wenn sie bloße Materie wäre, ohne einen Schöpfer, ohne ein Symbol zu sein für eine ihr innewohnende, nach Harmonie strebende Existenz? Selbst wenn Rée recht hätte, wie kommt dann ausgerechnet er dazu, stets so menschlich und hilfsbereit zu handeln?

Endlich kommt die ersehnte Antwort auf ihren Brief und beschwichtigt sie: *In Sorrent allein war für mich der Hain der Diana und Sie die Iphigenie, in deren Nähe ich allein glücklich war. In der Außenwelt lauern wieder die Furien wie hungrige Wölfe um den Baum, auf den ein Reisender sich flüchtet.* Ja, sie wird ihn noch lange vermissen und ahnt, dass sich auch Nietzsche bald von ihr verabschieden wird. Es sei denn, ihr gelänge es doch noch, ihn gesund zu machen. Womöglich hat sie sich bisher noch nicht genug um ihn gekümmert.

Jeder Schritt durch Sorrent oder entlang der Küste, jeder Blick zurück erinnert von Meysenbug an das, was nicht mehr ist und nie wiederkehren wird. Sie vermag sich nicht mehr zu erfreuen wie sonst, ihr fehlt ein Gegenüber, das die Freude mit ihr teilt. Oft ist sie allein unterwegs, verweilt auf der großen Terrasse des Grandhotels Vittoria oder geht zu einem Platz oberhalb des Meeres, wo sie sich auf die Mauer setzt, auf der sie noch vor drei Wochen mit Rée gesessen hat.

Sie wartet den Sonnenuntergang ab und fragt sich, ob er ihn gerade ebenfalls bewundert und einen flüchtigen Gedanken herübersendet. Ein breiter, funkelnder Goldstrom fließt mit den Wellen auf der Meeresoberfläche. Kommt er von Paolo? Ist es nicht pure Eitelkeit, so etwas auch nur zu denken? Allmählich wird sie furchtsam und misstrauisch gegen sich selbst.

★

Eines Abends steht Nietzsche mit einem großen Stapel beschriebener Blätter vor dem Fräulein und bittet sie, sein neuestes Manuskript zu lesen. Es handle sich um menschliche, allzumenschliche Gedanken, die ihm während seiner ausgedehnten Spaziergänge durch den Kopf gegangen seien und die er Brenner diktiert habe.

Neugierig zieht sich von Meysenbug auf ihr Zimmer zurück, um die ihr anvertrauten Seiten aufmerksam zu lesen. Sie bewundert den klaren Ausdruck, die scharfsinnigen Überlegungen, besonders solche, die sich auf Nietzsches griechische Studien beziehen. Andere Gedanken befremden sie, scheinen sie doch so gar nicht zu ihm zu passen, sie klingen vielmehr nach Rée. Der muss Nietzsche in den vergangenen Monaten stark beeinflusst und sein Denken neu ausgerichtet haben. Vielleicht hatten die Wagners doch ein wenig recht.

Je mehr sie liest, desto weniger sagen ihr die kurzen Texte zu, vor allem das, was der Freund über Frauen geschrieben hat. Es wird höchste Zeit, dass er ein intelligentes, liebenswürdiges Wesen zum Heiraten findet. Sie schüttelt den Kopf, als sie liest: *Denn was wäre seltener als eine Frau, welche wirklich wüsste, was Wissenschaft ist?* Und ein paar Seiten weiter: *Viele Menschen, namentlich Frauen, empfinden die Langeweile nicht, weil sie niemals recht ordentlich arbeiten gelernt haben.* Oder hier, welch eine Frechheit: *Frauen können recht gut mit einem Manne Freundschaft schließen; aber um diese aufrecht zu erhalten – dazu muss wohl eine kleine physische Antipathie mithelfen.* Und dann entdeckt Malwida auch noch diesen Satz, der sie wie kein anderer mitten ins Herz trifft: *Manche Mutter braucht glückliche, geehrte Kinder, manche unglückliche: sonst kann sich ihre Güte als Mutter nicht zeigen.* Hat er etwa an sie gedacht, als er diese Zeilen verfasste?

Zunächst zögert sie, ob sie Nietzsche offen ihre Meinung sagen soll. Schließlich kann sie einem Freigeist nicht vorschreiben, wie er zu denken hat. Doch als er sie beim Abendessen direkt danach fragt, legt sie ihm nahe, das Geschriebene vorerst ruhen zu lassen, etwas Abstand zu gewinnen, um es später erneut durchzusehen, hier und dort seine Aussagen zu überdenken, ehe er sie in den Druck gebe. Etwas Abstand sei immer nützlich, betont sie, besonders, wenn es um seine Einstellung zu den Frauen gehe. Er kenne viel zu wenige Frauen, um endgültige Urteile fällen zu dürfen. Die französischen Moralisten hätten das Recht gehabt, Aussagen zu machen, weil sie ihre Gesellschaft sehr genau kannten und nur diese kritisierten.

»Für eine so hohe Intelligenz, wie Sie es sind, ist es keineswegs ratsam«, sagt sie, schaut ihn an und hält bedeutungsvoll inne, »sich so übereilt über psychologische Vorgänge zu äußern.«

Ob es denn zum Beispiel nicht stimme, entgegnet Nietzsche, dass Frauen immer diejenigen Männer vorzögen, die ihr

Leben mannigfach genossen hätten? Das behaupte zumindest Rée, den sie doch so sehr schätze. Ob sie etwa annehme, dass es einen einzigen jungen Mann gebe, der anders denkt?

Das ist zu viel, jetzt wird Malwida von Meysenbug ernsthaft böse, empört sich darüber, dass Nietzsche so spricht. Soeben habe er selbst bewiesen, dass er die Frauen bestenfalls oberflächlich kenne, ihm stehe kein allgemeines Urteil zu, schon gar keine zynische Polemik. Ihre eigenen Erkenntnisse deckten sich keineswegs mit den seinen, es verstehe sich von selbst, dass der inneren Umwälzung des Wesens der Frauen auch eine veränderte bürgerliche Stellung entsprechen müsse. Er, Nietzsche, irre sich gründlich. Eine Frau müsse vor dem Gesetz gleichberechtigt sein. Sie müsse ihr Vermögen unabhängig verwalten dürfen und als Zeugin vor Gericht anerkannt werden. Ohne die Frauen gäbe es keinen Nachwuchs und folglich keinen Staat. Deshalb müsse der Staat sie genauso achten und ehren wie die Männer. Dass dies noch nicht geschehe, belege drastisch, wie roh und unvollkommen die ganze bürgerliche und staatliche Existenz sei. Bislang werde eine Mutter nicht einmal als volle Staatsbürgerin betrachtet. So viel werde ihnen untersagt, doch zum Glück sei das Bewusstsein der Frauen erwacht, zum Glück hätten sie angefangen, kräftig für ihre Rechte zu kämpfen.

Jetzt ist es heraus. Sie ist ganz geschafft, aber auch mit sich zufrieden, Nietzsche hingegen zieht die Augenbrauen hoch, so sehr hat ihn die sonst so liebenswürdige Dame erstaunt. Schade nur, dass Rée nicht zugegen ist. Er wird es ihm kaum glauben, wie kämpferisch das Fräulein sein kann und mit wie vielen Argumenten sie ihre Überzeugung vertritt, wie unsinnig sie auch immer sein mögen.

Bald reden sie wieder über andere Themen, tauchen ins alte Griechenland ab und sind vereint in ihren Auffassungen. Das Fräulein klammert sich weiter an die Hoffnung, Nietzsches Gesundheit werde sich bessern, man werde noch einige Zeit miteinander spazieren und disputieren können. Liegt er im Bett, schaut sie nun mehrmals täglich nach ihm. Sie setzt auf die wärmere, lichtere Jahreszeit. Aber seine Leiden, die schrecklichen Kopf- und Augenschmerzen, häufen sich und nehmen mit der aufziehenden Wärme des Frühlings noch zu. Und doch will er nicht auf sie hören, als sie ihm wiederholt nahelegt, er solle seine Stelle in Basel möglichst sofort kündigen. Sie mache ihn krank, und er brauche seine Kräfte für wichtigere Dinge, sollte sie sich für die geistige Arbeit aufsparen. Er sei nicht zur Analyse geboren wie Rée.

Dann nickt er, will sich aber zu keiner endgültigen Entscheidung drängen lassen. Ohnehin bezweifelt er, dass seine Gedanken schon reif genug sind, um die Philosophie zu retten.

Immer wieder verbringt Nietzsche mehrere Tage ununterbrochen in endlosen Qualen im Bett. Immer weniger glaubt er daran, im Herbst die Kollegien wieder aufnehmen zu können. Das Fräulein wird wohl recht damit haben, wenn sie ihm rät, um seine Demission als Professor zu bitten.

Hilflos beobachtet Malwida, wie sein Vertrauen in die Heilkräfte des Südens erlischt. Nun spricht auch er von seiner baldigen Rückkehr in den Norden, obschon sein freies Jahr erst im Herbst enden wird. Warum nur will er jetzt schon wieder los? Wie es aussieht, wird sich ihre Befürchtung bewahrheiten, und sie wird wieder einmal einsam zurückbleiben.

Sie ahnt nicht, dass Nietzsche außer den sich mehrenden Schmerzattacken einen weiteren Beweggrund hat, über seine Abreise nachzudenken. Seit Brenner und Rée fort sind, konzentriert sich die Fürsorge des Fräuleins allein auf ihn. Er will es ungern formulieren, aber ihre mütterlichen Bedürfnisse werden ihm zu viel. Nie kann er die Villa für einen Spaziergang verlassen, ohne von ihr gefragt zu werden, wohin er gehe und wann er zurückkomme. Ständig muss er sich ihr erklären, ihre Teilnahme freundlich, aber bestimmt zurückweisen. Das kostet Kraft und Geduld, spürt er doch ihre Angst, er könnte sich ihr entziehen. Mit derselben Entschlossenheit, mit der er die Reise nach Sorrent einst angetreten hat, beschleunigt er nun seine Abreise in den Norden. Da ist nichts zu machen, Fräulein von Meysenbug kann ihn nicht zurückhalten. Sie kann nur für ihn hoffen, dass die erneute Veränderung zur Linderung seiner Leiden beitragen wird.

Am 8. Mai macht sich Nietzsche fertig zur Abreise, obwohl er todmüde ist und ein wütender Wind weht, der das Meer aufwühlt und ihn seekrank machen wird. Den Zustand der Seekrankheit kennt er allzu gut. Dann weiß er nicht, ob das Schiff schwankt oder er, dann wird ihm so übel, dass er befürchtet, der Mageninhalt könnte in sein Gehirn schwappen. Da er sich für keines ihrer Argumente zugänglich zeigt, den Abschied wenigstens für ein paar Tage zu verschieben, resigniert Malwida und fügt sich in ihr Schicksal. Wenn Sorrent mit seinen Blüten und all seinem Zauber ihn nicht zu halten vermag, muss er eben gehen, auch wenn es schrecklich ist, ihn allein reisen zu lassen. Er ist so unbeholfen mit seinen zwei Koffern.

Noch vor einer Woche haben sie Pläne geschmiedet, für die nahe und ferne Zukunft, haben gemeinsam überlegt, wie sie ihre Akademie trotz allem zustande bringen könnten. Ist es die Angst vor dem Scheitern, die ihn treibt, oder will er dem Leiden entfliehen, dessen Ursache er nun im hiesigen, ungewöhnlich rauen Frühlingswetter vermutet? Im letzten Augenblick glaubt sie, ihm einen leisen Zweifel an seiner Entscheidung anzusehen, doch sind die Koffer bereits gepackt, die vielen Bücher verstaut, die Droschke bestellt, das Ticket für die Seereise von Neapel nach Genua organisiert.

Früh am Morgen fährt der Wagen vor. Der Kutscher

springt grüßend vom Bock und nimmt Nietzsche die schweren Koffer ab. Was dieser Mensch mit sich herumschleppt, ist dem Mann ein Rätsel. Was braucht man schon in Italien außer ein wenig Kleidung?

Malwida von Meysenbug steht neben Nietzsche in der Einfahrt, dieses Mal wird sie nicht mitreisen nach Neapel. So drücken sich die beiden ein letztes Mal herzlich die Hand, tauschen traurig freundliche Worte aus. Malwida kehrt ins Haus zurück, ehe die Kutsche losrollt, will die aufkommende Trauer mit sich selbst ausmachen, jetzt, da auch der letzte ihrer Söhne viel früher als geplant davonfährt und sie allein zurücklässt.

Auch Friedrich Nietzsche blickt sich nicht mehr nach ihr um. Er will bald eine neue Kur in der Nähe von Ragaz in der Schweiz versuchen und, wenn die nicht hilft, eben weiter reisen, so lange, bis er einen Ort gefunden hat, wo es ihm gut oder zumindest besser geht. Vielleicht findet sich sein Süden doch irgendwo weiter im Norden. Auf der Fahrt denkt er an die unbeschwerten Tage mit Rée und Brenner, als sie fast täglich den Strand aufsuchten, im Meer schwammen, an Rées Lachen und Brenners frohe Miene. Wenn er einmal in seinem Leben eine Ferienstimmung verspürt hat, dann war es hier in Sorrent. Doch die Unbeschwertheit hat nicht lange angehalten, das haben die vermaledeiten Kopfschmerzen zu verhindern gewusst. Sie haben schon einiges zerstört – und jetzt seinen Lebenstraum von einer freien Akademie! Und nichts scheint mehr zu helfen, die Schmerzen sind zu toll. Wäre wenigstens Rée in seiner Nähe geblieben. Dessen Gegenwart und Freundschaft hatten es vermocht, den Dämon zumindest ein wenig in seine Schranken zu weisen. Rasch schiebt er diese Gedanken beiseite, er will sich nicht von

Traurigkeit überwältigen lassen. Dass er im Herbst wieder seine Kollegien aufnehmen wird, daran glaubt er selbst nicht. Er wird die Hochschule um seine Demission ersuchen.

Am Nachmittag fährt die Droschke in Neapel ein. Unten am Hafen hat das Dampfschiff bereits seine Brücke heruntergelassen. Ein Kofferträger schleppt Nietzsche das schwere Gepäck an Bord. Nur wenige Passagiere verweilen auf dem Deck, die meisten beeilen sich, ihre Kajüte aufzusuchen.

Ein heftiger Wind treibt die Wolken über den grauen Himmel, und die Wellen klatschen gewaltsam gegen das Schiff. Nietzsche flucht innerlich. Er wird jeden Moment seekrank werden, wie es ihm das Fräulein prophezeit hat. Er muss an sie denken, daran, dass sie nun allein ist. Auch ihn wird jetzt Einsamkeit umgeben. Soll sie ihm doch mit dem Finger drohen, ihm zulächeln, wie Mütter eben lächeln, und zu ihm sprechen: *Wer war das bloß, der wie ein Sturmwind einst von mir davonstürmte?* An diesem Tag wird er seine Kabine nicht verlassen. Zuletzt sieht er durch das Bullauge zwei Felsen im Meer und dahinter eine gräuliche Insel. Ach, Capri!

Erst am nächsten Morgen wagt er sich wieder aus seiner Kabine hinaus. Verdrossen schaut er sich beim Frühstück im Salon um, bemerkt selbst, wie äußerst misstrauisch er geworden ist, wie er ständig alles Hab und Gut zählt, alle Mitmenschen verdächtigt, ihn bestehlen zu wollen. Er kommt sich wertlos, gescheitert und lächerlich vor. So wie es überhaupt lächerlich ist, inmitten des blühenden Lebens derartigen Kopfschmerzen hilflos ausgeliefert zu sein.

Er fühlt sich wie auf einer odysseischen Irrfahrt, ist von einer flügelbrausenden Sehnsucht erfasst und wünscht sich, ohne es vorerst in Worte fassen zu können, in eine fernere Zukunft, in einen südlicheren Süden.

Dann wieder gibt er sich schwärzesten Gedanken hin. All die verdrängte Traurigkeit und Enttäuschung holen ihn ein. Wie hat es der Arzt in Neapel doch formuliert? Entweder komme das neuralgische Leiden plötzlich zum Erliegen, oder die Gehirntätigkeit setze vollständig aus. Bisher ist das Leiden jedenfalls nicht verschwunden. Soll er weiterleben und riskieren, umnachtet in einer Irrenanstalt zu landen? Nicht nur Kopfattacken und Magenleiden ertragen zu müssen, sondern letztlich ohne das auszukommen, was ihm die Freude am Leben verleiht, ohne seine Gedanken, ohne die Philosophie?

Als er sich an Deck begibt und die Hände auf die Reling stützt, blickt er hinab auf das Meer. Es wäre ein Leichtes, sich von Bord zu stürzen, am besten nachts, ohne dass es jemand bemerkt und ihn am Ende noch aus dem Meer fischt.

Der Sturm hat sich gelegt, ungewöhnlich ruhig liegt das Meer vor ihm, die Wellen schwappen sanft, gleichmäßig und friedlich gegen den Schiffsrumpf. Himmel und Meer tanzen in allen erdenklichen Blautönen. Wie friedlich, wie ruhig muss es erst am Grund des Meeres sein. Er fühlt, wie sich all seine Glieder und Gedanken entspannen, wie sein Atem ruhig und tief wird. Eins zu werden mit der Urkraft des Meeres – diese Vorstellung verspricht ihm endlich die ersehnte Erlösung von allem Schmerz. Ja, in der Nacht wird er sich über Bord stürzen, in mehrere Schichten seiner Kleidung gehüllt, die das Wasser rasch aufsaugen und ihm die Kraft rauben werden, aus blindem Überlebensinstinkt gegen das Ertrinken anzuschwimmen und aufzubegehren gegen das Einsickern des Wassers in seine Lungen. Er wird Wasser schlucken, es ausspucken und wieder schlucken. Wie lange dauert es, bis ein Ertrinkender das Bewusstsein verliert?

Sicher würde es ihm lang vorkommen, doch was wären die wenigen Minuten im Vergleich zu der ständig wiederkehrenden Pein? Dann – endlich – könnte er sich den Wogen der Wellen überlassen, würde hinausgetrieben auf die offene See, sänke bis auf den Meeresboden, bis in die tiefste Nacht. Und da läge er für eine Weile, würde aufweichen, seine Haut bekäme Blasen. Allmählich löste er sich auf. Alle Bestandteile seines Körpers würden von unzähligen Wassertröpfchen davongespült, trieben auseinander und würden selbst Teil der ewig an- und abflutenden Wellen. Andere sänken zu Boden, vermischten sich mit Muschelkalk und Sediment, würden zu Stein im Laufe von Millionen Jahren, um sich – irgendwann – zu erheben als Gebirge. Wieder andere Bestandteile verdampften an der Wasseroberfläche, kondensierten zu Wolken und trieben über den Himmel, regneten anderswo herab auf die Erde, auf die Wälder, sickerten ein in den Boden, um wieder aufgesogen zu werden von einer Wurzel, von Blättern und Blüten.

Und wenn ihn doch jemand bemerkte, ihn abhielte und er es nicht einmal über die Reling schaffte? Seine Retter würden dann für ihre vermeintlich menschenfreundliche Tat eine schreckliche Masse Gold erwarten. Und er hätte ein Übermaß an Peinlichkeit auszustehen. Unerträglich, dieser Gedanke!

Wo ist das Meer am tiefsten? Er könnte auch warten und sich später in einem Fluss ertränken, mit einem Sack voller Folianten beschwert. Dann triebe er im Kiesbett neben den Fischen dahin, verfinge sich in Schlingpflanzen, risse sich wieder los und triebe ins offene Meer. Oder er würde ans Ufer gespült, läge am Rande einer Kuhweide oder eines Rübenackers. Irgendjemand fände ihn, und wo immer man ihn verscharrte, fräßen die Würmer und anderes Kleingetier an ihm, so lange, bis all seine Atome Teil unzähliger kleiner Lebewesen wären. Oder er wählt einen tiefen, ruhigen See. Dann strandete er auf sandigem Grund, triebe nicht ins offene Meer. Allein – die Auflösung begänne trotzdem, Tropfen für Tropfen, Teilchen für Teilchen. Welchen Ausweg er auch sucht, am Ende läuft alles darauf hinaus, in mannigfaltiger Form wiederzukehren. Er hebt den Kopf und schaut auf *ein Meer in sich selber stürmender und flutender Kräfte, ewig sich wandelnd, ewig zurücklaufend, mit ungeheuren Jahren der Wiederkehr, mit einer Ebbe und Flut seiner Gestaltungen, aus den einfachsten in die vielfältigsten hinaustreibend, aus dem Stillsten, Starrsten, Kältesten hinaus in das Glühendste, Wildeste, Sich-selber-Widersprechendste, und dann wieder aus der Fülle heimkehrend zum Einfachen, aus dem Spiel der Widersprüche zurück bis zur Lust des Einklangs, sich selber bejahend noch in dieser Gleichheit seiner Bahnen und Jahre, sich selber segnend als das, was ewig wiederkommen muss, als ein Werden, das kein Sattwerden, keinen Überdruss, keine Müdigkeit kennt*. Und wenn alles wiederkehrt, so gibt es auch kein Erbarmen, weder dem Schmerz noch der Übelkeit könnte er sich je endgültig entziehen. Aber heute, hier an der Reling, verspürt er keinen Schwindel und keine Schmerzen. Das Meer liegt weiterhin ruhig da.

Eine laue Frühlingsluft streift sein Gesicht, als wollte sie mit ihm spielen. Und wenn immer und ewig alles wiederkehrt, was bleibt ihm dann anderes, als sich dem Leben zu stellen, mit all seinen Licht- und Schattenseiten, jeden Schmerz zu ertragen? Mehr noch – wenn es keinen Ausweg gibt aus all diesem Leid, dann gilt es, das Leben nicht einfach hinzunehmen, sich treiben zu lassen wie ein welkendes Blatt im Wind oder ein Stück Treibholz mit der Flut. Dann gilt es, das Leben zu bejahen in jedem Moment, mit jedem Atemzug, mit jedem Pulsschlag.

Er denkt an Trina, Fräulein von Meysenbug und Sorrent. Wird er noch einmal dorthin reisen? Menschen kehren ungern in Gegenden, zu Personen zurück, die sie einst sehr geliebt haben. Dieses Glück sollte an die Trennung geknüpft werden, dann könnte man es mit sich forttragen.

Die Sonne blendet ihn, und er wendet ihr den Rücken zu. Auf dem Boden des Decks streckt sich sein Schatten aus, sein Freund, der ihn stets begleitet, wo immer er sich befindet. Nietzsche begrüßt ihn freudig und offenbart ihm in Gedanken: *Eine Gesundheit an sich giebt es nicht, und alle Versuche, ein Ding derart zu definieren, sind kläglich missrathen. Es kommt auf dein Ziel, deinen Horizont, deine Kräfte, deine Antriebe, deine Irrthümer und namentlich auf die Ideale und Phantasmen deiner Seele an, um zu bestimmen, was selbst für deinen Leib Gesundheit zu bedeuten habe.* Niemand solle glauben, alle Menschen seien gleich. Jeder habe seine eigene Gesundheit, und jede Krankheit verlaufe bei jedem Menschen anders.

Er wartet auf eine Antwort, hofft auf ein Gespräch, doch an diesem Tag bleibt der Schatten stumm.

So lehnt er sich wieder über die Reling. *Unsre Stärke selbst zwingt uns aufs Meer*, denkt er, *dorthin, wo alle Sonnen bisher untergegangen sind: wir wissen um eine neue Welt*. Aber was ist das überhaupt, die Welt? Sie ist *ein Ungeheuer von Kraft, ohne Anfang, ohne Ende, die sich nicht verbraucht, sondern nur verwandelt*. Diese Kraft *hat keinen Zweck und kein Ziel. Alles, was je gewesen ist, kommt wie-*

der. Aber eben dieses sinnlose Dasein gilt es zu bejahen und so inmitten der Sinnlosigkeit Sinn zu schaffen. Ein frei gewordener Geist verneint nicht mehr, er liebt sein Schicksal. Schade, dass Brenner nicht da ist, er hätte ihm diese Gedanken gleich diktiert, so aber wird er sie irgendwann einmal selbst aufschreiben müssen, eines fernen Tages. Er wird sie nicht vergessen.

*

Am 13. Mai, knapp eine Woche nach seiner Abreise, erhält Malwida von Meysenbug einen ausführlichen Brief von Nietzsche. Rasch überfliegt sie die Zeilen, liest von der Seereise, seiner Ankunft in Norditalien und einer Bahnfahrt – und völlig unvermittelt: *Camilla era molto simpathica, o Sie hätten mein Italienisch hören sollen.* Wäre er ein Pascha, so hätte er die junge Ballerina, die er im Zug kennengelernt habe, mitgenommen zu seiner nächsten Kur, wo sie ihm, bei der Versagung geistiger Beschäftigungen, etwas hätte vortanzen können. Er hätte ihretwegen ein paar Tage in Mailand bleiben sollen. Er ärgere sich noch immer, dass er es nicht gewagt habe. Stattdessen habe er sich der Schweiz von Como nach Lugano genähert und sei die erste Strecke auf der gerade fertiggestellten Gotthardbahn gefahren. Als er die Grenze zur Schweiz passierte, habe es heftig geregnet. Ein einsamer Blitz habe den Himmel durchzuckt, gefolgt von einem einzigen Donner, was er für ein gutes Omen halte.

Verwundert liest Meysenbug den Brief ein zweites Mal. Sie hatte erwartet, dass er lauter Klagen enthielte. Wie schrecklich die Seefahrt gewesen sei, dass Nietzsche krank das Bett gehütet habe, wie grässlich die lärmende Meute, wie stark sein Kopfleiden. Und wie unaussprechlich er sie, Malwida, vermisse, ihre Gespräche, die Spaziergänge, all die Abende am Kamin. Doch nichts dergleichen ist diesem Brief zu entnehmen. Stattdessen erscheint ihr der Ton geradezu wohlgelaunt. Eine Ballerina hat er also kennengelernt! Sie sollte sich freuen, dass die Zeilen keinen Anlass zur Sorge geben, doch sie tut es nicht. Ihre Bewunderung und Freundschaft sind aufrichtig. Allein, sie hat ein paar Worte der Verbundenheit und Anhänglichkeit erwartet. Und das Zugeständnis, dass sie recht daran getan habe, ihn vor der Rückkehr in den Norden zu warnen, vor der unbequemen Überfahrt. Eine Ballerina!

Auch in ihrem Albert hat sie sich getäuscht. Dessen Dankbarkeit und Anhänglichkeit sind zweifelsfrei höchst aufrichtig, aber so talentiert für die Poesie, wie sie angenommen hatte, ist er wohl doch nicht. Immerhin hat er unter ihrer Obhut einige Novellen zustande gebracht und will demnächst wenigstens sein *Flammendes Herz* veröffentlichen, doch an den großen Roman, der ihm zu Beginn seines Aufenthaltes in der Villa Rubinacci vorschwebte, schien er zuletzt selbst nicht mehr zu glauben. Sie wird seiner Tante schreiben und ihr nahelegen, er solle sein Jurastudium fortsetzen. Einst hatte sie Charlotte Brenner, Alberts Tante, das Gegenteil empfohlen. Das Jurastudium sei für den Jungen womöglich nicht geeignet, könnte sogar der angegriffenen Gesundheit und dem zarten Gemüt schaden, ihn gar daran hindern, sein wahres Talent voll zur Blüte zu bringen. Die Familie möge ihn ihr anvertrauen, ihn zu ihr nach Rom, später dann nach Sorrent reisen lassen. Wie eine Mutter hat sie sich um den Jungen gekümmert und ihn gefördert. Ein Jammer, dass die Schwindsucht ihn aufzehrt. Hat sie nicht nur ihn, sondern auch sich selbst überschätzt, als sie glaubte, ihm eine Mutter, darüber hinaus aber auch seine Ärztin sein zu können?

Und Paolo hat wieder lange nichts von sich hören lassen. Wie vorausgeahnt, setzen ihr die vielen traurigen Trennungen zu.

Sie wird versuchen müssen, sich mithilfe ihrer Geistesgaben zu erhalten, trotz allem, was sie betrübt. Ihr Geist ist ihr geblieben, auch wenn ihre Söhne auf und davon sind. Sie darf dem Schmerz der Enttäuschung, des Scheidens, des Alleinseins, der quälenden Sorge um Nietzsche nicht nachgeben, sonst ist sie verloren. Nichts beeinträchtigt ihren Geist so sehr wie ein trauriges Gemüt. Also rafft sie all ihre Kraft zusammen, verbannt ihre Gefühle in das dunkle Reich, wo die alten Schmerzen liegen, und versucht, sich in Gedanken in andere, schönere Sphären zu begeben.

Eine Zeit lang bildet sie sich ein, dass es ihr gelingt. Um sich abzulenken, geht sie häufig ins Grandhotel Vittoria, trifft den einen oder anderen Bekannten oder genießt auf der großen Terrasse das herrliche Wetter. Zum ersten Mal herrschen wahrhaft süditalienische Frühlingstage.

Noch einige Wochen verlebt sie mit Trina in der Villa Rubinacci, während sich Sorrent mit Sommergästen füllt. Doch der Frühsommer kann die Einsamkeit nicht verdrängen, die Einzug gehalten hat in das bis vor Kurzem so belebte Haus, und so entschließt sie sich schweren Herzens zur Rückreise nach Rom – nicht aber, ohne mit Trina noch einige Tage in Neapel zu bleiben, wo sie sich einen lang gehegten Wunsch erfüllen möchte.

Gemeinsam machen sie sich auf, den Vesuv zu besteigen, nicht bis zum Kraterrand, dorthin wagt sie sich nicht, aber bis zu einem Observatorium. Trina hilft ihr den steilen Hang hinauf. Die schwarze Lavawelt beflügelt Malwidas Fantasie. Sie fühlt sich, als befände sie sich unter versteinerten Höllenungetümen. Überall winden sich erstarrte schwarze Riesenschlangen, schwarze Molche und schwarze Skorpione, alles verknotet in einem chaotischen, archaischen Durcheinander. Sämtliche Bäume und Büsche sind aus dieser wüsten Ödnis geflohen. Einzig der Ginster wächst zwischen den Schlacken empor, verströmt seinen Duft und verstreut seine goldenen Blüten über dem Leichenfeld, als wollte er es trösten.

Malwida schließt die Augen und atmet tief ein, bis der süße, blumige Ginsterduft ihren ganzen Körper durchströmt. Dann hebt sie die Lider und lässt den Blick ruhig an der Küste entlangschweifen, sieht die Häuser von Neapel, meint die Ruinen von Pompeji zu erkennen und erahnt südlich der großen blauen Bucht gerade noch Sorrent. Wie eine Fata Morgana flimmert der Ort an der fernen, steil aufragenden Tuffsteinküste. Diesen Moment wird sie in ihrer Erinnerung bewahren. Auf dieser Anhöhe fühlt sie plötzlich, wie sich ihre Enttäuschung über die jüngsten Abschiede in Dankbarkeit auflöst: Dankbarkeit für die Zeit, die sie in der Gesellschaft der drei jungen Männer in dieser Landschaft erleben durfte. Hier, nahe dem Observatorium, liegt ihr die Welt zu Füßen. Vor ihr erstreckt sich der Golf von Neapel, übergossen von der Glut des Abendhimmels, hinter ihr, in der schroffen Vulkanwelt, spielen alle Farbtöne im Wechsel von Licht und Schatten: Alles ist Leben, Licht, Farbe, Freude, und sie ist umgeben von Schönheit.

Epilog

Noch 1877 kam Paul Rées Schrift *Der Ursprung der moralischen Empfindungen* heraus, die ihm jedoch nicht den ersehnten Durchbruch in der Philosophie brachte.

Im Juli 1877, kurz nach seiner Rückkehr aus Sorrent, erschien Albert Brenners Novelle *Das flammende Herz* in der Literaturzeitschrift *Deutsche Rundschau*, allerdings – aus heute unbekanntem Grund – unter dem Pseudonym Albert Nilson. Im Mai 1878 starb der Student im Alter von einundzwanzig Jahren.

Am 30. Mai 1878, dem 100. Todestag Voltaires, veröffentlichte Friedrich Nietzsche sein Buch *Menschliches, Allzumenschliches*, dem zwei Jahre später die Aphorismensammlung *Der Wanderer und sein Schatten* hinzugefügt wurde.

Nietzsche traf Wagner nie wieder, hielt aber noch eine Zeit lang brieflich Kontakt. Auch die Uraufführung des *Parsifal* 1882 besuchte er nicht, studierte jedoch einen Klavierauszug, den er abschätzig als »Hegelei in Musik« bezeichnete. Gleichwohl war er von Wagners Tod am 13. Februar 1883 erschüttert.

Im Frühjahr 1882 reiste erst Rée, dann Nietzsche nach Rom, um Malwida von Meysenbug in ihrer Wohnung zu besuchen. Sie trafen dort auch Trina und lernten die junge Russin Louise von Salomé kennen. Während von Salomé das intensive, aber platonische Bündnis mit den beiden Männern als eine »Dreieinigkeit« verstanden wissen wollte, waren Nietzsche und Rée unglücklich verliebt. Letztlich führte die Konstellation zum Bruch zwischen den beiden Freunden.

Nietzsche verließ aus gesundheitlichen Gründen die Universität Basel, von der er fortan eine kleine Rente bezog. Sie ermöglichte ihm ein bescheidenes Wanderleben. Er war zunehmend von seinen Krankheiten gebeutelt, darunter Migräne, Schlaflosigkeit, neurologische Störungen, manisch-depressive Verstimmungen. Im Januar 1889 erlitt Nietzsche in Turin einen psychischen Zusammenbruch, von dem er sich nicht erholte. Er starb am 25. August 1900 im Haus seiner Schwester in Weimar.

Paul Rée verließ 1885 die Berliner Wohngemeinschaft mit Lou von Salomé, da diese keine Liebesbeziehung mit ihm eingehen wollte. Nach einem zweiten gescheiterten Habilitationsversuch gab er die Philosophie auf und studierte erfolgreich Medizin. Er arbeitete zunächst auf dem Gut seines Bruders in Stibbe, Westpreußen, später als Armenarzt in Celerina in der Schweiz, das nur wenige Kilometer von Nietzsches Lieblingsort Sils Maria entfernt liegt. Am 28. Oktober 1901 stürzte Rée bei einer Bergwanderung in den Inn.

Trina arbeitete weiter als Hausmädchen für Malwida von Meysenbug, begleitete diese auf Reisen und starb im Juni 1896 in Rom.

Erst nach dem Aufenthalt in Sorrent zog Malwida von Meysenbug in die Wohnung in der Via Polveria in Rom. Sie hielt einige Jahre lang Briefkontakt mit Rée. 1885 erschien ihr Roman *Phädra*, der Erkenntnisse der Sorrentiner Lesestunden enthält. 1898 kam ihr zweites Memoirenbuch unter dem Titel *Der Lebensabend einer Idealistin* heraus, in dem sie auf einigen Seiten von der Zeit in Sorrent erzählt.

1901 wurde sie von Gabriel Monod, dem Gatten ihrer Ziehtochter Olga, als erste Frau für den Literaturnobelpreis nominiert. Ihr letzter enger Vertrauter war der junge französische Schriftsteller Romain Rolland, der 1915 den Literaturnobelpreis erhalten sollte. Sie hatten sich in der Villa Amiel von Gabriel und Olga Monod in Versailles im Sommer 1889 kennengelernt.

Malwida von Meysenbug, die Brenner, Trina, Nietzsche und Rée überlebte, starb am 26. April 1903 in Rom. Auf ihren Wunsch hin wurde ihre Leiche verbrannt und ihre Urne auf dem protestantischen Friedhof an der Cestius-Pyramide beigesetzt. Ihr Grabmal befindet sich neben dem von Goethes Sohn August.

Eine Francesca Maria de Noves (»Laura«) gab es nicht, aber der Schriftsteller Carl Albrecht Bernoulli berichtete von folgender Episode: »... sprach eine junge Sorrentinerin in regelmäßigen Zwischenräumen in dem Landhause [der Villa Rubinacci] vor. Sie kam für Nietzsche. Aber bei ihm war die Rücksichtnahme auf äußerste Korrektheit, die Scheu vor

Anstoß und Geschwätz so ausgeprägt, daß er seinen Freund Rée bat, die Besuche des Landmädchens vor dem Fräulein von Meysenbug auf seine Kappe zu nehmen. Paul Rée erwies Nietzsche diesen Dienst, da er in diesem Kapitel ganz vorurteilsfrei empfand, sogar mit einigem Vergnügen.« Bernoulli hatte Theologie bei Nietzsches engem Freund Franz Overbeck studiert. Von wem er diese Geschichte erfahren hat, ist unklar. Nachzulesen ist sie in seinem Aufsatz »Nietzsches Lou-Erlebnis«, der jedoch keine weitere Quellenangabe enthält.

Quellen

Tage in Sorrent ist ein Werk der Fiktion. Die wichtigsten Quellen sind die Schriften, Tagebücher und Briefe Friedrich Nietzsches, Malwida von Meysenbugs, Paul Rées, Albert Brenners und Isabelle von der Pahlens. Kursive Passagen sind direkte Zitate aus diesen Werken bzw. nachfolgend genannten Ausgaben.

Malwida von Meysenbug: Der Lebensabend einer Idealistin. Holtzinger 4. Auflage 2015.

Friedrich Nietzsche: Werke in drei Bänden. Erster Band. Carl Hanser 1973.

Albert Nilson (Pseudonym für Albert Brenner): Das flammende Herz. Deutsche Rundschau. Heft 10. Juli 1877.

Ruth Stummann-Bowert: Malwida von Meysenbug – Paul Rée. Briefe an einen Freund. Königshausen & Neumann 1998. (Darin auch die Briefe von Brenner an seine Großeltern.)

Hubert Treiber (Hg.): Paul Rée: Gesammelte Werke 1875–1885, mit einer Einleitung und einem Kommentar. De Gruyter 2004.

Paolo D'Iorio: Friedrich Nietzsche in Sorrent. J. B. Metzler 2020. (Darin die Nachricht Nietzsches an Isabelle von der Pahlen.)

Vera Leuschner und Ruth Stummann-Bowert (Hg.): Malwida von Meysenbug zum 100. Todestag 2003. Verlag Winfried Jenior 2003.

Dank

Wir danken Annette Bömer, Aurelia Hölzer, Rebekka Jedwabski, Denise Liesemer für Anmerkungen zum Manuskript sowie insbesondere unserer Lektorin Judith Weber für die vielen wertvollen Anregungen und die gute Zusammenarbeit.